川东一家人

张成芳 ◎著

云南出版集团
云南人民出版社

图书在版编目（CIP）数据

川东一家人/张成芳著. -- 昆明：云南人民出版社，2023.9
ISBN 978-7-222-21918-2

Ⅰ.①川… Ⅱ.①张… Ⅲ.①长篇小说-中国-当代 Ⅳ.①I247.5

中国国家版本馆CIP数据核字（2023）第092934号

责任编辑：张晓岚　刘振芳
装帧设计：郭　芳
责任校对：马跃武
责任印制：窦雪松

川东一家人
CHUANDONG YIJIAREN

张成芳 著

出　版	云南出版集团　云南人民出版社
发　行	云南人民出版社
社　址	昆明市环城西路609号
邮　编	650034
网　址	www.ynpph.com.cn
E-mail	ynrms@sina.com
开　本	880mm×1230mm　1/32
印　张	8.125
字　数	180千
版　次	2023年9月第1版第1次印刷
印　刷	成都现代印务有限公司
书　号	ISBN 978-7-222-21918-2
定　价	78.00元

版权所有　侵权必究　印装差错　负责调换

云南人民出版社微信公众号

目录 CONTENTS

一 / 2

二 / 10

三 / 19

四 / 27

五 / 36

六 / 47

七 / 56

八 / 64

九 / 75

十 / 86

十一 / 94

十二 / 106

十三 / 114

十四 / 126

十五 / 142

十六 / 159

十七 / 174

十八 / 188

十九 / 197

二十 / 209

二十一 / 218

二十二 / 230

二十三 / 237

二十四 / 248

二十五 / 254

烧完倒头纸，给负责为死者穿衣抹澡的包大娘打完电话，布置好临时灵堂，张小乐已累得两边肩膀像吊了百十斤重物，两条大腿也像灌了铅似的，抬不起来。

她拿出手机，在QQ空间写下"说说"："婆婆一路走好，愿天堂没有病痛！"看看时间，十一月五日凌晨五点，距缠绵病榻五年多的婆母咽气，刚五个半小时。

一

农历九月,张小乐与老公蒋文武商量,回老家给即将六十晋一的公公蒋世全办生日宴。

蒋世全说他六十年来从来没办过生日,在张小乐嫁到蒋家的十一年里,不知听他唠叨了多少次想办生日宴的愿望。小乐夫妇也无数次提及给他过个像样的生日,一生节俭的蒋世全却又总是以太浪费为由拒绝。眼看着公司即将开业,合伙的表哥用市体育馆附近的房子帮他们做了抵押贷款,经济上的压力得到了缓解。

小乐夫妻的口袋里多少有了一些属于自己的"子弹",夫妻商量,这次不但要给老父亲把生日办得风风光光的,春节回去,再到县城看看有没有合适的楼盘,满足一下老人想住新房的愿望。丢下孩子,离乡背井十几年,省吃俭用,为的不就是那一套承载着全家人厚望的蜗居嘛。

蒋世全一生清贫,素以勤俭节约闻名乡里,在别人家都靠借粮买粮维系生存的年代,家里不但有余粮可卖,还凭卖粮的钱送一双儿女上学,并盖了新房。在农村,盖新房、娶儿媳,是每个有儿子家庭的头等大事,新房的高度、宽度决定了娶儿媳的进度。蒋世全率先盖起了新房,这让好面子的他在村里很是威风了几年。只是后来,村里的砖瓦房再不是人们骄傲的资本,大家羡慕的是那些能在县城甚至省城买房的,不管是当官的还是打工的,只要你在城里买了房,你就有在村里声音高八度说话的本钱。

可蒋文武一心想搞事业,并不急于买房,这让蒋世全很是不满,却又拗不过儿子,只能守着老家砖瓦房叹气。好在儿子从小就让他省心,事事以父母意见为主,除了婚事没听老两口的。

儿子每月按时把家用打到他账上,使他再不用为家里柴米油盐操心,蒋世全便也就过早地过起了悠闲的老年生活。除了侍弄一直舍不得丢下的一亩三分地,便是上街喝茶、摆"龙门阵",即使闲暇在家,也是小酒不断,日子过得既舒心又自在。

小乐夫妻俩之所以决定在公司开业前给老太爷办生日宴,以及在老家县城买房,缘于蒋世全反对他们开公司办厂。蒋世全觉得儿子业务能力强,在台资企业又深得老板信任,当着副总,拿着不菲的薪资,这足以让他在乡邻面前昂首阔步引以为傲了。

蒋世全还偷偷去找八字先生算了一下,说蒋文武命里财运不够,担不起大富大贵的重压。当然,这事儿他没敢给儿子讲,怕儿子承受不了失去拼搏的动力,是临终前对张小乐说的。

蒋世全对蒋文武说:"你若真要开公司,先把房子买起,给小乐母子一个保障。"

张小乐对于买房也好,开公司也罢,没有过多想法,只是一味地支持丈夫的决定。她始终认为,人生重在拼搏,人一辈子要走的路实在太长,老公既斗志昂扬,那就赌一把试试，反正他们夫妻俩又不笨，就算输了，大不了重来就是。

可蒋文武的妈妈最近在给小乐夫妇的电话里总是说蒋世全天天在家叹气，茶饭较之以前也少了很多。小乐夫妻俩便寻思，许是老父亲担心他们开公司亏了，没钱买房。"那就先买套房子吧，首付也就十几万。"他们一致决定，先宽老父亲的心要紧。

农历十月初九晚，蒋家院子里宾朋满座，热闹非凡。其实蒋世全自己也不知道他的生日具体是哪天。他说自己父母大字不识一个，土生土长的农民，一生未出过门，对日子也没有概念，只记得他妈妈说过，生他那天正在地里掰苞谷，突然肚子痛，回去解手就生了。后来办户口本需要，就随便安了个日子——十月初十。

蒋家自十二年前蒋文武结婚办过酒席，便再没办过。蒋世全乐于助人，在乡邻中颇得好评，蒋文武这些年对同在一方打工的老乡也多有关照，小乐在朋友同学中也口碑极好，故原计划的十桌酒席增至二十桌，这让好面子的蒋世全好不得意。精神十足、红光满面的蒋世全带着儿子儿媳挨桌敬酒，爽朗的笑声响彻整个蒋家院子。

只是，待敬酒仪式结束，一家人围坐一起吃饭时，小乐发现公公一直不停地喝酒，酒杯刚搁下还未离手又端起，却始终未见他动一下筷子。

小乐说："爸，你别光喝酒不吃菜啊！"小乐给蒋世全碗里夹了一块猪蹄花，那是蒋世全的最爱。

蒋世全看着碗里儿媳给他夹的菜，突然就红了眼眶，他端起酒杯往嘴边送，借着擦嘴遮掩着拭去欲滴的泪水，颤抖着说："你们吃。你们吃。"

小乐看蒋世全半响不曾放下手里的杯子，颇感奇怪地扯扯蒋文武的衣袖，看着蒋世全问："爸，你怎么了？"

蒋文武哈哈大笑着说："你老人家是不是太激动了哦？没想到会来这么多客人是不是？"

蒋老爷子放下酒杯，尬笑着说："嗯呐，嗯呐。老汉高兴，这辈子值了。"

小乐看看蒋世全，又看看自己右手边的婆母廖明英，见后者低着头，神色不对，便悄声附耳问："妈，爸爸怎么了？家里最近有啥子事吗？"

廖明英看了看丈夫，见丈夫拿眼瞪着她，大声说道："各自吃饭。"廖明英嘴角动了动，欲言又止，终是没有言语。

小乐看着老两口的表情，放下筷子，提高声音说："究竟发生了啥子事？爸，你不要吭声，妈，不要怕，你说！"

听到这话，廖明英像是鼓足了天大的勇气，对蒋世全说："我不管了，就是要说。"一语未了，眼泪就像断线的珠子一样，不停地往下坠落。"你们老汉，吃不下饭已经很久了，他不让我跟你们讲。他怀疑自己是癌症，他去问过了，症状和山那边的老叔是一样的。叫他去医院检查他又不去。"廖明英一口气说完，像是得到了解放一样，趴在桌上号啕大哭起来。

蒋世全嘴角动了动，也终是没有抑住溢出眼眶的泪水。他把酒杯重重地往桌上一放，对着老伴大声吼："嚎啥子嚎？你个栽舅子，老子又没死，你嚎啥子嚎！"眼泪却也像

川东一家人

5

老伴一样，簌簌落下，握着酒杯的手颤抖不止。

　　反应过来的蒋文武"腾"的一下站起来，因为动作过大，凳子"呼"的一声向后倒去，急切地说："多久了？你们为啥子不早说呢？"满院宾朋也被廖明英的哭声吸引过来，都关切地询问着。

　　小乐拉着激动的蒋文武坐下，转身边给老太太擦眼泪边安慰："先莫慌，检查了再说，莫还没查出问题，先自己把自己吓到了。"又走过去按着蒋世全的手说："你老人家也莫伤心，这不是还没检查嘛，万一不是呢？"低声在他耳边说："你老人家可是一家之主，先把今晚这酒席圆了，明天我们就去市医院找我哥，让他亲自给您检查。等结果出来再说。"

　　蒋世全也反应过来，别人是来给自己祝寿的，不该失了礼数，便站起来举着酒杯，朗声对大家说："喝酒，喝酒！小乐说得对，还没检查，莫扫了大家的兴。"小乐也拉着蒋文武站在蒋世全身边，举杯赔笑对大家致歉。

　　她看蒋文武黑着脸，知道这时他是一句话也说不出来了，只能自己迎头硬上："对不起大家了！事发突然，不周不到的地方敬请海涵！大家吃好喝好，莫要担心，至于我老父亲的病，明天我们就带老人家去检查。"

　　乡邻与亲朋也都举杯祝福着，说老人家一辈子好人，不会有大碍的，放宽心些。有好心人提供着医生电话，说是自己的亲戚，找熟人检查放心些。

　　酒席结束，小乐夫妻才详细询问二老，得知蒋世全不能正常进食已数月有余。先是吃东西的时候感觉有些哽，以为是感冒。蒋世全一辈子没生过什么大病，偶尔有小感冒也是喝一碗姜开水或者煮一碗酸萝卜面吃下就好了。这次"感冒"一直不好，他还把廖明英的感冒药吃了几颗，可一点效果没有。一个月前，感觉吃东西时喉部像有什么东西挂住了一样，再后来就是吞咽困难，连喝稀饭都不行，只能喝点牛奶、米汤之类的。

老人家私下问了梁那边老表叔当初的发病症状，老表叔确诊食管癌晚期已经半年，卧床不起靠药物维持生命很长时间了。

"就是那个东西，我问过老叔的，和他的情况一样。"蒋世全颓废地说。

短短数小时，小乐发现蒋世全明显萎靡许多，脸上光芒不再，取而代之的是一片晦色；额头横卧的"川"字沟壑明显深了些，头上白发似乎也较三天前多了；为庆贺生辰给他新买的西服穿在身上，显得空荡荡的，像是捡了别人的衣服穿，没有一丝精气神。

这半年，同村有三人患食管癌，一人病逝，两人还在治疗中。婆母悄声对小乐说，蒋世全的症状与他们一模一样，极有可能也是食管癌。

小乐悄悄走到屋后竹林边，把蒋世全的状况给当医生的堂哥做了描述，堂哥在电话里说不能确定，也可能是咽喉方面的其他问题，还是等检查了再说。

招待完宾朋，夫妻俩马不停蹄带着蒋世全去了市人民医院。小乐的堂哥亲自操作，做了全面细致的检查，初步诊断是食管肿瘤，并做了活检。为免老人担心，只对他说是急性咽炎。

三天后，所有结果出来，印证了两位老人的猜测：晚期鳞状食管癌。张小乐夫妇不死心，骗蒋世全说为了稳妥再去大医院看看，又带着老人去了成都的医院，检查结果依然是晚期层鳞状食管癌，且正在喉结位置，已有扩散溃烂迹象。

从成都回家路上，老爷子因连日坐车，又连着检查，感觉疲惫，在后座躺着睡了，小乐和蒋文武谁也没有说话。虽然在医院已知是癌症无疑，他们还是抱着侥幸心理，期望成都之行能推翻之前的诊断。

就像蒋世全说的，他可是一个从小就不知道药是啥子味道的人啊，怎么可能一来就是绝症?! 不都说好人有好报吗？蒋世全一生乐于助人，从没做过伤天害理之事，怎么可能一下子就成了短命之人呢？

小乐实在想不通，老天为什么会对公公如此不公！

蒋世全一直是村里公认的能人，夫妻俩除了自己家四个人的责任地，又承包了别人家撂荒的土地，每年光水稻就能收获四千多斤。其他农作物在同村人中收成也不俗，同时养有肥猪与耕牛。婆母廖明英患有严重风湿关节炎，除了打打猪牛草，干不了其他重活，蒋世全除了忙地里庄稼，在屋里也是一把好手。

蒋世全年轻时在干校修铁路，曾在食堂当了几年帮工，因而做得一手好菜。他为人热心，村里谁家有红白大事必定请他帮厨，不管有多忙总有求必应。但他脾气急躁，容易与人发生口角，所幸他从不往心里去，吵过马上就忘了，照样热情地请对方喝酒抽烟。

小乐曾听婆母讲，有一次蒋世全与屋后自家表妹夫在长田为放稻田水打架了，廖明英在家煮猪草，听人讲连忙叫了表妹赶过去拉架，结果，还没走拢，就听到两个人的说笑声。久而久之，村里人摸清了他的脾性，也就不与他计较，倒是小乐这些做后生晚辈的，常在他心情愉悦时，揭他的短开他玩笑，他也不生气，说："人总有做错的时候嘛，如果样样都见气，还不早气死了！"

多年前，小乐夫妇就叫两位老人到城里带孙女儿读书，可蒋世全就是丢不下他的猪牛和陪了他几十个春秋的老屋，说趁身体还好多给孩子们存点粮食，万一遇上饥荒年，不至于会饿肚皮。

在小乐印象里，公公一生节俭，家里虽有余粮，但总是吃陈粮。只有每年新谷子进仓时，按风俗打新米敬天老爷时才能跟着沾光尝尝新。蒋世全一生视土地如命，且极其固执，认准了的事，九头牛也别想把他拉回头。

因为他的固执，前面六十年中，他没看过一次医生，没吃过一颗药，他对老伴总是一不舒服就往村卫生院跑、整天打针吃药感到不可思议。他自信地认为：他这么强壮的身体，这一生都不会与医院有任何牵连。可病魔就这样毫无征兆地无情降临。

二

在确定了实在是不能动手术的情况下，小乐夫妇带着蒋世全去了深圳。在两家医院检查之后，全家一直告诉他得的只是咽炎，虽然他也拿着病历单上下颠倒翻过来翻过去地看了又看，却因不识字一直没看懂。

为了让他配合治疗，小乐拿着图片骗他，说他的病是因为之前的感冒引起的急性咽炎，因为没得到及时有效的治疗，现在已经转变成了慢性咽炎，也就是癌症的前身，如果再不及时治疗、不戒掉烟酒，就会癌变。

蒋世全属于那种极其怕死的人，很配合地治疗了一段时间，每天按时去门诊部输液吃药。并在听说是咽炎之后，问了社区门诊部医生很多关于咽炎治疗的注意事项。医生已得到小乐夫妇叮嘱，配合地给他讲要保持乐观的心态，积极主动地配合治疗，并吓唬他，如不按时打针吃药，就可能会迁延成食管癌。

医生用药略有加重，加之听说不是癌症，蒋世全又心胸开阔起来，心情一好，居然能吃进一些软烂的食物。于是，蒋世全很乐观地认为：他这个就是小毛病，会很快好起来的。

蒋文武和小乐心知老人病情会急速恶化，他们想在他有生之年，带他去看看外面的世界。蒋世全身上具有自来熟的特质。由于他健谈，又总是西装革履，头发用摩丝梳得一丝不乱，他还用小孙子的婴儿润肤霜擦脸，每次出门，皮鞋擦得锃亮，一副老板派头十足，吹起牛来草稿都不用打，很快就和小区所有小店老板打成一片。小乐去买日杂用品时，老板们都会关切地询问："你家老爷子是做啥子生意的？"

蒋世全以前走街串巷贩卖过猪血猪肺、牛肝牛肚，但小乐总不能对别人说他是卖猪血猪肺、牛肝牛肚的吧？加之听他跟别人吹牛说是做生意的，便也给他面子，说公公是"做牛肉生意的"。为此，蒋世全很是受用，觉得儿媳妇给他保全了颜面。

楼下老板娘为了每天能卖给他一包烟，总是夸他"气质好！一看就是当老板的"。他便越发得意，大方地每天领着小孙子去那里买零食、牛奶，原来抽的五元的烟也豪气地换成七元一包的。他说："我儿子是经理，不差这几个钱。"

偶尔，他还会把家里炸好的小酥肉送一些下去，让人家"尝尝我们老家的特产"。他对不解的小乐夫妻说："那两口子人多对的，看到我就给我端板凳，给我递烟。"

蒋世全能准确地说出哪家店铺老板来自哪里，家里都有什么人；也知道哪家店子是原配夫妻，谁又是半路夫妻。他甚至能说出哪家理发店从事的是正当职业，哪家发廊做的是"歪的"。

小乐常常打趣："你老人家没去当警察，简直是国家的损失。"

他便得意扬扬:"那是,天下就没有我打听不到的事。"

由于公司开业在即,不能因为私事损害到其他投资人的利益,蒋文武要忙各种筹备工作,不能陪在老爷子身边。张小乐和小姑子云秀就放下工程,全身心地陪着他四处游玩。

在明斯克航母上,蒋世全听说上面还能停飞机,很是惊叹。他得意地在航母上的飞机旁摆出各种造型,让儿媳和女儿给他拍照,说要把照片洗出来,带回去给邻居们看,"他们一辈子也不见得能看到。"

坐地铁时,他迟疑着不肯进地铁口,说:"地下那么黑,怎么可能跑火车?那不是钻到无底洞了?"

但看到人们行色匆匆地往里挤,他也就随着小乐他们往前走。地铁上总是挤满了人,每次都没有座位,蒋世全被女儿和儿媳各搀一只胳膊,摇摇晃晃地站着。

蒋世全感慨:"以前我们农村人骂人,咒别人去开地下火车(意外死亡、不得好死的意思),没想到还真有地下火车。"又说,"这地下火车不好,座位太少了,定力不好的容易摔倒。"他十分自信地甩掉小乐姑嫂俩的搀扶,"我稳力好得很,不用扶。"

结果,刚把胳膊抽出来就遇上地铁进站,地铁停下的当口,蒋世全一个不留神,借着惯性,身子猛地向前一倾,撞上别人,差点摔倒。他尴尬地说着:"个舅子,座位都莫得。"他一定要在地铁口留下照片为证,说:"他们肯定不得相信嘛,还真的有地下火车!"他给老伴打电话,说他在坐地下火车,廖明英以为他在说丧气话,还骂他口无遮拦。他急切地把手机递给张小乐，要小乐给他作证。

他一再给老伴说："等孙女放假了，你也来深圳看看，坐坐地下火车。"

小乐笑着纠正说："是地铁。"

他说："一样的，就是在地下跑的火车。"

在莲花山公园邓小平雕像前，蒋世全感慨万千："中国人都该感谢邓小平啊！如果不是他，你们不出来打工，哪里有现在的好日子！"又说，"你看，大家还是晓得感恩，给他老人家塑了像的。"

他不停地摆造型，让小乐给他拍照。第一次去，蒋世全拍的全是单人相，他觉得不过瘾，趁周末又叫蒋文武带他去。

蒋文武叫上所有在深圳的亲人朋友一起，和蒋世全在雕像前拍了几张合影。那天蒋世全特意穿了灰色立领毛衫，头发侧分，梳得一丝不乱，脸上红光满布，那气宇轩昂的样子，真像小店老板娘说的："比他儿子更像老板！"

也正是在那天，在深圳图书馆前吃午餐时。蒋文武的表嫂因为不知情，说姨父："你老人家还是幸福，还能出来旅游。精神也多好的，不晓得的人，根本就看不出来你得了癌症。我们院子里那个，查出癌症几天就死了，自己吓死了的。就是要像你这样，想开些，看你现在，啥子都享受了，管他妈的，死了也划得来。"

小乐和蒋文武在公厕给儿子换尿不湿出来，正好听到表嫂的后半段，试图阻拦，已然来不及。蒋世全蓦然听到自己的真实病情，原本阳光遍布的脸，瞬间就暗了下来，他微低着头，沉默地坐着，嘴唇颤抖，拿在手上的面包袋怎么也撕不开。

蒋文武企图继续隐瞒，说："哪里是嘛，老汉别听嫂子胡说。你看你这段时间不是吃得下东西了吗？说明有好转，如果是癌症，怎么可能会好，只会越来越严重嘛。"

蒋世全猛然抬起头，红着眼看着儿子，手往腿上一撑，陡然一声大吼："还想把我瞒到啥时候？"

小乐看事已至此，知道再瞒下去也没有意义了。她和云秀一边一个挨着蒋世全坐下，挽着他的胳膊说："你老人家既然知道了，我们也就不瞒你了，第一次去医院就检查出来是食管癌，只是我们不愿意接受，才又带你去成都检查的。而且，你这个病耽搁太久，错过了治疗期，已经很严重了。"

看公公没有吭声，小乐继续说："我们咨询过医生，确实不能动手术了，动手术要锯掉近四五厘米长喉管。既然你已经知道，我们也想听听你的看法，如果你愿意动手术，我们明天就送你入院，就在深圳。如果你不愿意手术，我们就继续保守治疗。你也不要激动，要配合医生，好好吃药打针，虽然不能好起来，但至少不至于蔓延得那么快。"

蒋世全听了小乐的话，沉默了一会儿，说："难怪你们要带我来深圳，是怕院子里人多让我晓得了哦。"停了停，又说："我晓得你们孝顺，是想老汉在死之前多看看世界，我晓得的。"

听得老爷子如此说，蒋文武和小乐、云秀三人再也控制不住，一下子哭出声来。自从老爷子查出癌症，为了不让他知道，兄妹几人一直强颜欢笑、故作坚强地撑着，这会儿突然像泄了气的皮球，瘪了下去。

蒋文武站在蒋世全背后，弯腰抱着他的肩膀，把脸挨在他的脸庞，商量着说："要不，我们还是去动手术嘛。"

　　蒋世全把头摇得像拨浪鼓，"不去，不去。空花钱！我跟你们说，我早就晓得是那个东西，虽然你们说我得的是咽炎，我心头都还是有那个阴影的。这情况就是老表叔那个情况，大差不差的。你们没回来的时候，我就跟你妈说过，如果是那个东西，坚决不动手术。挨一刀还医不好，进棺材还少一截，死了投胎都不好投。动手术做啥子？不去，坚决不去！"

　　看蒋文武他们低着头流泪，他又故作轻松地安慰着儿女："这有啥子嘛！人迟早都要死，我不怕死！你们也别怄气。"

　　他装着开心的样子，继续和大家玩耍，只是要求给他拍的照片越来越多了，仿佛每个景点、每个人，他都要拍进照片带回老家，铭刻进他的骨子里、记忆里。每帧照片上，他依然咧嘴大笑，只是那笑，明显带着凄凉。回家路上，看蒋文武他们沉默寡言，蒋世全一再叮嘱他们不要伤心，该吃吃该喝喝。

　　第二天，小乐发现，一向习惯早起去楼下公园锻炼的公公没起床，在小乐把早餐摆上桌，再三催促下才起。小乐偷偷观察，发现蒋世全双目红肿，眼布血丝，一看就是一夜未眠，并长时间哭过。张小乐和云秀装着不知道的样子和他说着笑话，他也装着开心地呵呵回应着。但他们都知道，老爷子既已知道病情，欢乐的日子不可能再出现了。

　　吃罢早饭，蒋世全又问小乐他的真实病情，小乐把病历本拿出来一字一字指着告诉他。他不相信，又问女儿云秀是不是真的不能手术了，并打电话给老伴廖明英。

虽说了不愿意手术的话，但他还是怕死的，想确认一下是否真的如儿女所说"不能手术"。昨晚他还一直在猜测"是不是儿子媳妇因为开厂要钱，怕我治病把钱花了，所以不给我动手术"。得到廖明英"确实是晚期扩散了不能动手术"的肯定回答后，他不得不接受了现实。

他再三问小乐："真的不能动手术了吗？"

小乐说："医生是这样讲的，如果动手术极有可能会加速扩散。而且，您这个是层鳞食管癌，喉结处有四个结块粘在一起，动手术会锯掉好几厘米。先不说术后能挨多久，进食都是问题。"

蒋世全问为什么？云秀说："医生说，你这个动了手术只能靠插一根铁管，从管子中输流食维持生命，还要在不并发其他癌症的情况下。"

为了打消老爷子怀疑是他们不愿给他医治的顾虑，蒋文武带他去了深圳的大医院，明确地和医生讲，不用避开患者，可以据实以告。在专家门诊，蒋世全亲自听了医生的详解，也看了拍的彩超图片，主动拒绝了手术。说："脖子上插个管子，想起都恼火。"还怕万一在手术台上下不来，又说："身体是爹妈老汉给的，锯一截二天死了都不完整。"

他既然接受了命运的无情安排，反而看开了，说："如果不是来深圳，在老家不让你们晓得的话，我早就死了，这几个月都是白捡的。管他喽，活一天算一天嘛。"小乐他们心知，老爷子只是嘴上宽他们的心，其实心里难过得不行。

之前因为蒋老爷子的病，饭桌上他们尽量不吃海鲜，即或餐桌上出现海鲜，也总是以咽炎患者吃不得海鲜为由，不让蒋世全吃，老爷子也自觉地忌口，"就是，海鲜是发物。不怕，你们吃，我二天好了多吃点。"

自从知道自己的真实病况后，他就不在饮食上忌口了，说："不吃划不来。"酒也喝了起来，他甚至给云秀说："白酒是消炎的，喝点酒烧到，反而不那么痛了。"看大家吃海鲜，他也吃。蒋文武说癌症患者不能吃海鲜，老爷子说怕啥，反正都要死，死前尝尝海鲜是啥子味道也好嘛。

云秀想起医生说让他想吃啥吃啥，便给他盛了一碗基围虾蟹腿粥。蒋世全用勺子舀了一勺，试吃了一口。他曾经听别人说过，海里的东西自带咸味，做菜都不用放盐，齁咸。他以为这粥也会很咸，没想到一勺下去，只觉入口软糯，唇齿留香，甘甜无比，回味悠长。

他感叹地说："这么好吃的东西，以前光看你们吃，还真是可惜了。"又让小乐给他剥了几只大虾和一只蟹，连连说："好吃，好吃。还是莫得那么咸嘛。"

蒋文武看父亲津津有味地吃着，眼泪夺眶而出，"爸，你慢点吃，放心，你没吃过的，我都带你尝一遍。"

蒋世全从知道病情后，便每天几个电话给老伴廖明英，叮嘱她要按时吃饭，不要吃剩饭剩菜，不要节约。

廖明英在电话里反驳他："你平时那么节约啊，这会儿怎么不节约了欸？"

蒋世全说："我节约了一辈子，结果落了个啥子好？

老了老了，一辈子节约下来的钱还不够看病用。"

由于他俩都是从苦日子过来的，所以生活中相当节俭。以往家里杀一头猪，用捡来的旧报纸或草纸包了又包，腌在榨菜坛子里，要从头年腊月吃到第二年腊月，到下年时，那肉基本上是腐烂的，拿在手上，手指头都要陷进去那种。儿女不在家时，老两口都是冬天箜菜干饭或苞谷稀饭就咸菜。夏天由于没有冰箱，一个晚上过来，稀饭都起泡了，他们照吃不误，说："酸劲酸劲的，喝起才解渴。"

儿子结婚后，只要小乐在家，看见这样的稀饭便倒进猪槽，不让他们吃。为此，小乐没少挨蒋世全夫妇责骂，说她没有过过苦日子，不晓得节约，败家。

象征性地过了几天平静日子，蒋世全再不愿意外出游玩了，说该去的地方去过了，没吃过的也吃过了。他想回家。他悄悄地对姨侄媳妇说，怕死在异乡。

临行前，张小乐征求蒋世全的意见："爸，要不我们坐飞机回去吧？您老还没坐过飞机呢。"

意外地，一向节俭的他这次没有反对，欣慰地说："要得嘛。坐了地下火车，又坐飞机，天上地下，这辈子划得着了。还是小乐想得周全。"

小乐特意给他选了靠窗位置，他贪婪地看着窗外，看云海翻波，看机翼起伏，眼里有亮晶晶的东西浮现。

三

自回老家后,中药、西药、吊针一直伴随着蒋世全,同时与他如影随形的,还有对死亡的恐惧。他经常一个人坐着发呆、流泪,对着孙女说:"幺孙,爷爷不想死啊!"

人总是在生命即将结束时,才会想到活着的美好。他想活着,想看儿孙们过上好日子。尽管小乐和医生都嘱咐他要心态平和,他依然会在听到楼下殡葬公司哀乐声时,情绪低落。

蒋世全的脾气越来越乖张暴戾,看什么都不顺眼,经常莫名地骂廖明英,而听到老伴被他气得不停地打气嗝时,又懊恼不已,"妈个舅子,我顺口一说,你顺耳一听就是了嘛,气啥子气?你这辈子还没气够?"又叹气轻声说:"莫气嘛,等二天我死了,想我骂你都等不到。"

小乐找他商量要不要去医院做化疗时,他坚定拒绝了,因为听说化疗会导致头发、牙齿掉光。而蒋世全是相当注重形象的,即或是在腿脚无力的时候,他也要西装衬衫、皮鞋白袜出门,头发一定要梳了又梳。

虽然拒绝化疗,但不妨碍他继续寻医问药,他天天上街,专往老人多的茶馆走,听到别人说哪个偏方好,回来就催促小乐去找药。有一次，他听人说生吞活泥鳅能治食管癌，就去买了一斤活泥鳅，用生菜油浸了扔嘴里，却不想泥鳅没吞进去，倒把自己吐了个死去活来。

人家又告诉他，要把泥鳅烤干碾成灰，用菜油调和。这次，吞倒是吞进去了，却又腹泻了好几天，差点没拉脱水。

廖明英听别人说，上游有个老年人扯草药很厉害，只是收费有点贵。蒋世全就拉着廖明英不辞辛苦去找，配了两蛇皮口袋草药，吃了几天，就放那里再也没动过。

当蒋世全终于因腿脚无力不能上街和老友们散步时，家就是他唯一能待的地方了。他常常坐在门口望着街道呻吟，为不能出去散步聊天而叹气懊恼。

为了缓解他的心理压力，小乐变着法逗他开心，引导他说之前跑江湖的经历。以前廖明英总是说："你爹是个风流种子，这辈子不知道给你们找了多少个小妈。"每次听廖明英说这些，蒋世全总是掩饰不住脸上的得意。

小乐坐在客厅缝补衣服被褥，蒋世全和廖明英坐在凉椅上看着，有一搭没一搭地拉着家常。小乐看大家无聊，故意说："爸，说说你那些风流韵事嘛。"蒋世全便有了精神，吹嘘起来。

蒋世全年轻时，常在农闲时节跑去外地建筑工地打工，每次出去都会邂逅一段艳遇，其中有一个是豆腐西施。

他们那些搞建筑的，都是三四十岁的壮年男人，正是血气方刚的时候，远离妻子和儿女，本就寂寞难耐，加上他们大多不擅长洗衣浆衫，找个女人洗衣做饭排解寂寞，是大多数人的选择。

在他们工地附近，有一家早餐店，店主是一名三十多岁、带着两个十来岁男孩的妇人。据说她男人早年出车祸死了，她一个人带着俩孩子不能做其他营生，正街上开店又付不起房租，便在建筑工地附近搭了个竹棚子卖早晚餐，豆花、米粉、面条、稀饭、馒头、包子……应有尽有。

一开始，蒋世全去她店里吃夜宵，看她一个女人收了摊还要推豆子，觉得她挺不容易的。而他因想多挣点钱，加班比别人要多点，下班相对就要晚些。而且，他生来胃口就比别人要好，夜里但凡有一点没吃饱，就睡不着觉。工地上伙食油水本来就少，量也不多，他便常常在下班后去夜市摊吃二两面条，再喝上一杯白酒，一天的疲惫顿减不少。

有时去晚了，她已经收摊，但听他说肚饿，便又开火给他煮面。他觉得歉疚，便没话找话地和她拉家常，一来二去两人就好上了。他每天下班就去帮她收摊推豆子，而她也会把酒提前准备好，给他炸一盘花生米，或其他下酒菜，有时还会陪他小酌一杯。

"那真的是个好女人啊！能干、温柔，贤惠又体贴。衣服给我洗得干干净净，叠得整整齐齐的。"说起往事，蒋世全叹息，他四下看看，确认老伴没在身边，又神秘地说："如果不是为了武儿两兄妹，我还真不准备回来，就和她过了。"

那是一个非常漂亮的女人，工地上来来往往的都是饿狼，打她主意的也不少，晚上故意磨蹭不走的、半夜敲她门的，数不胜数，但她都不放在眼里。

"你爹我是人才生得好，又勤快，给她帮忙推了很久的磨，她才接纳我的。"蒋世全一副得意的表情。

"我其实也是骗了她，说了谎的，我说我在家里做木材生意，因为亏了钱，才临时出去打工躲债的。她看我这派头，嘴巴能说，手脚又麻溜，对她娃儿又好，经常给娃儿买零食糖果，也就相信了，不然她还看不上我呢。"

蒋世全说那真是一段神仙过的日子。"你妈赶不到她一半！"又补充一句，"哪方面都赶不到。"

他摇摇头，又似有些遗憾地说："工地上活完了，我也该回来挞谷子了，就骗她说回来离婚，给了她一个假地址和假电话。没得办法啊，武儿两兄妹大了，要处理个人问题，不能把家散了，不骗不行啊。也不晓得她后来怎样了。"他陷入回忆。

他又自顾自说起在江西的经历。

在江西工地耍的那个女的是贵州人，有老公，但她老公因为从塔吊上摔下来，腿部骨折，回老家养伤了。

她做的是小工，在工地上筛沙子，小型包干那种。

蒋世全在工地是跟大工递砖挑沙的，大工休息他也就休息，比小工时间相对短些。

蒋世全生性风流，看贵州妹子长得俊俏，又是单身一人，便常借着帮忙筛沙接近她。

他说："气力就是一条狗，用了它又来。手上的活路又不重，耍耍达达就做完了。"

女人很是感激，便给他洗衣服。女人租得有房子，偶尔开小灶做饭，也把他的做上，他便常常留宿在那里不回工地。

小乐问他："人家不说闲话吗？"

蒋世全说:"工地上这种事多了,哪个管这些闲事,都是睁一只眼闭一只眼的。"他不无得意地说,"我从来没在女人身上花过钱,都是白吃白喝,她们还给我买衣服鞋袜。"

蒋世全也讲他与村里乡邻的恩怨情仇。

说有一次他起得早,去麻地垭口看自家地里庄稼。路过崖上苞谷地,看到一片苞谷直摇晃,还有一些声音传出。他以为是野兔之类,想着逮回去弄来下酒,便顺着走了过去。

没承想看到光胴胴的两个人正在垄垄里翻滚,那男的正翘起屁股奋力战斗,女人嗯嗯哦哦的声音清晰入耳。他故意咳了一声,说:"撞到妈个鬼了!大清早的。"

农村人对这事比较忌讳,他就站到崖下路口等。过了一会儿,看两个人穿好衣服要走,蒋世全拦住不让走,说大清早遇到这事运气不好,要他们给他挂红打火炮。

两人怕他声张,又不同意给他挂红打火炮,那样岂不是大家都知道了,便许诺给他封红包。他怕两个人回去了反悔,就放了那个女的回去拿红包,把男的给留下了。

果然,那个女的回去,给他封了一个一百三的红包送来。

小乐问:"为什么是一百三而不是一百二呢?"

廖明英说:"这些事和丧事一样,都是封单不封双的。"

"你晓得是哪两个?"蒋世全神秘兮兮地问小乐。

小乐听到了两个熟悉的名字,她不敢相信地说:"不会吧?"这两个人在小乐印象里,形象一直是很正面的。

廖明英接过蒋世全的话，"结果那两个人的事还是被别人晓得了。就以为是你老汉说的，和他吵了一架。现在看到都是面红耳赤的。"

小乐问："不是只有你们几个人晓得吗？到底是不是你说的？"

蒋世全说："拿人家的手短，我拿了别人的红包，哪里会再去给别人讲！"

小乐又问婆母："妈妈也晓得，是不是你不小心和老姐妹们说漏了嘴？"

廖明英说："败别人名声的事，我哪里敢乱说。"

小乐问："那又是怎么传出去的呢？"

蒋世全说："那个舅子。哪有不透风的墙，听我摆嘛。"

红包事件过了很久，到了快收苞谷的时候，那家苞谷地的主人去看苞谷收不收得了。到地里一看，发现中间一大片折断了的苞谷杆子，还有铺得均匀平整，以及被滚压过的痕迹，一看就不是狗打狂造成的。

苞谷地的主人便站在崖上骂："狗日的娼妇犯人些，才不要脸，要偷人各自跑到草垄垄头去嘛，跑到老子苞谷地来，把老子的苞谷整断那么多，也不怕那东西被苞谷杆杆戳烂了。"

旁边有好事的人就搭言，说某天在崖脚下浇粪，好像听到有两个人在崖坎坎上说话，后来还听到了蒋世全的声音。说看到那个婆娘从崖上下来，后来又上去了的。

苞谷地的主人便疑心是别个偷人被蒋世全撞到了，找他打听。

蒋世全自是说不晓得，哪料到那人去找那个女的诈，骗她说是蒋世全讲的,结果那女人一听蒋世全的名字,一急,还真几句话就给她诈出来了。

那个女人就跑到蒋世全家闹,骂蒋世全不是东西,收了她的红包还出卖她,要他把红包退给她。于是,这事情就闹得满城风雨了。那个女人的老公回来听说了,就把她按在地上打,打得她几天都下不了床。

男的倒是没有受家里婆娘责难,却自此在村里失了威信,众人再不像以前那样高看他一眼了。两人只管认定这事是蒋世全泄出去的,从此与他结了仇。

小乐这才明白过来,结婚这些年来,在村里每每看到这两人,不管她多热情打招呼,人家对她都一副不冷不热的模样,原来问题出在她公公身上。

小乐说:"如此,你倒是真的受了冤枉,不过话说回来,你就不该收人家的红包。"

蒋世全说:"那怎么晓得呢。当时以为就我们三个人,那个人在崖下,苞谷林子又深,挡到起的,我们都没有看到。而且,农村不都那个风俗嘛,见红免灾。"

小乐便笑他:"想不到,你还当了十几年的'背锅侠'。"

蒋世全和廖明英问:"啥子叫'背锅侠'?"

小乐说:"就是替人受过。"

廖明英说:"该他背时!各自要贪小便宜。叫他们挂红打火炮就是了嘛,要啥子红包。看嘛,这不是运气不好,得癌症了嘛。"

蒋世全说:"当时也是想到挂红打火炮的话,别人名声就坏了嘛。想着多一事不如少一事,哪晓得还是结了仇。"

　　小乐说:"这都十几年的事了,哪里跟哪里哟。生病当然是自己运气不好,但也不是说跟那事有关系,别乱说。人家听到了,还以为你是真的是遭了报应,让挨邻搭界的笑话。"

四

在一时能吃一时不能吃的循环反复中，蒋世全的癌细胞终于转移了。医生说他的病情再也遏制不下来了，即使做化疗，也只能多活半把个月而已。

蒋世全放弃在镇上医院治疗，催促着回了乡下老家。在回乡的第二天，已四天滴水未进的他，竟然奇迹般又能吃东西了。但好景不长，不到十天，蒋世全又到了连稀饭都不能正常进食的程度。

早在镇上时，为了给他补充营养，除了必不可少的药物辅助，在饮食方面也做了极大的调整。小乐买了一个小型手摇式钢磨，将黑豆、红豆、花生、芝麻、黑桃、黑米、大米一一炒熟，分别研磨成粉，筛去粗渣，用玻璃罐分类装好；将猪肉剁成肉泥炒制，蒋世全喜吃肥肉，即或病入膏肓也要餐餐吃肉，他嫌瘦肉卡牙有渣，肉泥多以去皮肥肉为主，这样既少了板油的油腻，也多了猪肉的香嫩细滑，只是剁起来油水四溅不好清理；青菜去帮留叶，切成细末，萝卜是一定要先杀一下水再切的，不然不够蓉。

做饭时，将肉泥炒熟，再加开水熬成肉汤，这样处理吃后不太容易腹泻，而且开水熬制的相对香浓一些。小乐先将米粉倒进肉汤，用勺子慢慢搅动，细火煨熟。再分别将各种豆粉用温水调匀加进去烧开，然后是萝卜碎，最后是青菜末。病人肠道功能不行，不能吃剩食、隔夜饭，而这种糊糊一旦晾凉，就容易结块不便吞咽，只能用小奶锅一次次熬煮。

蒋世全是一个闲不住的人，即或是双腿因病无力，也会尽可能地出门散步，小乐和婆母亦步亦趋地陪着他聊天。但走不了多久，又会因胃肠功能衰退，要频繁回家上卫生间，如此反复，不到两个时辰，便又腹中空空。

每每这时，他便会揉着肚子说："这人怎么这么没出息，好像一顿管不到一顿了。"

小乐便知道他是饿了，又即刻开火熬粥。

别人家一天做饭不超过三次，小乐家可能六七次甚至更多。有时候半夜也会起来熬粥。这样的饮食，蒋世全吃了近半年。

很快转入腊月，蒋世全连这种糊糊也不能吞咽了，靠着输蛋白乳、氨基酸和各种营养液及药物支撑着。

腊月初八那天上午，小乐没准备熬腊八粥，怕引起他伤感。临近中午，他说："你们怎么不煮腊八稀饭呢？"小乐说算了，随便吃点就可以了。蒋世全坚持要小乐做，说若不是他生病，小乐就可以回娘家吃"爸爸粥"了。

在小乐娘家，腊八粥多由小乐父亲亲手熬制。父亲总是别出心裁地将腊八粥丰富多样化，所以小乐家都管腊八粥叫"爸爸粥"。结婚十余年，小乐只在婆家吃过一次腊八粥，是小乐撒娇叫蒋世全做的"爸爸粥"，几年过去，蒋世全一直记得。

小乐怕自己做的婆母吃不习惯，老爷子说："这多简单嘛。"小乐在蒋世全的指导下，准备着各种配料，婆母在灶前烧火。蒋世全坐在门边，看着小乐她们忙碌，老泪横流。

在蒋世全的眼里，不论过去小乐与他们曾发生过怎样的不愉快，小乐都是一个孝顺的媳妇。他常对人说：不管我儿子在外挣了多少钱，寄了多少钱，没有我儿媳妇给我拿出来买回来端出来，钱总不会自己来给我看病服侍我。

自蒋世全病后，小乐曾去了好几座庙宇，真诚地祈求过上天，愿蒋世全能坚强地活得更久一些，就算自己过得苦些也情愿。只有一个不少地活着才是一个完整的家，小乐不愿蒋文武体会子欲养而亲不待的遗憾和悲哀，可事实上这痛楚正无边地侵袭着他们。

小乐常常自责：如果他们在蒋世全发病初期就觉察，把癌变消除在萌芽状态，就不会导致现在的无力回天！小乐知道，悔恨必将陪伴他们一生，在心理上将永远地背负着不孝的阴影。

蒋世全从回老家便在村医务室输液维系生命。刚开始，他还能在廖明英的搀扶下走着去医务室输液，那里有好几张床位，多是垂暮之年的老病汉。在那里，他可以和他们一起聊天，有人陪着说话痛感就会相对轻些，所以，蒋世全把医务室当茶馆一样看待，每天吃完饭就催促老伴出发。

葡萄糖、蛋白乳、氨基酸……所有能补充能被接收的营养液，源源不断地流进蒋世全的身体。

小乐的女儿在镇上上学，不光中午要回家吃饭，也需要人辅导作业。她只能每天早上早早起来，将女儿的午饭做好，煨在电饭锅里，再买好需要的蔬菜水果，带着儿子坐船回乡下老家，给两位老人家做一餐饭，陪蒋世全输液聊天，下午再回镇上陪女儿。日复一日，周而复始。

老家的冬天总是阴晴不定，忽而阳光灿烂温暖如春，忽而朔风呼啸阴寒彻骨，就在这样捉摸不定的鬼天气里，小乐感冒了，病得很严重。一开始状况并不明显，她只是觉得头很沉，感觉胸口闷闷的，还坚持着回了老家。可能是来回坐船受了冷风，第二天早上起床，病情迅速恶化。小乐觉得自己的头变得像铅球一样沉重，就连轻轻地转动一下都觉不便，挂在脖子上感觉像要掉下来，两脚也像绑了沙袋，抬不起来，喉咙更是痛得连口水都咽不下。对镜自查，扁桃体发炎了，红肿且有一处脓包。

小乐吃了感冒药，并加大了用药量，仍未见起色，只得求助于医生。那天，小乐没有回乡下，躺在床上，只觉浑身无力，诸事不思，昏昏沉沉半梦半醒。她本想好好睡一天，但家务无人料理，还得勉力洗衣做饭搞卫生，去市场买菜。

平时抱着儿子上下都不觉吃力的市场台阶，此时对小乐而言，难比登天，每走一步，都感觉头要掉下来了，晃得生疼。她努力想定住身体，却不料晃得更为厉害。儿子太小，不懂得母亲的辛苦，依然撒着娇要妈妈抱抱。

拗不过儿子，小乐试着蹲下想抱起他，却发现根本无力，且站都站不起来了，儿子随着小乐的身体一并倒在地上。小乐的泪水倾泻而下，搂着大哭的儿子，哽咽着，反而更觉喉部剧痛。

回到家里，本想倒在床上好好躺躺，儿子却粘在她身上。才两岁的孩子，看不懂母亲深锁的眉头下藏有多少无奈，只知道没人陪他玩耍不高兴。小乐略显不耐烦的一声呵斥，立马让儿子委屈得号啕大哭。他不明白，平时最疼他的妈妈怎么会这么严厉地凶他。

小乐也为自己的行为而愧疚，儿子还小，不能期望他体贴妈妈关心妈妈。可小乐是真的无力陪他玩耍。儿子看小乐平静下来了，又嘟着小嘴要妈妈抱抱，看着满脸泪珠的儿子，小乐的泪比他还多。她吃力地将儿子抱上床，却不想碰到凉席边，划伤了儿子的背。

夜已经很深了，儿子还没冲凉。小乐在非常吃力的情况下终于给儿子洗了澡，却因抱不起他，而让桶沿刮痛了他，惹得他哇哇大哭。隔壁老乡敲墙问小乐是不是打儿子了？为什么要打他？小乐莫名地就烦躁起来，心情真的是糟糕到了极点。明知他们不是小乐发火的对象，可就是压抑不住自己的情绪想骂人。

小乐不是一个娇气的女人，若非实在坚持不下去，不会轻易表现出来。前段时间，老公说要抽时间回来看看，却总是只打雷不下雨。好不容易在回来路上了，却又说要沿途看看，做一下市场调查。

她不想给老公增添麻烦，可连着两日的坚持，似乎并未让小乐的身体有所好转。加之药物的作用，身体更显无力绵软，晨起时又眩晕倒地。每每这时，小乐的眼泪就会不自禁地流下。

两天未见小乐回家，婆母廖明英生气了，以为是小乐嫌弃他们的拖累而耍脾气。听不得婆母在电话里阴阳怪气的唠叨，小乐只得强打精神踏上归家之路。

到家时，二老脸色极其难看。

婆母说："你还回来做啥子？莫回来嘛，等你老汉死了才回来嘛。"

"对不起，妈，我感冒了。"

"硬是那么恼火哈，一点儿感冒就爬不起来了。"婆母依然不依不饶。

小乐不想解释，提着菜去厨房做饭，却一个跟跄倒在厨房门槛处。两位老人才慌了手脚，叫来院子里老乡帮忙，扶到客厅凉板床坐下，又打电话叫医生来看。

医生诊断过后说是劳累过度，加之淋了雨患了风寒。蒋世全便急了，骂老伴不分青红皂白冤枉了儿媳。

廖明英觉得万分委屈，毕竟她也是六十来岁的妇人，虽身无大病，却也总是小病缠身。在蒋世全生病的日子里，虽说儿子儿媳、女儿女婿还算孝顺，侍候得也算周到，但床前端药递水这些活大都是她在做。

小乐理解婆母的愤怒。婆母是一个非常娇气的女人，出嫁前在家颇得父母疼爱，结婚后丈夫对她又诸多迁就。公公蒋世全一直把婆母照顾得非常好，非但户外体力劳动全力担当，家庭里厨房琐事也一揽在手。

廖明英不喜下厨，蒋世全从田里劳作回来锄头扁担一放就往厨房跑。每逢老伴有个头痛脑热，不用讲出来，蒋世全就会从她的表情看出，然后嘘寒问暖，熬饭端汤。

小乐结婚后发现，只要婆母说不舒服，蒋世全就会夜不能寐，整晚都能听见他问询婆母的声音：

"老廖，喝不喝水？"

"老廖，好些没有？"

"老廖，头还痛不痛？要不要再吃点药？"

反倒是廖明英，因了蒋世全不停地询问，显出几分不耐烦，每每以她的怒斥而结束。

那时小乐常想，老公会不会也像公公照顾婆母一样照顾她？

事实上，在结婚十多年里，蒋文武从不曾陪小乐上过一次医院，就算是一双儿女生病、住院，也多是小乐一人奔波、照料。蒋世全生病的两年里，大多也是小乐服侍在侧。

小乐心里虽也有过不快，但总能想到丈夫的无奈。一大家子的生活重担全压在他的肩上，他比任何人都要辛苦都要累。小乐能自己顶住的就尽量自己顶住，实在顶不住了，就求娘家父母帮她一起扛一下。小乐总怕蒋文武过多地劳心伤神，怕他开车时注意力不集中。

可这次，小乐真的坚持不下去了。小乐希望在她病倒在床上起不来时，能有人扶她一把；也想在晚上口渴时，能有个人给帮忙端一杯水；还想在吃药迷糊时，能有人帮着照看一下孩子；在腿软无力走路时，能有人帮忙接送孩子上学；更想在早起时，有人问候一声好点没有。

小乐要求的不多，只要一个伸手的动作，一句简单的问候，一个关切的眼神，让她知道她不孤单，不是一个人在战斗。

去村医务室，要走一段二十余米的上坡路，坡度不大，但对蒋世全而言，却像是登天梯一样难，正常人几分钟就能到达的路程，他至少要用半个小时。

慢慢地，廖明英已不能独自扶他走到医务室，要两个人左右各架着他一条胳膊行走。小乐试着背了几次，也终是体力有限，老太太身材瘦小更是望人兴叹，只能请医生到家中输液。

初时，蒋世全还能自己在客厅板床上坐着靠着枕头输。长期躺着，感觉骨头都要化了，越发酸软，只要一躺下，就感觉死神在向他靠近，厚重的被子压得他喘不过气来，他总是说有人在掐他的脖子。唯有坐着，坐着看眼前来来去去的人影，和他们说话，他才能觉得自己还是活着的。

他已不能一个人独处，身边时刻需要人陪伴，老伴一离开就大吼大叫。到后来不能发声时，就使劲拉床边的铃铛，那是小乐怕婆母有事离开，他有紧急需求时给他设置的一个求助工具。

有天半夜，在一阵怒骂呵斥声中，婆母号啕大哭着跑上楼来。小乐已经被老两口的争吵声惊醒，正欲下床。小姑子云秀前几天也接获老父亲命不久矣的消息回到老家，晚上因小乐和她交流蒋世全的病情，睡得很晚，这会儿也起来询问。

面对女儿、儿媳的询问，廖明英只是哭不说话。蒋世全在楼下一遍遍骂声不断，小乐下楼问了半天，也没问出一个所以然来。

蒋世全只是吼："先人板板，你就想老子早点死嘛。老子死了你好改嫁哟？想都莫想，老子死了也要把你揪到。"

停了停，喘了口气又接着骂："你怕老子给你惹起嗦？

越是怕，老子越是要给你惹起，你跑不脱的。跟你说，你跑不脱！老子死都要跟你扯在一路！"老太太在楼上听到，哭得更厉害了，小乐姑嫂俩面面相觑，不知所以。

五

老两口素来重男轻女,云秀自小不得父亲重视,小学毕业就被逼着去外地打工,却被带出去的人半路丢在西北,得亏遇到后来的老公荣白太照拂,早早和他结了婚,十七岁就生了孩子。

早前蒋世全也曾去过云秀婆家,本来有机会带她回来,却害怕自己也陷在那里回不来而不敢带女儿走,自己半夜悄悄跑了。

荣白太嗜酒如命,没醉的时候温柔体贴百分百好丈夫,一醉就是戾气十足的人间恶魔。云秀常常被他酒后施暴,因此在心里对父母有着诸多抱怨与不满。若非后来哥哥嫂子百般照拂,融化了心中寒冰,加之父母后来怀着自责与内疚帮她带了几年孩子,她是不愿回来的。

云秀见父母一个哭一个骂,瞬间火大,把这些年的委屈愤怒一股脑地倒了出来。她质问父母这般刁难儿女有什么意思?对她这些年受的苦难可有感觉内疚?什么时候才能站在儿女的立场替他们考虑?

她说:"我们一个个放下工程,放着家庭不管、孩子不顾,守着你们,重话不敢吭一声,大气不敢出一口。你们说东,我们不敢往西,你要干的,我们不敢煮稀。样样听从你们的，你们想怎样就怎样。你们自己看看嫂子，为了照顾你们把自己累成啥样了？你们能不能像别人的父母一样为孩子考虑，盼儿女好？"

小乐在一旁听着并不阻拦，她知道婆母好面子，十二年来，一直在儿媳面前逞强称能，就是不想被儿媳看不起，如今当着儿媳的面被女儿如此呵斥，必然会感到难堪。

小乐作为新时代儿媳，不想和公婆为鸡毛蒜皮的家庭琐事起争执，一则觉得没必要，二则觉得争吵很丢面子，也伤家庭和气。所以，结婚以来不管婆母如何刁难，小乐从不和她争个一言半句，从小接受的教育和自己的素养，更不容许她和长辈顶嘴。

而且，大院子里好几十口人，农村人又好嚼舌根，无中生有是常态，饶是她从不与人为敌，处处忍让，还是在婆母添油加醋的嘴里成了院里村里什么都不会的傻姑。

廖明英在女儿的灵魂拷问中，先是哭声越来越大，继而越来越小，渐渐平息。良久，才抽抽泣泣地喃喃自语般："他个老东西是牛马畜生投胎的。"小乐和小姑子一下子就明白了。

前面说过，蒋世全是个风流坏子，身体方面异于常人。老太太说他肠肝肚肺已烂得差不多了，天天不停吐污秽物，加上整天浸泡在药物中，全身异味，但依然要折腾她。

廖明英本身就有慢性胃炎，以前看见儿媳给孙女换尿布都作呕半天，每次侍候蒋世全，怕被他凶，都是忍了又忍，才没在他面前表现出来，屏气靠近一会儿，就急速离开，躲得远远的，干呕好一会儿才能缓过来。

老太太说蒋世全这几天可能是药物原因，居然有那方面的需求，非要拉着她折腾。她不愿意，才发生了打骂抓扯事件，老太太露出被蒋世全抓伤的手臂，又是一阵哭泣。

云秀和小乐便可怜起老太太来。

虽说蒋世全在大家眼里是一个爱帮忙、整天乐呵呵的好人，却也是一个暴脾气之人，动不动就会发火，而且骨子里男尊女卑观念相当强烈，认为女子出嫁后自当从夫。小乐在与他并不多的相处中，也发生过三次摩擦。一次是小乐娘家父母生病她要回家照顾，公公心生不满，以为与娘家关系只能是亲戚，亲家生病自有他的家人照顾，与儿媳小乐无关。小乐解释，弟弟在外地回不来，父亲母亲同时住院，自己作为女儿理应出面。蒋世全不听她的解释，但也没有过多阻拦，只是每日怨气漫天，牢骚满腹，一看见小乐就指桑骂槐。

小乐父亲因病动手术，在病床上还没三天，小乐母亲又因急性阑尾炎手术住院。小乐外婆那时因摔断了手住在女儿家，也需要人照顾。家里还有猪、牛、鸡、鸭、鹅等畜禽要照管。小乐每天天不亮就起床做好外婆的饮食，把猪食盛在桶里提到猪圈外，让堂嫂帮忙喂一下，就急急忙忙赶到镇上医院。

两位老人需要照顾，拿药、买饭、搀扶他们上厕所。

等下午二老输完液，小乐帮他们买好饭菜，又急急忙忙往家赶。她要在天黑前去地里割猪牛草，赶鸡鸭进笼，给外婆做饭。晚上，就着灯光切猪草、煮猪食。因为太过劳累，小乐的胆囊炎发作，胆结石、肾结石也作怪，尿血严重。

亏了村卫生院李医生夫妇和小乐一家关系好，看小乐辛苦，每天晚上来给小乐输液时，李医生的老婆便帮着做一些家务事。多年后，小乐一家每每提及都甚为感激。

蒋世全数次打电话问小乐几时回去，小乐都说父母还没出院还要等几天。蒋世全就骂："日你先人！叫啥子话！嫁出去的女儿，天天管娘屋头父母娘老子，他们没有儿子吗？管天管地管完了。你那女儿感冒了管不管？屋里我们两个老东西管不管？"

小乐女儿那时才两三岁，几天不见母亲老是念叨，加上晚上吹风扇着了凉，老是哭着要妈妈。

小乐说："要不你老人家带她到医院去看看嘛。"

蒋世全骂："老子要跟你带来！各自不滚回来！"

小乐父亲看女儿被公公刁难，不想女儿难做，在小乐回婆家看女儿时，夫妻俩悄悄出了院。接到父母出院电话时，小乐正在村卫生院给女儿拿药，她伤心地哭了一场。

过了半个月左右，小乐父母要招待那些生病时来看望并随了礼的亲朋，加之父亲生日在即，便决定办个酒席，一为答谢感恩，二来提前庆祝生日，热闹一下去除秽气。

头天晚饭时，小乐说要回去给父亲过生日，蒋世全不信，他依稀记得亲家生日是五月底，还有十几二十天，思忖是小乐找的借口回娘家。蒋世全两口子不让小乐去，小乐不理，第二天吃过早饭照样出门。

却不想小乐前脚走，蒋世全追着在后面骂，老太太也在院子里各种骂。蒋世全追着儿媳骂过大湾，骂过中湾，骂过长田，小乐还是不回头，只顾往前走。蒋世全跟了两里地，骂了两里地，所有小乐听过的没听过的脏话都听到了，她才知道原来公公这么会骂人。她边走边拭泪，难堪也难过。

蒋世全追着儿媳骂着儿媳，一直到被熟人拉住才罢休。

农历五月，天气本就炎热，小乐熬更守夜照顾父母，伤了精神，平素因病胃口本不好，一番劳累下来不堪重负，体重骤然降到八十斤不到。一米五几的身高，显得像根瘦弱的竹竿，走起路来摇摇晃晃的。加之出门时被公公追着辱骂，带着心事流泪走了一个多小时。刚到娘家院子入口处，看着迎面走来的父母，小乐两眼一黑，"咚"的一声倒下了。一时间，满院宾朋哗然。

待小乐醒来，小乐父亲早已打电话问了小乐婆家那边亲戚情况，听得女儿受了欺负，小乐父亲打电话给蒋文武，要他给自己一个说法。

蒋世全本欲做完手上的农活，再赶去亲家那里耍耍威风，却听得儿子来电，才得知亲家是真的办生日宴，心知自己闯了祸。他有心提点礼物像平常一样装个脸皮厚去赔个笑脸，儿子却叫他别去丢人了。他也着实怕小乐的那些姑啊婶的找他麻烦，所以只得作罢。

小乐的母亲顾忌女儿，对蒋家每有怨言也不好说得太重，可小乐的姑姑和婶子却不会给他们好脸色。果然，不一会儿，蒋世全就接到小乐姑姑的电话，质问他为何对自己儿媳如此刻薄，他自是在电话里死不承认。

生日宴过后，小乐一家没有放她回婆家，他们要蒋家给他们一个说法，他们还想给小乐补补身体。小乐心力交瘁，也想好好休息一下。蒋世全夫妇自是不敢上门去接，还是蒋文武回来，上丈母娘家亲自赔了小心下了保证，才将小乐接回。小乐回家，蒋世全又发挥他笑面罗汉的本事，加之小乐不想蒋文武难做，蒋家二老轻而易举地就取得了小乐的原谅。

另一次是在饭桌上，一家四口边吃边聊，期间说到蒋世全与他大哥之间由田地引发的纠纷问题。小乐出身于一个大户人家，家中叔伯不是文人就是从政的，自小接受的教育就是中庸之道与人为善，家里像这种田地纠纷绝不会有。父亲对待被人挖一锄土掘一尺角这些，历来是"让他三尺又何妨"，更何况还是一母所生亲兄弟。

小乐说："打虎不离亲兄弟，上阵还靠父子兵。不要为了一点小事，兄弟反目，让左邻右舍看笑话。兄弟不和邻里欺！"

蒋世全一下子被激怒了，他不能容忍自己的权威被质疑，作为他的晚辈，就该坚定不移地站在他的身后，为他呐喊助威。他骂骂咧咧地训斥着小乐。

小乐生气地回了一句："你怎么这么不讲道理呢？"

被儿媳斥责，蒋世全一下子火冒三丈，突然伸手夺过小乐手里的饭碗，重重地摔在桌上，饭碗在桌上打了好几个旋旋才停下。

"你个掘货，帮外人说话，你不是我蒋家屋里的人，莫端我蒋家屋头的碗！"

小乐吃惊地看向公公。他狠狠地瞪着她："看啥子看？你还能把我吃了？各自滚！"小乐又转头看看老公，蒋文武闷声不响低头吃饭，并不言语。

小乐腾的一下站起来，骂了一句："有病！病得不轻！"

她用力把桌子一掀，任凭杯盏滚地，转身进了自己房间。

那是她第一次简单直接地表达自己的愤怒，她收拾好自己的小包往外走。全程蒋文武没有作任何表示，看小乐往外走，他也只是坐在客厅凉椅上不停地吸烟，没有一丝阻拦的意思。

老公怕公爹，小乐一直就知道，准确地说是全家都怕公爹，小乐没指望老公会帮自己，只是对他的不作为感到很失望。

蒋世全看儿媳真提着包往外走，立马换了一副嘴脸，张开双手拦在大门口，不让她走。他觍着脸堆着笑，说："娘儿父子间，哪来的隔夜仇，吵两句说两句，过了就算了嘛，莫气莫气。"变脸速度之快，让小乐哭笑不得。

婆母廖明英站在屋檐下，说着老伴的风凉话："你不是能干吗？这哈儿又说啥子好话哟？"又对着小乐说："哪个屋里不吵嘴，说两句就往娘屋跑，难道哪个在打你吗？你跑嘛，跑了就莫回来。倒莫想哪个去接你哦。"

小乐狠狠地瞪了她一眼，扭头咬牙切齿地对公公说了一句："让开！"泪水夺眶而出。

蒋世全知道小乐是一个服软不服硬的人，他对着老伴大吼："你个舅子胀多了！说啥子说？各自滚到一边去。"又叫儿子过来把媳妇拉住。

蒋文武这才像得了圣旨一样，过来把小乐往房间里拉。小乐拼命地挣扎着，她实在受不了这一家子动不动就争就吵，也受不了婆母那种十个火炉也煨不热的夹枪带棒。她想逃，逃得远远的。

蒋文武拼命地用双手环抱着她，看着小乐那狠绝的眼神，那是他从来没有见过的神色，他知道小乐是真的对这个家、对他失望了。小乐骂他咬他用脚踩他，他不吭一声，只拼命地抱着。他知道不能放手，一放手就会失去她了。

小乐那么理智那么温婉的一个女子，若非是动了真怒，像这种往娘家跑的举动，她是万万不会做的。可蒋文武没有办法，他也有他的难处，一边是生他养他的父母，一边是好不容易得来的爱人。

通常情况下，父母生气了会骂他打他撵他，而且还会给他来个一哭二闹三上吊。老婆心疼他，就算生气了，只会和他打几天冷战，哄哄还是会原谅他。

一直以来，蒋文武已经习惯了有家庭矛盾时站在父母这边责怪老婆几句。平时也就几句意见不同，说过就算了，没争吵过。而且小乐让得人，也尊重老人，每有矛盾都自己先把自己劝好了。所以，从没发展到这种离家出走的地步。

当初小乐选择嫁给蒋文武时，小乐的父母、亲人是极力反对的，即使是成亲当日，小乐的姑姑还对她说，只要她不嫁给蒋文武，马上把她介绍给自己婆家的亲戚吃商品粮。可小乐就认准了他，毕竟他给她写了八年的情书，还一起经历过很多的风风雨雨，姐妹们也说，嫁一个你爱的，不如嫁一个爱你的，蒋文武就是所有朋友眼里那个最爱她的。

母亲恨铁不成钢，在她出嫁前夕对她说：人是你自己选的，以后有啥子事不要埋怨父母，两口子打架不要动不动就往娘家跑，我们张家也没有女儿为家庭矛盾回娘家的先例。所以，结婚以来，她从不对父母抱怨一句婚姻中的不顺。她对自己说:"自己选择的路,再难,跪着也要自己爬完。"

小乐挣扎中和蒋文武双双倒在床上,蒋文武依然双手环抱着她不松手,她用力地蹬着踢着,想摆脱他的控制。蒋文武捡起她挣扎中踢落的皮鞋,往外扔去,却不想扔在门口的母亲身上。

廖明英以为是小乐用鞋子扔她,也或许看见是儿子扔的,就是故意要嫁祸给小乐,要给小乐一个下马威。她蹿进屋里去撕扯小乐,嘴里号叫着:"你们来看喽,恶婆娘打人了哦!"蒋文武看母亲胡闹,并不吭声。小乐又气又急,她气婆母的不讲理,急老公的不作为,看母亲冤枉妻子也不吭声。

本就是一个前后相邻的大院子,一墙之隔的邻居早就闻讯赶来看热闹了。小乐看着婆母又哭又闹的模样,突然觉得好无趣。她停止挣扎,像死人一样直愣愣地坐在床沿,不哭不闹,双眼空洞无神地盯着蒋文武,良久,像幽灵一样缓慢地说了一句:"你们一家人真让我觉得恶心!"

不待有人反应,她又重复一句:"你们一家都不是人,让我觉得恶心!"她突然就有了想死的念头,她不想回娘家了,她不想带着这几个尾巴回家给父母找麻烦。

小乐知道,就算她挣扎着跑回去了,两个老家伙也会跟着跑过去,发挥他们一不要脸二不要命的精神,把娘家闹个鸡犬不宁。她不想父母被人看笑话,她也不想父母知道她生活在一个什么样的环境里而为她担心。

看着面无表情的小乐,听小乐说出冷若寒霜的话,蒋文武呆住了,一时间,屋里寂静无声。蒋世全端着一碗热气腾腾的细面分开众人走进来,将碗递到小乐面前,赔着笑脸,好声好气地说:"女,吃点面,刚才没吃个名堂。老汉给你煎了一个蛋在碗底,快趁热吃了。"那慈祥的样子与刚才夺她碗的模样判若两人。

不了解事情起源的邻居也说:"看嘛,看你公公对你多好嘛。快点吃,莫气。娘儿父子间,有啥子话过了慢慢说。"

小乐将头扭向一边,并不理公公,也没有伸手去接碗。

廖明英像是抓到了把柄一样,火上浇油地说:"你们这下子看看,看她多弯酸嘛!我们有哪点对不起她嘛?把桌子掀了,牯到要老东西给她赔小心。还不满意,还用皮鞋丢我!你们看她多凶嘛!"

小乐突然就想笑,然后就真的带着眼泪笑了起来。她嘲讽地看着蒋文武,全身颤抖,幽幽地说:"你满意了?高兴了?"

蒋文武终于说话了:"老婆你别这样。"

小乐突然一拍床沿,大吼一声:"你他妈会说话啊?舍得开口了?我还以为你哑巴了呢!你倒是说句公道话啊,告诉你妈,是不是我用鞋扔她的?!"

蒋文武像是这才反应过来,向他妈也向众人解释:"鞋子是我丢的,她鞋蹬脱了,我想把鞋扔出去不让她走,就没看到门口有人。"

蒋世全也吼老伴:"各自不滚出去,在这里丢人现眼!"

廖明英停止哭闹,讪讪却又不依不饶地说:"我哪里晓得呢。我又没看到是哪个扔的我!"

小乐看着她，指着门，大声地吼："说完了吗？说完了请出去！"

廖明英立马又嚣张地叫骂起来："你叫哪个出去？你叫哪个出去？这是老子的屋，要走也是你走！"作势又要扑过去，被院子里众人拉住。

小乐马上接话："好，我走，我马上滚！"她赤着脚跳下床，用力挣脱蒋文武的手，不管不顾地向外走去。这一次，她不想回娘家，她只是想逃离这里，仅此而已。

蒋文武腾的一下站起，拦在她面前，猛地跪下狂扇自己耳光："老婆，对不起，是我错了，对不起！"

院子里的人有拉小乐的，也有拉蒋文武的。廖明英看见儿子打自己耳光，心疼极了，扑过来拉住儿子颤声道："幺儿，你做啥子？你做啥子！"

小乐看着这满屋晃动的脸庞，什么也听不见，只是流着泪狂笑。她用手摸摸肚子，经此一闹，小家伙也烦躁不安起来，在肚子里翻滚着。

孩子大概也在哭泣吧，小乐想。

她突然想起，不能让孩子感受这么多不好的情绪，她不能让孩子在母胎里就有暴戾的心理。她安静地走向床边躺下，轻声说："我累了，你们出去！"那声音冷极了。

六

第三次是小乐的女儿上小学时。蒋世全还是秉承着女子读书无用的观念,"女孩子读那么多书做啥子?写得来名字巴巴,认得到钱就可以了。"可小乐不但让女儿读书,还要去镇上租房子让女儿上好学校。

小乐和公婆商量让廖明英去街上带孩子,蒋世全坚决不同意。小乐在其他事情上都可以退让,在孩子上学这块儿,坚持自己的主张。公婆不同意,她便自己去租好房子,商量着让娘家母亲带。却没想此举给母亲带来了不小的麻烦。

那是个当场天,开学在即,小乐正在租房忙着收拾。屋子是三进通套房,临街狭窄过道进去就是客厅,客厅后面是卧室,再后面是厨房和厕所。客厅靠墙根有尺半宽木楼梯通向二楼,二楼被隔成两间。

本来租房里面什么都有,拎包入住即可,可小乐在生活上比较讲究,不喜欢用别人用过的东西,尤其是床上用品和厨房用品。

因为女儿上学的事,小乐从深圳回来前和公婆在电话里发生了点争吵。加之小乐回来时带了很多生活用品,离开学也只有两天了,小乐便没回乡下,一下火车就赶到租房忙活。

　　本来蒋文武在电话中给他爸妈讲过了，说小乐暂时不回老家先忙孩子入学的事。可没想到临近吃午饭时，蒋世全带着一身酒气冲了进来，一进房间就抡起扁担，朝客厅门口正给他打招呼的亲家母身上砍去。

　　听到母亲的惊呼声和女儿的哭声，小乐来不及放下手中的菜刀从厨房跑出来，正看见公公追着母亲打。小乐一把拉住公公手中的扁担，大声吼道："你要干嘛！"

　　蒋世全红着脸也红着眼，嘴里骂骂咧咧："叫你龟儿装怪，唆使我儿子媳妇。"继续去推搡亲家母。

　　小乐把扁担往地上一扔，举着手中的菜刀，指着他大声吼道："你发什么神经啊！你再动手，我砍死你！"

　　蒋世全见小乐手中挥着的菜刀，一下子慌了，停止动作，却不服气地继续骂亲家母："你龟儿装精作怪，老子好好的一家人，被你唆使起跑到街上住。你唆使我儿子媳妇不认我们嘛，唆使我媳妇给你租房坐街嘛。想都不要想，想了你龟儿脑壳都要痛！"

　　蒋世全越说越气，又往亲家母身边蹿去。小乐见他满脸通红，一身酒气，看样子喝了不少酒。蒋世全本就好酒，每次赶场都要去拣两个油果子，再喝上二两小酒才回家。

　　小乐说："你再动手试试，我马上报警把你抓起来。"

　　蒋世全也鼓劲："你报警哦，我们找警察评理，看哪个对。"说着，各种污言秽语像开闸的洪水一样倾泻而出。

　　小乐的母亲肩上挨了一扁担，又被亲家公言语侮辱、推搡，一时间感到委屈万分。她一生善良温顺，并不曾与人争争吵吵，更不会撒泼斯打，气得跌坐在沙发上号啕大哭。

小乐见母亲哭泣，很是着急，又见公公还是没有收手的意思，果断地边抓着蒋世全，边拿起饭桌上的手机要报警。

蒋世全看见小乐打电话，以为是打给儿子蒋文武的。他嘴里狠狠地说："又给我儿子告状嘛，老子不得让你告。"连忙去抢手机，和小乐扭打在一起。

门外商店住户有人认识小乐娘家的姑姑、表哥，马上将消息传给了附近的表哥一家。表哥表嫂赶到，将两人分开，问所为何事，并说听到消息已经报警，警察马上就来。

蒋世全一听小乐表哥说真的报警了，松开小乐，撒腿就跑。待小乐追出去，早不见了踪影。

小乐先打通蒋文武电话，讲了家里发生的情况，说这事儿蒋文武不回来处理的话，肯定要留下隐患。蒋文武让小乐赶紧撤销报警讯息，他马上买机票回家。

放下电话，小乐和表哥安抚母亲，小乐并不想将事情闹大，让表哥打电话撤警，表哥说他是吓唬蒋世全的，他都不知道发生了什么情况，并没有报警。

这时，廖明英的姨妹夫唐武儿也赶了过来，他一进门就问小乐："你老汉呢？他个老东西，几个老表跟他开个玩笑，龟儿就当真了，拉都拉不住。"

小乐问究竟是怎么回事。唐武儿说他们几个在农贸市场杨老头儿那里喝酒，蒋世全说到儿媳妇今天回来，在街上租的房子，亲家母来带孙女读书的事情上。

几个老表就开玩笑，说："你娃儿遭了，你两个老东西不上街带孙女，儿子媳妇不得认你们了。二天那钱都寄给你亲家，不得寄给你娃儿用了。"

另一个说："叫你两个老家伙拗起拗起的，这下安逸了，亲家母来坐街了，人家巴显不得的事，你还不愿意。瓜起了嘛。"

蒋世全虽然好酒，但酒量并不大，在酒精作祟下，加之一帮人故意起哄，便失去理智，提着扁担就跑，说要把小乐母女打死。唐武儿就住街上，回家一说，他老婆便催他来看看，说依蒋世全那性格肯定要出事，没想到还真就出事了。

小乐在气头上，也顾不得唐武儿是亲戚是长辈，好一顿训斥。叫他赶紧打电话给廖明英，问问蒋老头有没有回去，别等下真的被吓到了，不敢回家跑不见了。小乐怕老太太使怪，特意嘱咐唐武儿不要说他在小乐这里。

听得蒋世全已经回家的消息，小乐才放下心里的石头。虽然说蒋世全做事过了头，她还是不希望他真出啥子事，毕竟是蒋文武的爹，一家人，真出了事也是她和蒋文武拣摊子。

第二天上午十一点过，蒋文武果然到家了。听小乐说了事情经过，又去唐武儿家问了详细起因，蒋文武才对丈母娘表示了歉意。在他心里，无论任何时候，发生任何事，他都是偏袒自己父母的，除非确实是父母的错，否则他的枪口永远是朝向别人，即或这个别人是自己的老婆和丈母娘也不例外。

蒋文武让小乐和他一起回老家解决这事，小乐本不想回去，可又担心事情不解决清楚，等她一走，公婆又来找母亲的麻烦，只能不情不愿地跟着回去了。

小乐他们回到蒋家时,还在房屋对面的林家院子,便远远望见公婆蒋世全两口子在客厅门口摘花生。林家的犬吠声惊动了前院蒋家表叔六娃子,蒋世全在街上发疯的消息,早经赶场人之口传遍了全村。

六娃子想作弄一下老表,转到屋后,故意吓唬蒋世全:"糟了,糟了,小乐回来了。带了好大一路娘家人,肯定是你昨天打了你亲家母,人家来打人命官司的。还不赶紧藏起来。"

蒋世全除了在家人面前逞威风,在外人面前其实是非常胆小怕事的。昨天听小乐表哥说报警已经吓得不行,这会儿一听说亲家那边来打人命官司,吓得扑爬连天往屋后竹林跑。

小乐夫妇刚走到前院,六娃子就挤眉弄眼告诉小乐:"你老汉遭我吓到了,我说你娘屋人来打人命官司,他吓得躲起来了。就是要吓吓他个老东西,叫他装精作怪,马尿水水喝多了定不了子午。"

小乐知道,昨天和蒋世全一起喝酒的就有六娃子,忍不住笑骂他:"还不是你们几个长辈子干的好事!"

六娃子讨好不成,讪笑着说:"那不都是开玩笑嘛,哪个晓得他个栽舅子当真了。"

小乐说:"幸亏我妈受的伤不大,真要出啥子事,你们几个一个都跑不脱。真要到那时候,就莫说我小乐不认人哈。"

六娃子的老婆一听,这其中居然还有老公的事,气得当着小乐他们的面就开骂。她拿着扫帚追着六娃子打:"你个老东西,马尿喝多了,一天乱开黄腔。几十岁了,还不晓得啥子话说得，啥子话说不得吗?!"

六娃子一边躲一边说："哪个晓得他个舅子开不起玩笑嘛。哪个又晓得他喝了酒胆子那么大，敢打亲家母嘛。"

小乐夫妇哭笑不得，连忙拉着六娃子的老婆说："算了算了，也没出啥子大事，以后这些玩笑莫乱开了。"

廖明英在后院听着前院闹腾，并不起身，只顾摘自己的花生。虽然儿子媳妇回来会发生什么事，她心里也没底，但相对而言，她比蒋世全沉得住气。毕竟动手打人的是老伴不是她，冤有头债有主，小乐是一个恩怨分明的人，她知道这次她是安全的。

虽然背地里廖明英对蒋世全吹了不少枕边风，但明面上，她可从来没有说过什么，就算是儿子媳妇征求她孙女上街读书的意见，暗地里她也对老伴说上街读书太花钱表示反对，但对着小乐他们，她一直是："我又做不到主，管你们怎么商量，我听你爹的。"

就算是昨天老伴回来告诉她，他惹祸把亲家母打了，她也还是说："该，我就不信小乐他们租房这件事，她娘家那边就没有出过主意。"

不管对内她如何恨老伴对她施暴，对外特别是对儿媳小乐，夫妇俩倒是目标一致："不能让儿媳妇骑到脖子上拉屎。"儿媳妇还没娶进门时，那些表嫂表姐就告诉过他们："一开始就要把气势拿起来。"儿媳结婚进门那会儿，她就在几位表姐表嫂的帮助下抢赢了高板凳坐的。

蒋文武拉着并不情愿的小乐走进屋，和母亲廖明英打招呼。小乐不吭声，进到自己卧室放东西。

蒋文武坐下和廖明英摘花生，问父亲的去向，廖明英朝后面竹林努努嘴，蒋文武就去叫他进屋。

蒋世全不敢回家，他问儿子："六娃子说你老丈人屋头来了很多人找我打人命官司，有好多人？"

蒋文武哭笑不得："你一辈子脑壳都长在别人身上的，人家吓你的！没来！你以为人家像你一样不长脑壳哟。"

蒋世全又问："小乐呢？她说的要砍死我。还报了警的。"

蒋文武说："晓得怕了哦？早点做啥子去了？"

又吓唬他："你莫跑嘛，去拘留室关几天怕啥子，人家还管吃管住，除了喝不成酒。你人都打了，还能怎么办呢？明天就跟我们去派出所接受调查哟。"

蒋世全一听急了，连忙说："老汉那不是喝多了嘛，一时脑壳发昏，那几个舅子都在侧边鼓劲，你晓得老汉我一喝多就定不到子午，我哪晓得你丈母娘她又不躲呢。"

蒋文武哭笑不得地说："你一进屋就抡起扁担朝人家砍，人家反应得过来吗？还好你喝多了，砍偏了，要是正好打在脑袋上，你说怎么收场嘛。"

小乐的卧室就在最后一间，和竹林一墙之隔。听着他们父子的对话，小乐又好气又好笑，忍不住大声说了一句："是不是后悔那一扁担打偏了，没有把我妈打死？要不要我再给你个机会，去补一扁担？"

蒋世全听小乐语气里并没有很生气的样子，这才随儿子进得屋来，小乐也从房间走出来。小乐知道前边院子那几家人，这会儿肯定都竖着耳朵贴着墙壁听这边的动静，她叫蒋文武给他父母讲，说话声音小点，莫叫别人看笑话。

蒋文武很感激小乐对父母颜面的顾及，第一次沉声呵斥自己的父母："你看看你们干的些啥子事！有啥子问题不晓得问我吗？胆子倒是大了，敢打人了。"

蒋世全又是一顿自责，拿了厚脸皮姿态对着小乐好一顿道歉。

小乐作为晚辈，自小接受的教育是"天下无不是的父母"，加上素来知道公婆一辈子节约，这一年五千的房租在他们眼里着实是天价了。至于不要女儿读书，尤其是不让在镇上读书，对她而言根本就不起作用，只要蒋文武赞成，别人就没办法。而让女儿去镇上读书，是她和蒋文武早就商量好了的。

小乐生女儿时难产，医生宣布病危她却又活过来了，所以，蒋文武一直不要小乐生二胎，尽管为生二胎之事，父母给他施加了不少压力，他始终不曾动摇。

而且，因为父亲不让妹妹云秀读书，妹妹小小年纪就外出打工，早早生子，给了他不少震撼。所以，他是下定决心要让女儿好好上学的，他给小乐说要尽全力供女儿上学："她能读到哪里，我就供到哪里。砸锅卖铁也要送她读书。"

小乐说不想女儿每天放学就背着猪草背篓割猪牛草，要让女儿去镇上读。而且村小学就几个学生，老师都是镇上的，每天上午很晚才来，四点来钟又走了，孩子根本就学不到什么东西。对女儿学习一事，不论小乐说什么做什么，蒋文武都举双手赞成。

蒋文武把自己对女儿学习一事向父母讲明了立场，两位老人便没有话说了。廖明英说："我们管你们怎么决定，钱又不是我们挣的。你们爱怎么用是你们的事。"

小乐看公公欲言又止的模样,说:"但有一点儿,我得申明。之前我是再三征求了你们意见的,叫妈上街给娃娃煮饭,是你们不同意,才叫我妈去的,别又给我整个啥子我妈唆使我们上街租房子啥的。我最后问一次,你们要不要上街给娃娃做饭?如果不去,就让我妈去,别最后又说东说西的,说啥子钱遭我娘家用了。"

小乐并不想娘家母亲去带孩子,她知道自家公婆脾气,真要是自己妈妈去给孩子做饭,以后母亲少不得还要受委屈。

蒋家老两口早在听说亲家母上街带孙女那会儿就后悔了,只是要面子,不好向儿子媳妇开口。这会儿见小乐把话递到嘴边,蒋世全马上接话:"亲家那边活路也多,你弟弟还没结婚,就莫耽搁他们了,还是让你娘去嘛,我们这边坐船方便些。"

小乐见目的达到,心下石头落了地,但还是装模作样地强调:"那就说定了哦,别又反悔哈。而且,再不许在孩子面前说啥子女孩子读书没用那些话。一辈管一辈,你们若要管我女儿读书的事,趁早说,我自己带。"

小乐本来是主张把女儿留在身边自己带的,但打工生活居无定所,谁也不知道在一个地方能固定待多久。而且,他们两个都要上班,周末节假日加班更是常事,孩子还小,吃饭是个大问题。况且,还涉及异地高考,不管女儿能不能读出来,读到哪里,长久打算总是要做的。

七

婆母的抽泣声还在时断时续,小乐从回忆中醒过来。"世上一物降一物",还真是这个理,婆母这个最不讲理的生物,碰上老伴也只有服输的份了。公公揍婆母这事,小乐听院子里其他人讲过,婆母自己也数次提到,而且小乐是亲眼看到过的。

有一次,小乐夫妇从外省回来,列车因为下雨比预定时间晚到四个小时。他们到家时,廖明英正坐在灶前烧火,公公蒋世全在翻大铁锅里的猪食,两个人不知道在吵些什么。

小乐进门时,正好看见公公拿着手上的猪食铲子朝婆母打去,婆母用拿火钳的手往上一挡,铲子掉了。他马上又将左手的猪食瓢向老伴扔去,猪食瓢里的糠还没完全倒进锅里,被他一扔,洒了廖明英一脸一身。糠渣钻进廖明英的头发里、嘴里,她"呸呸呸"地吐个不停。

蒋世全捏着拳头怒骂着:"老子打死你舅子!日你个先人板板!"小乐瞠目结舌,她拉拉老公的衣袖,对方却不管不问,自顾自地拉起她向卧室走去。

也就是那一次,小乐才觉得婆母也是个可怜人。

廖明英因为嘴巴不饶人,又没有其他本事,遭老伴打骂是家常便饭。虽说蒋世全是火炮性格，置气不会超过三分钟，脾气一过又是老好人一个，但保不齐什么时候又来个电闪雷鸣。

儿子蒋文武虽说素日里孝顺有加，对母亲的眼泪从来无法抗拒，但一旦他们老两口发生矛盾，他就装聋作哑不吭不哈。甚至偶尔还会怼母亲几句，说她"嘴巴苕"，或许在儿子的意识里，很多时候挨打挨骂也是她话多自找的。

小乐看婆母再没有下楼陪公公的意思，云秀也觉得母亲是断不会再去侍候老父亲的了。毕竟，没牙的老虎不如猫。自从蒋世全再不能下床走动，甚至不能正常地坐着输液后，便只能躺着输液。每次他躺久了想坐会儿，不是廖明英坐在他身后就是小乐坐在他身后，作他的支撑架。

每每这时候，小乐便打趣："看，我们老汉也是有靠山的人。"

廖明英便嘲讽老伴，借机把这几十年受的委屈倾囊倒出："你之前那么厉害，对我不是打就是骂，你起来打嘛，起来骂嘛。老子不给你吃，把你饿死。"

"你凶嘛，又弄猪食铲子打我嘛。"

"你不是能干吗？自己坐哟，莫靠到我嘛。"

……

蒋世全只能听着，有时气急了，回一句："是欸，该你舅子讲狠。"便不再作声。为此，廖明英很是得意了一阵子。却不想在房事上又被这个临死之人抓伤了。

云秀一个人也不敢下楼去侍候老父亲，便和小乐商量，两个人睡楼下客厅的凉板沙发上。蒋世全的床就在里间，有什么响动，她们也听得到。

两姑嫂装着什么也不知道，下楼给蒋世全把开水倒上，嘱咐他有事拉铃铛，她们听得到。蒋世全也知道老伴再不会陪他睡了，虽心里有气却也无可奈何，只能低声地、不服气地咒骂着："老子偏要把你龟儿惹起！""怕怕怕，总要着一下！"

……

云秀姑嫂俩面面相觑，各自悄声躺下。

同房事件发生后，廖明英不但不再和蒋世全同床，连近身服侍也不愿意了，而蒋世全也到了大小便失禁阶段。蒋世全一生自由散漫惯了，不愿意用纸尿裤，嫌那东西"夹手夹脚的"不舒服，小乐便去批发市场买了一大捆秋裤。饶是如此，二十几条秋裤在寒冷的冬天仍然不够换，还要除去确实太脏污不好清洗只能扔掉的。实在不够用了，便用老太太和蒋文武不穿的，院前竹竿上挂满各种颜色的秋衣秋裤。

小乐解嘲说："我们家是联合国总部。看嘛，院子里挂满了万国旗。"幸亏云秀回来了，不然小乐真的是一个头两个大。姑嫂俩每天早上起床第一件事，就是查看蒋世全的床铺。

正如老太太所言，蒋世全肠肝肚肺已溃烂得差不多了，排泄出来的东西腥臭无比。蒋世全又小心眼，特别善于察言观色，但凡看见你在他面前露出一丁点儿不适表现，他便发脾气扔东西、绝食。

那天，云秀说："嫂子，给爸换衣裤我老想吐，我们戴口罩吧。"

没承想蒋世全在里间听到了，勃然大怒："嫌老子脏？就跟老子滚，老子不要哪个服侍。"并把床前柜子上所有东西扫落在地。

姑嫂俩给他讲了半天的道理，他依然不接受，并拒绝吃午饭。小乐他们只能妥协，赔着笑，忍着胃里的翻江倒海给他换衫，还不能露出一丝不悦。

蒋世全是一个极其爱体面的人，即或病入膏肓，依然保持着干净的着装，每天起床就吵着给他拿梳子镜子，头发梳得一丝不苟，衣服上有一点嘴角流液，就要用湿毛巾擦了又擦。

他容不得床前、枕边有一丁点东西存在，而实际上他身上早已充斥着难闻的异味，只是他自己习惯了闻不到而已。虽然他是一个挑剔的人，但长期的病榻生活，已把他打磨得没了脾气。

小乐和云秀给他换脏了的裤子，还要给他擦拭干净，洒上爽身粉之类，以免染上褥疮等皮肤病。虽说蒋世全被病魔折磨得形如枯槁，但毕竟是个接近一米七的大男人，姑嫂俩搬动起来还是非常吃力，一顿操作下来汗如雨下衣服湿透，连带着她们每天也要换两三次衣服。

每每此时，老太太就在旁边冷嘲热讽："你不是能干吗？自己跑茅肆去屙啊！你不是爱干净吗？自己换自己洗嘛！"

蒋世全便急得上气不接下气，想要挥手打去，却连抬手的力气都没有了，只能用微弱的声音咒骂着："你个舅子，你不得好死！不得好死！"

小乐和云秀便把老太太往外推:"少说点吧,说那些有啥子意思。"

老太太说:"你们不晓得,他年轻时是怎么对我的哟!"

廖明英娘家离蒋家院子不远,她姑父家离蒋家更近。廖明英年少时常到姑姑家走亲戚,要经过蒋家大院子,院子里狗多,每有生人经过,便狂吠追撵,蒋世全常常帮她打狗。

廖明英人生得小巧,一张嘴特别能言善辩,自小就有"谷麻雀"之称,表叔表婶老表地叫个不停。

蒋世全也自小就是铁嘴一张,十几岁起就帮着左邻右舍耕田犁耙,深得村里人喜爱。廖家姑姑看两人年龄相当,又想把侄女嫁近点做伴,便做媒将他们撮合到一起了。

初时,两人过了一段幸福日子,可时间一长问题便出来了,农村自来便有婆媳、妯娌矛盾,蒋家也不例外。蒋家大嫂也是一个巧舌如簧之人,素日里把公婆、老公、小叔子哄得团团转,自己虽说啥也不用干,却也深得公婆喜欢。

廖明英嫁过去以后,不但嘴巴了得,干起杂活来也是一把好手,尤其在养猪方面。自她嫁进屋,家里肥猪是出了一栏又一栏,这更是让公婆喜欢得不得了。有了比较,便有了区别对待,老大媳妇便不乐意了,吵着要分家。

廖明英虽然干地里的杂活厉害,但在哄老人开心这方面,到底比不上老大媳妇,分家的时候,得到的东西少之又少。廖明英虽然哄人不行,但吵架是杠杠的,便时常因一些鸡毛蒜皮的小事和老人、大哥大嫂家吵得不可开交。

虽然廖明英吵架厉害,却也只是咋咋呼呼的胡搅蛮缠,毕竟没读过多少书,讲不出什么条条框框,每每争吵起来,还是落了不少下风。老大媳妇便挑唆蒋世全,偏生蒋世全又经不起父母唠叨和嫂子唆使,多数时候便觉得真是自家老婆的错,怪她嘴巴太苍。

前面说过,蒋世全是一个脾气暴躁之人,于是打骂便成了常态。

廖明英无数次对小乐他们哭诉过,说有一次蒋世全在老大媳妇的唆使下打她,拉着她的头发拖了几根田坎,把头发扯落了不少。她姑去拉,连她姑都打到水田里去了。

廖明英还说,年轻时,不但蒋世全打她,有时候老大两口子也趁丈夫不在家时动手打她,但蒋世全回来后却不闻不问,不给她报仇。她说:"我那时候受了太多苦了!"被打得下不了床也是时有发生。

那时的人没有离婚一说,加之她娘家姐妹多,父母根本就不在意谁谁谁受了婆家的气,虽然仅二三里路距离,但从来没有一次来帮她出过头撑过腰。

蒋世全会来事,每次去廖明英娘家,对老丈人都特别好,烟啊酒的从不空手。年轻时,蒋世全贩卖猪杂牛杂,卖不完顺道经过老丈人家,就全部给老丈人拿过去。所以,她偶有回家哭诉自己的不公平待遇时,反而会遭到父母训斥,怪她"嘴巴讨贱!""活该!"渐渐地,她便不再去娘家诉苦了。

再后来有了孩子,蒋世全在老大夫妇面前也吃了不少亏,渐渐意识到人心的奸诈,才慢慢对老伴好了。

廖明英说:"你们都不晓得,他年轻时有多可恶,买了好吃的,自己提到他爸妈那里,去和他父母哥嫂一起煮来吃,叫都不叫我。"停停又叹气,"在他眼里,我是外人,只有和他一个奶包生的,才是他一家人。"

小乐知道廖明英心里苦,便安慰她:"算了算了,他都这个样子了,再说有啥子用呢?后面不是对你好了嘛!再提那些,还不是给你自己找不痛快。还能怎样呢?你还指望他给你说对不起啊?"

廖明英便打着气嗝,捶打自己的胸口:"我这辈子命好苦哦!"

云秀实在听不下去了,大声一吼:"你苦!你有我苦吗?他打你,你还有娘屋跑,我呢?我挨打的时候你们在哪里?我这辈子受的苦又找谁说?"

廖明英被女儿突然的一吼,怔住了,随即哭声更大了:"这怪得到我?都怪那个老犯人哦!"

蒋世全素来重男轻女。云秀和文武同时发蒙读书,云秀自小聪明,文武素来贪玩,因此云秀成绩一直比文武成绩好得多。

小学三年级时,蒋世全便想让云秀辍学,说女孩子迟早要嫁到别人家,写得来自己的名字巴巴、认得到几个钱就可以了。是廖明英坚持要女儿把小学读完,老师也说云秀成绩好,不读可惜了。云秀也很乖巧,每天放学后就自觉地做饭洗衣打猪草,蒋世全才让她继续读书。

小升初时,云秀比文武的分数高了很多,但蒋世全却说什么也不让她再读了。不单如此，在听说去西北摘棉花能挣很多钱时，还让同村的老乡带云秀出去打工，却不料被别人扔在半道。那一年，云秀十三岁。

几年后，蒋世全去了女婿荣白太家。荣白太一家怕蒋世全把云秀带走，软硬兼施，说了很多恐吓的话，蒋世全怕自己陷在那里，父女俩都走不掉，便自己半夜悄悄跑了。为此，云秀对老父亲是有怨恨的。所以，在小乐他们没联系上她之前，她很少跟家里联系，除了儿子放娘家带那几年。

荣白太脾气就跟云秀的父亲一样，阴晴不定，好的时候恨不得把天上的星星都摘给她，脾气上来时，恨不得把她踩在地上蹂躏成灰，尤其是在喝醉酒的情况下。荣白太嗜酒如命，每餐必喝，有很严重的胃炎，喝到胃出血是常事。云秀是慢性子，自小受的冷遇让她对谁都热情不起来。

荣白太喝醉后喜欢胡言乱语，且吐得到处都是，云秀心里有气，并不收拾，多是不管不顾，有时也难免会唠叨几句，说他酒癫子什么的，便招来荣白太的毒打。

喝醉的人手下没轻重，有时候一瓶子下来，头上便鲜血直流。荣白太酒后发疯，骂云秀娘家人没帮上他什么忙，她反驳荣家娶她没花什么钱，一来一往，吵闹不休，荣家老太太也站在儿子一边，训斥她没尽到一个好妻子的职责。

小乐是见识过荣白太一家如何对待云秀的。

八

那一年，小乐和蒋文武闹矛盾，加之频繁打胎身体不好，便听云秀怂恿，随他们去荣白太老家散心。

时值阳春四月末，四川正是春播高峰期，但西北才大雪初融，阴山背处尚有冰碴子未消。小乐看见他们从屋前地下土洞里掏出一块块冻得硬邦邦的羊肉很是新奇，她还特意钻到地窖里去查看，除了一堆堆白菜、萝卜、大葱，并没有冰箱制冷设备什么的。

回到家的荣白太一改在深圳时对嫂子小乐的尊敬，阴阳怪气地说他们家不养闲人，逼着小乐和他们一起去翻地。

小乐本就是一个擅长干农活的人，为了不让小姑子云秀作难，便依从地扛着铁锹下地。

下地干活并没有让小乐觉得不妥，相反她还很喜欢。在那里，她看到了大片大片的青麦田，郁郁葱葱，微风吹来，整垄麦苗向着同一个方向波涌浪伏。她站在麦田坎上，抚着麦苗旋转起舞，嘴里哼着歌："远处蔚蓝天空下，涌动着金色的麦浪，就在那里，曾是你和我爱过的地方，当微风带着收获的味道，吹向我脸庞，想起你轻柔的话语，曾打湿我眼眶……"

麦田里夹杂着成簇的豌豆，紫红的豌豆花，将阳光下一望无际的麦田装点得姹紫嫣红，像无数蝴蝶随着麦浪翻飞起舞。多年以后，小乐梦里还有当时的景象。

小乐和云秀同岁，性格迥异，但对大自然、对美景美食的热爱，却惊人一致。她们摘田里的豌豆清炒，掐豌豆尖作凉菜、烧汤，荣白太一家对此嗤之以鼻。他们说："那是马饲料，给马吃的。"好笑的是，荣白太在深圳多年，是吃过荷兰豆和豌豆苗的，竟也附和着嘲讽姑嫂俩，说她俩抢"牲口的口粮"。

豆苗、青豆摘回家，云秀怕婆婆和老公骂，却不敢动手。小乐不理他们，亲自上灶。在那个整天吃干面馍馍，辣炒白菜、胡萝卜、土豆丝，酸菜烧汤，腌韭菜下馒头的地方，一碗清香的豌豆尖汤、一盘翠绿的炒青豆，对她俩而言，无异于人间美味了。

荣白太老家喜好白酒，每家餐桌上都摆有几瓶青稞酒，不管去谁家，不论是新客还是旧邻，进屋先几杯白酒下肚再谈事。

那里的女人因为常年在阳光下生活，大多生得面黑皮糙，又因常年吃面食长得五大三粗。因而，甚少劳作、没经过日光暴晒、皮肤白皙的小乐姑嫂俩无异于西施、貂蝉。荣白太虚荣心作祟，常借故带着姑嫂俩串门炫耀。小乐稍有酒量，又想品品传说中的青稞酒，便也入乡随俗，这就更深得当地人喜欢。

西北人好客，又喜热闹。见有远方美女客人来，常主动上门邀请他们去串门，小乐和云秀都是稍做停留便立即返回。而荣白太则是主人稍一挽留，便留下畅饮不休，每每喝得酩酊大醉，更多时候，则是被人搀扶着，跌跌跄跄、满身泥污而回。

有两次,荣白太醉酒而归,倒在客厅土炕上,手舞足蹈,嘴里絮絮叨叨地骂着,全是当地土话。小乐分不清他是骂自己还是骂别人,或者是借酒发疯也说不定。小乐作为客人,自是不好说什么,自顾自地看电视。云秀看老公又喝醉了,便唠叨了几句:

"整天喝喝喝,总有一天要喝死!"

"不晓得那个东西有啥子好。逮到就往死里喝。"

"酒怎么不喝呢?喝也还是要有个量嘛,每次喝醉,也不怕别人笑话。"

"家里又不是没有酒,偏要在别人家喝醉,也不嫌丢人!"

……

荣白太听见老婆唠叨,便哼哼唧唧地回骂,并作势要起来理论,结果一动,胃里立马翻江倒海倾泻而出。阵阵恶臭扑面而来,小乐陡然感到恶心,跑到院子外面呕吐不止。

云秀许是见惯了并不惊慌,镇定自若地看着自己的电视。小乐在院子外面站了一会儿,看大家都在屋里,感觉自己作为客人不进去,实在有失礼貌,只能屏住呼吸进去靠着墙根坐定。她看云秀面无表情地吃着瓜子,内心佩服不已,这要是婆婆廖明英在,只怕那呕吐后的呻吟声能响透整个村子。

荣白太在炕上嗷嗷地干呕着,沾满污秽的手在被子上肆意地反复擦拭,云秀依然岿然不动。

荣白太的母亲见儿媳纹丝不动,勃然大怒,指着云秀大声训斥，说她没有尽到一个妻子的本分，掌柜的（当地人的习俗，妻子管丈夫叫"掌柜的"）喝醉了都不知道收拾打扫。

云秀嘴硬，回击道："我要给他打扫！又不是我叫他喝的！"

荣白太听老婆和母亲顶嘴，想要动手打她，却不想一个翻身，滚落在地，污秽物沾得全身都是，这便更引得荣家老太太心疼，训斥声便愈加严厉。云秀不想和老太太争吵，索性站起身来，拉着小乐往自己房子走去。

小乐一直忍着胃里的各种不适，竭力不让自己发出声音，以免失了做客人的礼数。荣老太太训小姑子时本欲对抗，却实在不敢开口，她怕一开口，那污浊的空气钻进胃里又控制不住。见小姑子拉她，便也借势起身往外走。

荣老太太见儿媳离开，越发生气，先前还只是训斥，这会儿直接开骂。

云秀听见婆婆骂她，内心委屈极了，她不明白老公为什么要天天酗酒，不明白老公喝醉，她为什么要受气，眼泪不觉直往下掉。

小乐见小姑子流泪，再听老太太那些不堪的语言，勃然大怒，虽然知道自己作为客人，本不该多事，但作为娘家人，她不能不为小姑子撑腰。

她立马返身冲进屋内："阿姨，我本不该多嘴，但你既然骂我家妹子不懂事没教养，那我就要和你好好理论理论了。"

小乐突然发声，把荣家上下所有人都吓了一跳。荣白太也停止了各种做作（或许他本就是清醒的，只是借酒装疯），静静地躺着，偶尔发出一声轻微且绵长的呻吟："嗯……嗯……"那声音，小乐听起来觉得恶心极了，若非心头的怒火占了上风，只怕立马又要呕吐出来。

荣老太太不作声，和荣白太的弟媳专心致志地收拾着荣白太制造的残局，她擦拭儿子脸上头发上的污秽，像极了照顾襁褓中的婴儿。

荣白太的父亲作为村里一把手，自是见惯了大风大浪的人，他微笑着端过茶杯放在茶几上，示意小乐坐下。小乐毫不客气，大马金刀地坐下，也把呆立在身旁的云秀拉下坐在她身旁。

她端起茶杯喝了一口，在嘴里咕噜咕噜地翻了几个来回，"噗"的一声吐在脚边垃圾筐里，再不慌不忙地抽出纸巾，擦拭掉嘴角的残液，用手按着胸口往下抚了几下，说了一句："恶心死我了！"刚才一时气急，情绪起伏过大，但内心还是有些忐忑，她必须依靠这些动作稍微平复一下情绪，以免在语气上泄露了内心的慌乱。

小乐待胸口那团怒火落下，才转向荣白太的父亲，慢慢开口："叔叔，您是一家之主，又是文化人，我们今天不争不吵，就只来摆谈摆谈。如果我有哪里说得不对，您作为长辈，尽可以教导我，晚辈绝对认真学习。"

荣白太的父亲爽朗大笑："好，小张，我们叔侄俩就好好聊聊天。你慢慢说，叔叔听着。"

小乐不客气地直接开问："那好，叔叔。我请问，我家妹子嫁到你们荣家有十年了吧，她可有做出什么有辱你荣家门楣的事？"

"没有。"

"她可有不孝顺公婆、不善待小叔子？"

"没有。"

"她可有好吃懒做、游手好闲、贪慕虚荣？"

"没有。"

"她可有处处与人为敌、争强好胜、与左邻右舍不合？"

"没有。"

"那对了，我妹子自十五六岁到你们家，勤俭持家、上孝公婆、下敬叔嫂，与邻里关系也很好。我到这里几天了，整天听她阿爸阿妈叫个不停，我说实在话，反倒是你自己生的几个孩子，我还真没听他们叫过你们几次。"

"阿姨说她没有教养，请问出自哪里？她可有做出伤风败俗之事？可有做出不孝公婆辱骂家人之举？可有不做家务、饭来张口衣来伸手之惰？可有尖酸刻薄、举止轻浮、水性杨花之态？"

"没有！没有！"

"对了。这些大家有目共睹，都没有。相反地，我从左邻右舍嘴里听到的，都是对她的赞美。不是我夸自家妹子，娶到她这样善良的人，不只是他荣白太的福气，也是你整个荣家的福气。"

"是的，是的。尕妮子确实很好，是我们家的福气。"荣白太的父亲依然微笑着，一副和蔼可亲的模样。

"但是，"小乐话锋突然一转，凌厉起来，"你们却身在福中不知福！"

小乐端起面前茶杯，继续发泄自己心中的不平：

"是，小荣喝醉了，按理说是该云秀收拾打扫，不该阿姨亲自动手。她也确实不该和一个醉鬼理论，毕竟一个连自己行为都控制不了的人，清醒时尚且不可理喻，又怎么能指望他醉中明理。可是，叔叔阿姨，今天的局面不是你们溺爱的结果吗？

"回来十天，他至少有七天是醉酒状态吧？是，这可能是你们这里的风俗，进谁家门都要喝酒。我也尊重你们的风俗，我也有喝啊，可我有没有像他一样喝醉过？别人也天天喝，又有几个人像他一样天天醉生梦死？"

"像他说的，云秀没有帮上他，云秀的娘家没有帮上他。我不知道你们这里结婚时怎么讲的，是说结婚时女方应该给很多陪嫁吗？是女方娘家应该无限制尽全力资助女婿吗？还是其他？"

"那要这样讲的话，我们娘家也有话说。我们那里虽不是以嫁女儿发家，男方也不是说结一次婚就成穷光蛋那种，但该有的彩礼还是要有的。那请问，你们当初娶云秀可有三媒六聘？可有彩礼三金？更简单地说，可有问过蒋家是否同意把女儿嫁到荣家？"

"这些都没有，不是吗？你们悄无声息娶了我荣家未成年姑娘，没有父母之命，没有媒妁之言，没有彩礼三金，没有八抬大轿，甚至都没有拜见女方父母。要说对不起，不应该是你荣家对不起我蒋家吗？叔叔，你说我说得对不对？"

荣白太的父亲连连讪笑着，"这个也不能怪我们，这不是他们自己谈的吗。而且，我们当初也没有你们的消息。"

云秀的一个小叔子连忙双手将茶杯捧到小乐手上，"嫂子，你先喝喝茶。"

小乐放下茶杯，"叔叔你说这话我就不爱听了。什么叫没有我们的消息？云秀又不是傻子，她识文断字，更不是不知道自己家在何处。你们若有心，一封信的事情。是你们不想让我们娘家知道吧！是你们想白捡一个儿媳省下一笔彩礼吧！又或者说，是你们当初限制了我妹子的自由！"

荣老爷子连忙摆手："可不敢这么说，可不敢这么说。"

小乐到这十来天，早看出荣白太一家其实对云秀还是很好的，云秀也没有在这里受苦的迹象，心知不能把话说得太过，也就不再在这事上较真。她转头看向荣老太太，说："阿姨，我知道也理解你心疼自己的儿子，看他这样糟蹋自己，说实话，我们也是恨铁不成钢。但又能怪谁呢？我们是有去叫他好几次嘛，甚至我和云秀还亲自去别人酒桌上拉他回来，他不回我们有什么办法呢？他自己不爱惜自己的身体，把自己喝得人不人鬼不鬼的。明明是他自己的错，为什么要怪到我妹儿头上？"

"是，他喝醉了，吐了，我妹子可以收拾，但一直这样，就会滋长他的劣习！他会认为他所有的行为都是对的，就会一错再错。他不小了，每个成年人都该为自己的行为负责。而不是一味地把自己的错误强加到别人身上。你爱你儿子，对不起，我也爱我蒋家姑娘。"

"你觉得我蒋家姑娘没有照顾好她掌柜的，我也觉得他作为一个丈夫没有照顾好自己的妻子。先不说其他，就以我为例。我作为她娘家嫂子，第一次到你们家，你们可有尊重我？刚来第二天就逼着我下地干活；明知道我吃不惯你们的面食，可有给我做一餐米饭？我们自己动手做一点饮食，你们还一味冷嘲热讽。"

"是，你们吃不惯我理解，你们的饮食习惯我也尊重。

可他荣白太在深圳和我们一起吃了那么多年的饭，毫不夸张地说，都是我这个当嫂子的做的，他没有说吃不惯，甚至吃得津津有味，怎么到你们家我做的饭就难以下咽了？以前，他喜欢吃面食，我们就变着法地给他做，从来不曾在饮食上嘲讽过他，因为我们懂得尊重。请问，这是不是教养？你们做的那些行为，是有教养吗？"

"他让我下地干活，我也下地干活了，但是我告诉你，不是看在你们面子上，是看在我小姑子面子上，不想让她为难。但是，现在，我郑重地告诉你，从明天起，我不会再下地。而且，你们若再这样不善待我蒋家姑娘，对不起，不用你们讲，明天我就带着她走。你看我会不会说到做到！"

说罢，不待荣家父母反应过来，拉着早已扑倒在她肩上泣不成声的云秀往外走去。云秀自嫁到荣家，一直过着唯唯诺诺、小心翼翼的生活，婆母动辄呵斥，老公醉酒就闹腾，公公倒是不曾对她苛责，却也谈不上关心。今见嫂子为自己出头，心底的委屈便像开闸的洪水奔涌而出，扑在嫂子肩头号啕大哭。

小乐本没想言辞那么锋芒、凌厉，就是见小姑子在自己身上哭得那么伤心，知她心里必是存了太多委屈，打定主意要给她撑腰，这才索性一次当恶人当到底，滔滔不绝说了个痛快。

云秀原本就是一个善良温婉的女孩，在荣家十余年，任劳任怨，上至公婆下至叔嫂，关系融洽。而且，她还为荣家生了一个健康活泼的大胖小子。虽然当初荣白太夫妻俩为了出去打工，骗他们是回四川看云秀的娘家人，而将孩子留在了蒋家，让他们很是生气，但蒋家人未用荣家分文,就将小子抚养到五岁才接回来,这让本就重男轻女的荣家人更是欢喜。

荣家父子看小乐拉着云秀出门,急急追出门来,嘴里不停地赔着小心。荣白太的弟妹也赶上来拉着云秀的衣袖不让她走。

荣白太许是本就借酒发疯,也或者是这时稍有清醒。跳下床跌跌撞撞跑到小乐面前,"咚"的一声跪在小乐面前:"嫂子,我错了,我混蛋。你打我骂我吧,你们不要走,我错了,我不是人,我不该叫你下地干活,我不该嘲讽你,我不该骂秀……你原谅我吧!嫂子。"

小乐看着面前这个跪着和她一般高的男人,气得抡起右手差点打下去。她拉住他肩上的衣服往上提:"你给我起来!男子汉大丈夫,上跪天下跪地,中间跪父母,你跪我算什么!当着孩子的面,你有点骨气好不好!"

荣白太啪啪地扇着自己的耳光:"我不起来,你不原谅我,我就不起来。我爱云秀,我不要你们走。"

云秀也去拉他,"你起来,跪着像啥子嘛。儿子看着呢。"

荣白太立马拉住云秀,将头抵在她的身上:"老婆,我错了。我不喝酒了,你不要走,不要走。"

云秀泪流满面,跪在地上,夫妻俩相拥哭泣。

小乐叹了口气,和荣白太的弟弟、弟媳一起将他们扶起。夫妻俩相互用手指梳理着对方的头发,抚顺弄皱的衣襟。

小乐转过身去,对着荣老夫妇说:"叔叔、阿姨,你们也看到了,小两口本身是没什么问题的。夫妻吵嘴,我们作为亲属就不要掺和了。用我们那边的话说，夫妻不和，全靠挑拨。会做人的父母，只会说自己的儿子或女儿，而不会找儿媳、女婿的麻烦。那样只会将矛盾扩大化，将原本鸡毛蒜皮的小事搞复杂化。"

荣老爷子见了儿子的丢人之举，有心斥责他几句，但碍于小乐姑嫂在，又不好开言，只讪讪地连连说是。

小乐让荣白太夫妇去将脸洗干净，带着二人去了偏房，好一顿说教，把自己娘家嫂子的架势拿得足足的。

这件事过后，荣白太真的再没主动叫小乐下地。但小乐不愿一个人待在家里，在他们都下地干活时，依然扛着铁锹一块儿去翻地。她本就是一个大大咧咧的人，很快就忘记发生的不愉快。

她教他们捉"黑狗"（泥鳅），教他们烧菜，教他们油炸酥肉。荣家也特意买回了大米，让小乐姑嫂自己做饭吃，荣白太也不再做作，和儿子一起跟她们吃大米饭吃肉。

但这样的平静并没有持续下去，小乐走后不久，荣白太又旧态复萌，整日酗酒，还是酒后发疯、骂人、揍人。

……

九

云秀越说越委屈，哭声也越来越大，廖明英骂起蒋世全便越来越使劲。

"那个老犯人哦，去的时候，我叫他无论如何都要把人给我带回来哟，结果他个老东西自己迢起（跑的意思）回来了。留你在那里受苦哦！"

又说："怎么怪得到我哟？又不是我叫你出去打工的！不是我，你小学哪里能读完！我不识字又不识路，又走不出去，我要去了，无论如何也要把你叫回来嘛。"

廖明英和云秀在前面屋子哭诉，蒋世全在后面房间听得心如刀绞。他使劲地摇床边的铃铛，小乐进去问他要啥子。他喘着粗气说："你给我拿把刀来。"

小乐问："你要刀做啥子？"

蒋世全停下喘了一会儿，才沙哑着嗓子继续："叫她们两娘母把我杀了。"

小乐用手在他胸口给他抹着顺气，对着外面吼："都少说点吧！你们想把他逼死吗？"

外间母女俩这才停止诉说，只剩下嘤嘤的哭声，声音明显较之前小了许多。

蒋世全把云秀叫进去，拉着女儿的手，缓缓地说：

"我晓得你们恨我。我也没办法啊,你们也晓得我们家不富裕,我就想多找点子钱,把家里房子盖好点,早点给你哥把婚结了。再说了,村里哪家的女子有你上学多啊?五儿、七儿她们几个一天学都没上,十岁不到就去外面打工了。我还是让你把小学上完了的嘛。"

蒋世全一口气说了这么多,有点换不过气来,小乐把水递到他嘴边,他就着她手里喝了一口。接着说:

"太虽然脾气差点,但他屋头经济条件好啊,他爸是干部,家里又养那么多羊,在那里吃虽然不比家里,但穿得还可以嘛。他父母对你也好,两个弟弟、弟妹对你也尊重,我都是看到的。哪家不争架角孽呢?我和你妈几十年了,还不是经常吵。那吵起架来嘴上是没个把门嘛,打架时哪个下手又晓得轻重呢,过了对你还不是很好嘛。我不是没想过把你带回来。带回来怎么办呢?队里那几个嫁到外省的,回来又有哪个改嫁嫁好了的?!"

他边说边捶胸顺气:"老汉我也是前思后想了的啊。再说,我去的时候,你不是还怀着娃儿吗?你舍得把娃儿打了啊?他们威胁我,说老丈人若要带人走,把腿打断。就把我吓到了啊。"

说到这里,蒋世全的声音变得哽咽起来,"这些事又不是没有,之前你们都听其他人讲过的嘛。你自己也说他们那里的人喜欢动刀刀场合啊。我去那天,太就拿着一把尺多长的钢刀,故意在我面前舞过去舞过来。你以为老汉我不怕吗?死我不怕,可不打死弄残了怎么办呢?"

他摇摇云秀的手,"你哥哥那时还没结婚啊,我有个三长两短,你妈你哥怎么办?这个家不是就完了嘛。幺女啊，老汉我不是铁石心肠，我也有苦衷的啊！你们不晓得，我那枕头也是遭眼泪水打湿了无数趟的啊！"

蒋世全说得极其缓慢，声音也小。小乐看得出来，在公公心里，小姑子的婚姻也是他一辈子的痛。是啊，手心手背都是肉，他怎么可能不心疼自己的女儿。有些错，既已造成，他也无法弥补。

小乐拍着蒋世全的背，轻声安慰着他们父女："好了，好了，不说了，都过去了。现在太也不那么喝酒了，贵娃子也长大成人耍了女朋友，妹妹苦尽甘来了。您两位老人家也放心哈，只要有我和文武一口饭吃，我们就不会让妹妹喝汤的。"

自小乐夫妻找到云秀，便把云秀夫妇接到身边一起生活，云秀的孩子高中毕业后也来到了他们身边，一家三口都在文武的厂子里做事。小乐他们租了五房两厅，婆家妹妹娘家弟弟都住在一起。他们说两家联结进来嫁出去的加起来才兄弟姐妹六人，三家的孩子总共也才四个，耍团结些，也让孩子们多感受一些家庭温暖，不至于孤单。

日子在药水浸润中不急不缓地划过。

腊月十五后，蒋世全因血管硬化堵塞，胳膊上的肌肉硬邦邦的，不要说蛋白乳这种高浓度液体，就是普通的葡萄糖等药物也不能进入血管，医生宣布无力回天了。

因为结痂硬化，食管全部封塞，米汤都要稀释后才能稍微浸进去一点点。蒋世全心知自己没有几天了，天天问小乐文武他们什么时候回来，能不能回来。

之前，一个月中蒋文武要回来两次，都是待一两天，看老父亲精神状态还可以就又赶回公司了。小乐还打趣老爷子："你看你儿子多孝顺，为了看你，都变成空中飞人了，一个月坐几次飞机。"

云秀也说："你看嘛，你一辈子喊节约，结果你节约一辈子的钱还不够哥哥一个月的机票钱。"

蒋世全说："叫他各自忙，莫光往屋里跑，回来看一下能起啥子作用嘛。飞机票好贵哟，现到没有钱，该那么多账，几时才还得完哦。莫回来，等我要落气的时候再叫他回来。"

小乐姑嫂俩也说："就是，光回来也不起作用。其他的我们还能帮你，背不起帮你背，扛不起帮你扛，这病痛就没得哪个能帮啊。你自己坚强点嘛，不要一打电话就喊恼火。你晓得你儿子孝顺，你一喊造孽恼火，他还不扑爬连天跑回来啊？你心疼心疼你儿子辛苦又累，各自好好保养到，也让他安心在外面发展。你也争口气，活到你儿子公司搞好了再走嘛。"

所以，这近一个月，蒋文武就只顾忙公司的事，没有回来了。他也确实走不开，公司还未完全进入正轨，跑业务的除了他自己，其他人业务都不太熟，指望不上。小乐表哥虽然天天到公司去，却也只是去亮个相，作为门外汉，他有心帮忙却无能为力，只能在一些行政管理上出点力。

生产技术上，虽有能独立指导的车间主管，但不是自己的事业，老板不在身前时，总是纰漏不断。蒋文武是外要忙业务，内要抓生产，每天都忙得筋疲力尽。所以，尽管一周前小乐就告诉他，父亲的病情已到生死阶段，叫他早日归家，他也只能一拖再拖。

看老爷子连水都输不进去了，小乐心知要坏，连忙打电话叫蒋文武把厂里的事情托付给表哥，赶紧赶回来。腊月十七，蒋文武和妹夫、外侄连夜赶了回来，守在蒋世全身边。小乐又叫娘家母亲去街上照顾女儿上学。女儿上初二，还有三天也就放寒假了。

蒋文武他们一到家，蒋世全就来了精神。

蒋文武还在院子边，就将包扔向迎接他的小乐，嘴里哽咽地叫着"爸爸"，飞快地向屋檐下的老父亲奔去。听见儿子的声音，两天没说话的蒋世全抬起垂在颈窝的头，睁开眼眸，看向跪在面前的儿子，眼眶里浑浊的泪水奔涌而出。

蒋世全摩挲着儿子的肩膀，仿佛要把这几十年对儿子过分严厉、父子间不曾亲热的遗憾揉进他的骨头里。看儿子瘦了，他很是心疼，叮嘱儿子，也叮嘱着身边站着的所有后人：

"要好好吃饭，不要节约！"

"身体才是最紧要的，钱多钱少都是身外之物，生不带来死不带去，够用就行了。"

"一家人平平安安才是幸福。"

"老实本分点，不要这山望着那山高。自己一家人过好才是对的。"

……

院里的老人们都说，这是他在交代后事了，叫蒋文武他们注意点。他们便不敢懈怠，白天晚上都两人一组，寸步不离地守着蒋世全。蒋世全却奇迹般的撑到孙女放假回家。

腊月二十一晚上，蒋世全问小乐第二天去赶场不，说想吃梨子和苹果。小乐心里咯噔一下，蒋世全可是整整九天滴水未进了。小乐悄声对老公和小姑子交代："可能就这两天了，都留意着点。"当晚，一家人眨眼未眠，全都守在蒋世全身边。

第二天一早，小乐坐头班车赶去镇上，以最快的速度气喘吁吁地买回蒋世全想吃的苹果和水晶梨。在她的潜意识里，像在和时间赛跑一样，她怕公公来不及吃他想吃的东西，带着遗憾离世。一到家，就飞快地冲进厨房，和女儿一起将苹果和梨子洗净去皮，切成薄片递给公公。

数月不能正常进食、九天滴水未进的蒋世全，居然顺利地吃进去了一小片苹果、两片梨子。他说："这下子对了，没得遗憾了！"

云秀打趣说："爸爸就是喜欢热闹，看大家都回来了就吃得下东西了。是不是？爸爸。"

小乐看蒋世全尚算精神，想着应该没问题，提着水桶去外面大院子旁水井边洗衣服。

一件衣服还没洗完，就听到小姑子云秀在竹林边上大声喊小乐，说父亲在找她。小乐跑回去，还没进屋就听得蒋世全在问："小乐呢？叫小乐快进来。"

小乐赶紧跑到他床边，蒋世全指指床沿，叫她坐下，又对儿子蒋文武说："把娃娃们叫进来。"

蒋文武连忙跑出去，把在院子里玩游戏的一双儿女叫到床前。小乐和蒋文武像是得到了某种神谕一样，对父亲的每一句话都感到惶恐，下意识地与奔向父亲的死神赛跑。

蒋世全拉着小乐和两个孩子的手,哆嗦着从枕头下摸出早上从成都回来的老表来看他时,给他的两百元钱,当着所有亲人的面,按到小乐手上。

头天晚上,也是当着所有家人的面,他让廖明英拿出存折,那上面是他生病以来小乐给他买营养品的钱,还有亲戚来看望他时给的人情,他没舍得用一分。

他对小乐说:"你很孝顺,吃的穿的用的,全都给我们考虑到了,这是我生病后你们给的和别人看望我送的,一共一万六,这钱你妈拿着也没有用。武儿开厂正需用钱,没有多的闲钱给你,你自己拿着,娘儿母子生活开好点,别舍不得吃,莫跟我们学。"

廖明英极不情愿地在蒋世全的再三催促下拿出存折,对于老伴的决定她极不理解。她阴沉着脸,埋怨说:"家里这么多人,我揣起要不得吗?拿给武儿不行吗?偏要给她,你多偏心!难道我们这么大一家子还不如一个外人吗?"

蒋世全说:"哪个是外人?你个舅子还看不明白吗?小乐是个孝顺媳妇,我走了以后你只有靠她了,她会好好孝顺你的,你要这个钱有啥子用呢?"

"再说了,人情世故以后还不是要靠小乐去还。难道你去还啊?"

云秀开玩笑说:"爸,你偏心呢。我是你女儿,你不给我一点儿啊。"

蒋世全说:"你们放心。这是我从街上回来之前存的,回来后的都在你妈那里呢。我已经给你们每个人都分好了,大娃细仔都有,老汉这是给你们留财。你嫂子不容易,啥子都没有,还有两个小娃儿要养,你就一个儿子,又在挣钱了，就不要和嫂子争了。"

停了停又说："老汉这辈子对不起你，你不要恨我。"

云秀抱着蒋世全的肩膀哭得上气不接下气，说："爸，我开玩笑的，我不和嫂子争。我也不恨你！"

小乐看着蒋世全按在她手里的两百元钱，泪如雨下，她知道蒋世全正在离去，永远地离去。

蒋世全说："小乐，你是个好闺女，这几年你们的事情，爸爸都看在眼里。如果哪天你们真要离婚，两个孩子你各自带着，你好好带他们，以后你会享福的。"

蒋世全深知自己儿子是个多情种，结婚前女人不少，结婚后也从来没有消停过。在深圳的半年多，他就无数次见过蒋文武夜不归宿，也无数次听到过他们夫妇为外面女人的事争吵。

他知道小乐是一个要强的女孩，之所以能一而再再而三地容忍不离婚，只不过是舍不得孩子。他也背地里多次劝过儿子收敛，可儿子却说他："大哥莫说二哥，你自己还不是一辈子风流。"

他知道，总有一天，孩子们的婚姻会走到尽头。他知道儿子是一个不消停的主，他不想孙子们跟着儿子受罪。可是他又做不了儿子的主，他心疼儿媳心疼孙子孙女，他能做的，除了这眼下的杯水车薪，还能有什么呢？

他让小乐把怀里的小孙子抱到他面前，用挂着泪水的脸去亲孙子稚嫩的脸庞。那小脸冰冰凉凉地，那是他盼了好多年才盼到的男孙啊，他曾经无数次想象着他牵着孙子的手送他上学的情景。

他也曾给小乐许诺过，让她生下来，他们帮她带，可他为了地里的庄稼让她自己带到上幼儿园。这眼瞅着孩子就要上幼儿园了，他却再也无力抱他，且永远无法抱他了。

他用力地用脸摩擦着孙子的脸，他舍不得啊，他舍不得离开这亲人环绕的世界，他舍不得离开这温软得让人震颤的脸颊。他无声地流着泪，一遍又一遍地摸着孙子的小手。

他说："小乐，对不起，爸爸说要帮你带孩子的，爸爸做不到了。你自己要好好爱惜身体，好好带两个孩子，以后，他们都会有出息，你会享福的。"

小乐见这时候了，公公还在为自己的事操心，不禁心如刀割。她拉过孩子，对蒋世全说："爸，让孩子们给你磕个头吧。"

他说："好！好！好！"

小乐叫女儿跪下，也抱着两岁多的儿子跪下，外侄见了也跟着跪下，几个人给老人磕了三个响头。

小乐对婆母说："你们还没吃饭吧，我去做早饭。"小乐头也不抬地转身就往外走去，她不想公公看见她遍布泪水的脸。

这边，蒋世全吩咐儿子、女婿把他抱到堂屋凉椅上。

小乐刚走到厨房门口，便听得公公房里传出蒋文武震天的悲哭："爸爸哟！我的爸爸哟！"

小乐的眼泪夺眶而出，她折转身，拿起客厅椅子上早上刚买的秋裤走到公公床边，木然地越开跪着的众人。

她说："爸，我知道您爱干净，我把裤子给您换了，干干净净地走。"刚才在床边,她清楚地闻到了公公身下传来的污秽味。她知道,准是公公激动时,不受控制地"泄洪"了。她甚至知道,那污秽不是来自吃下去的苹果和梨子,而是他体内早已腐烂的内脏。

公公一生爱面子,她不想等会儿抹澡的来了,看见公公的不体面,说出去有损公公的形象。或者说,潜意识里,她也不想落下家人照顾不周的话柄。

蒋文武和云秀夫妇也马上站起来:"对,爸爸爱干净,给他换身干净的走。"

兄妹几人手忙脚乱,抽抽泣泣地给蒋世全换完秋裤,小乐才从粮仓拿出香、蜡、纸、火炮,这些都是她早前悄悄准备好的。之前,婆婆廖明英说早点把东西备好,别到时候搞不赢,但不能让老爷子看见了。

所以,每次她都只买一点点,藏在背篓最底下。蒋世全喜欢翻看她赶场回来背篓里装的什么东西。她便用塑料袋裹了又裹,上面再装一些毛毛菜遮掩。

廖明英曾试探着问蒋世全,要不要提前把棺材准备好。谁知蒋世全一听,勃然大怒,"老子还没死呢,买那东西干吗?你就这么想老子早点死吗?"所以,买这些东西也只能避着他。

小乐让文武、儿子、女儿、云秀、外侄和她一起跪下烧倒头纸,又让妹夫去放鞭炮。"爸在生就喜欢热闹,多放点。"做这些的时候,小乐没有哭,只有无声的泪水倾落。她知道,没有公公的庇佑,往后她的日子会更难过了。

知他一生喜欢热闹,蒋世全的丧事办得还算体面,请了先生做道场。做道场时,本来按先生和小乐他们的意思,小乐的儿子太小，才两岁，天上又在下雨，地坝水淋淋的，加上布满了青苔，由小乐的女儿端灵盆绕场最好不过。

可廖明英不让，她把孙女端着的灵盆接过去，递给孙子，说："这是蒋家的香篆啊，他爷爷最喜欢这个香篆了。"大家不好拂了她的意，只得让小乐用手托着儿子的手，接了灵盆一起捧着跟着绕场。一圈一圈又一圈，先生每敲一下锣，唱一句词，他们的泪就不受控制地落下一串。

和公公相处的那些过往，在小乐脑海里放电影一样闪现。他说：

"好好带两个孩子，以后你会享福的。"

"人是铁饭是钢啊，父子之间见啥子气嘛。"

"生活开好点，别舍不得吃。"

……

旁人看小乐流的泪比其他人都多，说："看嘛，还是要对媳妇好点啊，儿子女儿都没媳妇哭得厉害。"他们不知道的是，小乐不只是为公公哭，更是为自己哭。公公说："如果哪天你们真要离婚，两个孩子你各自带着……"

晚上守灵时，本说定小乐和蒋文武白天要忙前顾后，让他俩去休息，由云秀夫妇和两个稍大的孩子守，可小乐睡不着，她搂着女儿的肩，坐在公公的棺材旁，泪流不止。

她知道白天婆母夺灵盆的举动伤了女儿的心，她安慰女儿，不要生婆婆的气，老人家是无心的。女儿懂事地说："妈，你不用担心我，我知道。"

十

女儿六岁那年，上幼儿园大班，小乐在深圳一家线路板厂做品保主管。一天中午，公公打来电话，说小乐的女儿燕儿生病了，最近一个月总是发烧，断断续续一直不好。起先他们以为只是小感冒没啥大不了的，便没放在心上。

燕儿在村小上幼儿园，每天大约要走十几分钟路程，中途有一段并不太陡的坡路。农村孩子不娇气，从幼儿园开始，燕儿就自己上学了。爷爷奶奶都是"土地迷"，整天忙着地里的庄稼，加之大字不识一个，因而对于孙女的学习也就没放在心上，他们本就没文化，也确实是无能为力。

那一段时间，燕总是不愿起床，爷爷下地早，奶奶在家催了又催。起来了也是慢慢吞吞的，吃饭形同嚼蜡，有一颗无一颗地数。

某天，老师给蒋家两老说孩子在课堂上没精神，总是打瞌睡，还总是喊头痛，摸她额头有轻微发热现象，老师叫两位老人带去检查检查。当着老师面，蒋世全便骂："偷懒不想读书嘛，困懒瞌睡多安逸耶！"

孙女放学回来，免不了挨一顿训斥。但打也打了，骂也骂了，孩子却越来越没精神，还在学校出现过几次昏厥现象。

蒋世全夫妇原本没想把孙女生病的事告诉儿子儿媳，但昨日孙女又在课堂上昏倒了。他们前几天也有带孙女去村医务室看过，没看出个所以然来，医生叫他们送去镇卫生院看看。他们寻思着又没什么大的症状，便没去。但思来想去，目前虽说没有什么问题，但总这样莫名其妙地昏倒，心里总还是不踏实，不得不讲了。

自从小乐生女儿难产，第二胎又非正常怀孕流产后，蒋文武便不再让小乐怀孕生产了。虽然这几年，为他们不生二胎之事，蒋家二老没少给他们使绊子：不让他们回家，回家没几天就往外撵，一家人在一起也总是争争吵吵。

小乐想着，实在不行还是生一个吧，可蒋文武说："你不要命，我还不想我女儿没妈呢！"小乐也不敢赌。听得女儿生病，蒋文武催着小乐回家看看。在蒋文武心里，他就女儿这一个孩子，还是老婆九死一生换来的，而且他没有父母那种重男轻女思想，他把女儿看得比自己命都重要。

小乐带了女儿去医院，医生说孩子有轻度贫血，加之确有感冒未愈，护理也不得当，所以反复发作。打了针吃了药，眼见孩子能蹦蹦跳跳上学了，小乐又被公婆逼着离开。

可不到一周，学校老师又打电话来，讲孩子病了。小乐离开之前，怕再出现之前那种孩子病了公婆不讲的事，特意给女儿班主任留了电话，让孩子有不妥时，直接和她联系。蒋文武问父母咋回事，他们说可能小孩子感冒都是这样，易反复，又没得啥子大问题，管她的，会慢慢好的。

这一次，小乐不和蒋文武商量，直接买了机票回去。

抱着软绵绵浑身滚烫的女儿，小乐心如刀割。她带着女儿去镇卫生院看了好几位老医生，都没有特别明显的效果。

堂姐听说后打电话给她，说娘家邻村有位老中医，特别擅长儿科，她家小公子之前生病，看了很多医生都没好，经人介绍回去找他看了，几天就好了。

小乐搁完电话，背起女儿就往娘家方向跑。公婆问咋了？小乐回答："大姐说张医生看儿科好，我带去看看。"

蒋世全夫妇急了，在身后指指戳戳地骂：

"先人板板，一天就晓得往娘屋跑。叫个啥子话?！"

"他张家屋里教的妈个啥子人哦！回来不做活路，一天到黑这里跑那里跑。"

"小娃儿头痛脑热的很正常嘛，又不是啥子要人命的病。以为吃那么多药好哦？自己好跑，还扯把子说给娃儿看病！"

……

小乐不吭声，只管流着泪背着女儿低头走自己的，面对前面院子里那些乡邻的询问，她一句话也说不出来，只是无声地流泪。她不明白自己为什么就摊上这么一对公婆，这还不是自己生病，是他蒋家孩子生病，怎么给孩子看个病就十恶不赦了？就要牵连到娘家父母跟着挨骂了？在他们眼里，究竟什么才重要？

小乐先去张医生那里给孩子看了病，打了针开了药，本想直接回婆家的，她相信以公婆的性格，他们做得出来到她娘家闹的事情，她不想父母为自己受委屈。可医生说还要打两天针，娘家离医生家比较近，只要十几分钟。而婆家离医生家要两个多小时的路程，又不通车，两相比较，她只能带着孩子去娘家暂住。

从医生那里出来，她就给蒋文武打去了电话，讲了带孩子去看病及公婆对她的辱骂的事。她拜托蒋文武给自己父母讲一下，不要到她娘家去闹，太丢脸，不单是丢她的脸，丢她父母的脸，也是丢他蒋文武的脸。蒋文武满口应承，毕竟，他也是做父亲的，女儿的健康于他也是重中之重。

女儿夜间睡觉极不踏实，虽然打了针吃了药，白天相对安稳些，但一到晚上就总是抽搐、颤抖、梦呓。女儿明明在睡梦中，却不停地挥动双手，拼命向上，似在阻挡着什么，嘴里发出"好多，好多啊！滚下来了，滚下来了"的声音。

父母和小乐都被孩子的声音惊醒，围着孩子不停地给她擦汗。

小乐叫醒女儿，问："幺儿，你梦到啥子了？啥子滚下来了？"

女儿说："房子上有好多东西，要滚下来了。"

父母给小乐说：怕是遇到了不干净的东西。于是请了先生作法。

女儿的病终于好了。

小乐不想把女儿留在老家，和老公蒋文武商量带女儿去广东。蒋文武也觉得把女儿留在身边会好一些，却又深知以他父母的脾气肯定不会同意的，遂决定先不要给他们讲，离开再说。夫妻俩商量以给女儿复诊为由，从娘家带着女儿走。为免节外生枝，小乐甚至都没有给女儿带一件换洗衣服。

第二天早上，小乐的父亲送她们母女从小路离开，还在对面山梁上，小乐便看到大公路上那个人像是自家婆母。稍近一点儿，便听得她坐在小乐家对面的引水槽，手舞足蹈地跺脚大骂："你们快来看啰，来评评理哦。老张家不是东西哦，唆使她女儿，说都不跟我们说，就带着我孙女走了，不要我们两个老家伙哟。"

原来，到底是蒋文武没忍住，把准备让小乐带女儿出去的事告诉了他父母。

廖明英在对面又哭又闹，脏话连篇。小乐怕父母难堪，就想留下来算了。

父亲心疼地说："你看她这个样子，你还怎么待得下去啊？留下来也是争吵不断。索性各自先走，我们晓得处理。她要骂就让她骂吧，又不得少几斤肉，看她能骂出个啥子花来。走远点，免得你娘儿母子在家受气。燕儿的身体也需要好好调理下，老是这样子生病，莫说你们不放心，我们也不放心。"

小乐给蒋文武打电话，把他母亲在张家祠堂撒泼的事说了。

小乐说，如果你不能说动你的父母不再去找我爸妈麻烦，我和女儿也就不去你那里了，我带她到我二姐那里去打工，反正我是不会把女儿留在老家的。

蒋文武马上给他父亲打电话，让他去把廖明英拉回去，说如果再这样闹下去，他们以后就真的不回那个家，不给他们寄钱了，反正小乐母女也出去了。

蒋世全一辈子最看重钱，蒋文武承诺每个月给他寄一干。蒋世全才连忙跑过去把老伴拉回了家。

小乐去了广东，给女儿联系好了学校，把学籍一并办理妥当。为了照顾女儿，小乐不能继续在工厂干了，便自己开了个便利店，卖点烟酒饮料和水果及生活用品，又摆了几张麻将桌。

蒋文武信守承诺，每月按时给父母寄钱，二老便不再说什么。

女儿到广东后第二年，大概是因为小乐把重心放在了女儿和小店上，蒋文武出轨了。一到周末总是不归家，不是说在外应酬喝多了回不来，就是要陪客户打麻将，或者外地出差。

结婚八年，蒋文武对小乐一直很好，用别人的话说"小乐就是蒋文武的心尖尖"。蒋文武对小乐的宠爱，所有人都看在眼里。

在女儿没去广东之前，夫妻俩一直是同进同出。因为怀孕、流产，小乐不上班的时候多。蒋文武的工作是两班倒，白班时，每天早上去菜市场给小乐把菜和早餐买回来才去上班，他不让小乐自己买菜，怕她节约舍不得买好的。

每天下班，还在一楼就开始"老婆，老婆，我回来了"地叫，一直小跑着叫到五楼。他们一帮老乡共十几人住同一幢楼，大家都笑话他像"叫春"。一到下班时间，小乐就趴在阳台上等着，蒋文武在楼下叫，她在阳台上回应，那份甜蜜很是让人艳羡。

夜班时，蒋文武总是先把晚饭做了，和小乐一起吃完才去上班，下班又把菜买回来陪小乐把早餐吃了才睡觉。

他编了一句歌谣整天挂在嘴边：亲爱的张二娃，你是我心中的灯塔。朋友们都笑话他："硬是多不得了，搞得好像只有你才有婆娘一样！"他们都断言：就算这世界所有的男人出轨了，蒋文武都不会出轨。

可就是这个把老婆捧在手心里的男人，出轨了。

小乐以为是自己没有生二胎的缘故，毕竟二老想要二胎的意思很明白。蒋世全夫妇也做了让步，从最开始的一定要生个男孩子，到后来只要生二胎就好。为了挽回丈夫，为了给女儿一个完整的家，小乐偷偷取环怀上了孩子，却不想因太劳累，滑胎了。

因为滑胎，小乐身体受了影响，只能再次上环避孕。她试着用其他方式挽救自己的婚姻，可她骨子里的傲气又容不得她委屈自己做更卑微的事。

无数次挽留无果后，离婚不可避免地提上日程，两个人都想要女儿。小乐天真地想：要不再生一个，一人一个就不存在争抚养权了。于是女儿八岁时，小乐再次偷偷怀孕。四个月后，肚里孩子有动静时，小乐才告诉蒋文武，他并没有多高兴，他已经习惯了整日花天酒地、美女在怀、醉生梦死的生活。

蒋文武要小乐打掉孩子。小乐不愿意，上一次迫不得已流产，在她心里埋下了阴影，她时常做噩梦，梦见那个没能来到人世的孩子。她不想再一次成为"刽子手"。小乐大着肚子进货、守店、搞卫生、给老公和女儿做饭洗衣。

看小乐执意要生下孩子，想到生女儿时小乐母女差点命赴黄泉，蒋文武妥协了。他收敛了自己的行为，天天按时上下班，每天回来给小乐做饭洗衣服，帮忙看店子。尤其是一些有经验的大姐大嫂告诉他，小乐这一胎可能是男孩儿时，他更小心翼翼地侍候着。

蒋文武告诉父母，小乐怀二胎了。蒋世全夫妇很开心，承诺说只要小乐生下来，断奶后他们带。并要求蒋文武把小乐送回去，在乡下生。他们说乡下饮食营养，自己家里又养得有土鸡土鸭。老家食品相对更让人放心，这是事实。但真实意图，他们只对儿子一个人说：乡下生，花费少。做了蒋家八九年媳妇，小乐懂。一听公婆叫她回乡下，害怕了，说她自己挣生产费，坚决不回去。

蒋文武也不愿意小乐回去生产，先不说小乐这时已是三十好几的高龄产妇，光她那饮食一不规律就发作的"三石"（胆结石、肾结石、尿结石），就够让他紧张万分了。他实在不敢再让小乐经历那种生死一线的折磨。他没明着告诉父母不让小乐回去生产的事，只说店子还开着，他要上班，小乐还回不去。他也不提让母亲来照顾小乐的事，因为小乐明确说过宁愿自己做饭吃，也不要婆母来。

为了让小乐安心、顺利生产，每一次产检，蒋文武都陪着她。听着孩子在肚子里有力的胎动，看着B超单里那个手足高抬的小不点儿，蒋文武的心被温情充盈着，对小乐越发温柔起来。看着丈夫的转变，小乐高兴极了，她认为自己怀二胎这个决定做对了。为了胎儿健康，蒋文武除了保证小乐各种营养补给，宁愿自己辛苦一点，天天晚上熬更守店，也要小乐保足九个小时的睡眠。

尽管是租的房子，他还是将客厅和卧室都装上了空调。他说要将小乐生女儿时没坐好月子的遗憾全都弥补上。为此，小乐很是感动，她默默地暗下决心，要把这个家维系好，一家人永远在一起幸福走下去。

十一

怀孕快八个月时，小乐陪一个叫玲玲的女孩去私人诊所做B超鉴定。

玲玲是小乐店里的常客，安徽人，年龄不大，刚满20岁，白白净净，身材高挑，长得非常漂亮。漂亮的玲玲没有其他美女特有的高傲，从来都是笑脸盈盈、人畜无害的样子，老远看见小乐，就表嫂表嫂的叫。小乐常说，玲玲若去参加选美大赛，绝对能拿冠军。

玲玲十六岁时随堂哥出来打工，在一家发廊做洗头妹。没想那家发廊是做歪的，玲玲其实是被堂哥给卖进了发廊。玲玲在发廊洗头，也做暗娼。很快被一个叫彪哥的本地人看上。彪哥是一个靠收厂租房租生活的六十来岁的中年人。

彪哥喜欢打麻将，不论大小。玲玲喜欢到小乐店里买零食，一来二去，彼此熟了。玲玲喜欢吃小乐做的酒糟汤圆，胃口不好时就到小乐家来蹭饭，彪哥也就常来小乐店里打麻将。玲玲总是甜甜地挎着他的胳膊到处晃，一开始小乐还以为他是玲玲的父亲。彪哥家里已经有四个女儿，老婆因病再不能生，彪哥直说自己找玲玲就是为了生个男孩。两年中，玲玲已经为彪哥打了三个孩子。

那天原本是要彪哥陪玲玲去的，结果走到小乐店门口时，海南仔叫彪哥赌"三公"。刚好星期天，蒋文武也在家，彪哥便托小乐陪她去。

玲玲终于得偿所愿，B超显示是男孩。玲玲高兴坏了，当场给彪哥打电话，告诉他这个好消息。彪哥更高兴，特别吩咐玲玲给了医生一个大红包。

诊所老板得了大红包，也很开心，一再坚持要免费给小乐打个B超看看，玲玲也在旁边说表嫂照照看嘛。小乐不愿意，她早已打定主意，不管肚子里的是儿子还是女儿，她都要生下来。不只是为了完成两老的愿望，也想给女儿留个伴，可她又实在无法拒绝别人的一番好意。

蒋文武到底还是把小乐怀的是儿子的事告诉了父母。尽管小乐再三叮嘱他先不要讲，他也一直强调不会让小乐回老家，不会让父母来深圳照顾她坐月子。小乐依然感到事情不会就这样简单，以她对公公婆婆的了解，他们不可能在听说是男孩的情况下，就这样默默地在家里干等。

自从查出小乐怀的是儿子，蒋文武便不再加班。他每天按时回家，按时陪小乐做产前检查。一到周末就陪小乐去采购生产所需，一切向好的方向发展着。家里婴儿床及待产用品早就买好，衣物包毯等也用开水烫过晒好了，只等小乐生产。

不出小乐所料，廖明英真被蒋世全撵到了深圳，说来照顾儿媳坐月子。

他们本意是想小乐回去生的，也向小乐夫妇保证这一次会让小乐去医院生。可小乐不想回去，蒋文武也不敢赌。他要上班，而且，小乐的店子生意也不错，回去生产，不但店子要关，他也不可能长期待在家里照顾小乐。

没有他在家，小乐的月子会坐成什么样，他不敢想，他不想再有生女儿时的危险发生。若真有个不测，失去母亲的可不只是女儿，还有肚子里的儿子。而且，女儿没在身边的那些年，夫妻俩对孩子的那种牵挂思念太揪心了，现在女儿在身边，他们更想一家四口齐齐整整地在一起。

作为两个孩子的准父亲，这一次他很男人，坚持己见，没有听父母的。他们已经商量好了，由隔壁杨大姐照顾小乐坐月子。杨大姐在深圳几十年，一直给本地人家做家政，烧得一手好菜，又会说粤语，有她照顾再好不过。而且，女儿已经九岁，体贴又听话，也能帮小乐照看一下弟弟，不会太难。

蒋世全夫妇便也学蒋文武夫妇，不和他们商量，给廖明英买好了车票，送她上了火车才告诉蒋文武。

"请保姆多贵啊！花钱不说，又不能天天待在身边，一到晚上人家就要回去。你妈去，不要钱，还随时可以给她端茶递水。"

木已成舟，别无他法，尽管小乐心里万分抗拒，也只能接受。为了讨好婆母，在廖明英还没到之前，小乐就把她的睡衣、拖鞋、换洗衣服全买好了，床上用品也都是新的。

可廖明英进屋一见就黑了脸："硬是不晓得节约！老实那钱不是你挣的，就不晓得心痛哦！"

小乐不吭声，默默走开。

蒋文武解释："莫乱说！人家小乐自己开店子，这都要生了，店子都没关过。"

"她大起个肚子做得到个啥子！还不是你一天里里外外忙，白天上班，晚上回来守店，你看你都好瘦了！"廖明英心痛地捏捏儿子的肩。

事实上，自小乐查出怀的是儿子，加之临近生产，蒋文武就不让小乐晚上守店了，他白天上班，晚上守店，还要凑麻将场合，早上上班前还会把菜买好，送女儿上学，着实消瘦了不少。小乐虽尽量做一些力所能及的事，也能力有限。

尽管廖明英说话不中听，但小乐想着老人家大老远跑来，还带了那么多的鸡蛋鸭蛋，也委实不容易，虽然她知道婆母是冲着肚里孩子来的，说到底也还是一片好心，便没往心里去。

一开始，廖明英把小乐照顾得很好，不让她提东西，不让她洗衣服。还说："来的时候，你老汉再三给我说，莫让你做啥子，说扫把都不要让你摸一下，水都莫让你沾。你以为哦，生燕儿那时，他回来我是挨了骂的。"

就算是店里的卫生，廖明英也抢着干，除了炒菜。从小乐第一天到蒋家，她就很少吃婆母炒的菜，尽管蒋文武和云秀都说她炒菜其实很好吃。即或小乐生女儿那会儿，她也只是煮饭、煲汤，炒菜就叫蒋文武上。

廖明英总是说："我炒的菜不好吃，你们年轻人会炒些。"

这话，小乐第一天认识她就听过。但小乐每次炒的菜，廖明英都会挑出毛病来，不是咸了就是淡了，不是软了就是硬了，不是油多了就是油少了，反正没有一餐是她满意的。小乐也习以为常了，初时上灶还提心吊胆，担心又被她挑出一堆毛病，后来见公公炒的菜和蒋文武炒的菜，婆母也会挑一堆堆毛病，便当耳边风一样，听过就算了。

公公常说廖明英："你各自吃呢，话多。自己不做，还挑三拣四。你就是属马的，又吃又踏！"

怀孕快九个月时。某个周末，云秀和她老公、儿子，还有廖明英的妹妹一家，来小乐家做客。饭后，一大家子在客厅聊天，小乐尿急去卫生间。怀孕的女人似乎特别尿频，总是想上厕所，虽然每次都不见得是真上，但又不得不频繁往卫生间跑。卫生间在厨房里面，要上两步石梯，小乐从卫生间出来，没料到石梯上全是油，一下子滑出很远，当场就动了红。

厨房地上也全是水，把小乐身后裙子打湿了一大片。小乐咬着牙，挣扎了半天，实在起不来，叫了好几声，客厅里的人才听见。小乐叫云秀给蒋文武打电话送她去医院，云秀看小乐腿缝间有血流出，一下子慌了神，电话拨了几遍都不对。

蒋文武回来时，廖明英正在大声训小乐："多大个出息，走个路还挞倒（摔倒的意思）。"

小乐委屈极了，叫蒋文武和廖明英自己去厨房看看。

蒋文武进去一看，立马发火："晓得家里有孕妇，地上还整那么多水。"廖明英便又要发挥她一哭二闹三上吊的本事，云秀看出事态严重，拉着她吼了几声才了事。

果然，到医院一检查，医生说动了胎气，要住院保胎。

廖明英在门口听到，连声问："要好多钱？要好多钱呢？"

蒋文武大声说："好多钱好多钱，又不要你拿。这下晓得心疼钱了,幸亏娃儿没事,有个啥子,你哭都来不及。"

廖明英说:"嗯,未必怪我,她各自不走稳嘛。"

小乐在里间床上痛得眼泪直流,为摔跤造成的痛,也为婆母无情的话。

医生见他们母子在门诊室门口争吵,大声说:"这里是妇产科,全是孕妇,请安静,要吵出去吵。"

蒋文武让云秀把母亲送回去,他怕母亲在这里啥话都说,让小乐听见难过。

小乐在医院住了两天,控制住了出血量,便央求着医生让她出了院。她实在闻不惯医院那刺鼻的消毒水味道,也怕保胎花钱太多,到时候婆母又找她麻烦。

出院没两天,廖明英又来事了。

那是个周末,蒋文武没上班,在家给小乐煲乌鱼汤。

廖明英从外面散步回来,进屋就对小乐说:"隔壁你张家屋里翠翠说的啊,说你肚脐眼是尖的,又是妈个女儿。"

蒋文武一听就火大:"你一天尽没话找话说。不是给你说了吗?查过B超了,是男孩子。"

廖明英说:"那个,不准。梁那边麻老幺的女儿,生了三个丫头,怀第四胎,检查的时候明明说是女儿,就去打了,结果是个男娃儿,一家人怄死下场。"

蒋文武说:"管他儿子还是女儿,都是我的孩子。"

廖明英说感冒了,没有起来买菜,小乐把饭做好叫她起来吃,她说没胃口。

晚饭时,廖明英又说:"有些人第一看得准!你看她那么喜欢吃辣的,酸儿辣女,我也觉得像是丫头。"

蒋文武说:"怀在肚子里的,哪个看得准嘛?没有怀的时候呢，你们天天催，说不管男孩女孩都再要一个。这哈儿怀上了，你又一天这样那样事多！"

廖明英喃喃地说："我只是说一下嘛，哪管你们要不要。哪个不想一个儿一个女呢？你还不是想，以为我不晓得哟。"

终于到了预产期前两天，产前阵痛也突然而至，正在公司开晨会的蒋文武接到了小乐的紧急电话。公司老总立马安排司机和他一起回去把小乐送往医院。医生一检查，讲已宫开二指，马上办理入院手续。廖明英和小乐的女儿接到电话，提着小乐早已收拾好的待产包裹赶到医院时，小乐已被送往待产房。

结果，小乐在待产房待了一天一夜，却又没了生产迹象。小乐想着既然还不到时候索性回家，医生说小乐宫缩不正常，先前又动过胎气，不同意小乐的出院请求。

小乐进医院时，胎动频率还比较正常，一晚上过来，居然升高了三分之一。小乐看着自己像是个犯人一样，被各种仪器束缚在产床，心跳不由自主地加快，一个人躺在隔离观察室，听到那些轰隆隆的器械运行声，各种不好的念头不停地往脑海里钻。她感觉束在手臂的绷带越来越紧，绑在胸部的测量仪让她有窒息的感觉，全身沉重无比。她不敢闭眼，总怕一闭眼就过去了。

她清楚地感受到孩子在肚里挣扎，烦躁地扭动，那轰轰轰的器械轰鸣声一阵高过一阵，仿佛雷神的铜锤一样，一下一下地击打在她心上。小乐一着急，血压又升高了。

第二天中午，小乐还是没有生产的迹象，就连已开的宫口也闭合了，转进普通产房。她能感觉到孩子在肚子里的焦躁，胎动也似乎有些不正常，夫妇俩商量剖宫产，医生却不采纳建议。说小乐是高龄产妇，不但伴有严重的贫血现象，而且结石严重，所以主张顺产。蒋文武不愿意再出意外，坚持要剖宫产，不然就转院。

　　上午十点，小乐被推进手术室。在被推进手术室前，小乐听到婆母一直在骂蒋文武："硬是一天不把钱当钱呢！医生都叫顺产了，自己还要求动手术。别个是医生让剖宫产自己要求顺产，你们倒好，反起来。你老汉晓得又要骂你，不信你看嘛！"电梯门关上那一刻，小乐的泪潸然流下。

　　躺在手术台上，不知怎么回事，小乐没有被麻住。她看着头顶那些晃动的人影，清晰地感受着肚皮被刀子划开的刺痛，刀子挨着肚皮那一刻的寒冷，像极了冬天雪花落在皮肤上的感觉。

　　她清楚地感受着皮下内层被撕裂时的剧痛，那是剪刀剪开皮下脂肪带来的。她感受着医生用刀划开自己的腹部皮层，再用剪刀口斜着剪进去。

　　她清晰地感知到血液的流出，有些温热也有点黏湿。她恐惧地大睁着双眼，看着眼前忙碌的医护人员，看着他们手里的刀剪发出银色的耀眼光芒，像利剑一样在她面前交错挥舞。

　　她不明白为什么手术时上身要稍高一些，以至她能清晰地看着自己身体……像影像中那样被肢解，对，像极了被坏人肢解的遇害者。

　　她听到主刀医生在吩咐助手"剪子""镊子""棉球"……她的身体随着手术刀的起落而起伏，她忍不住发出了长长的两声:"唉哟,痛啊!"

主刀医生说:"糟糕!没麻住。快,快,全麻!"她看见麻醉师拿起一根特别细长的胶管一样的东西,随之一剂冰凉彻骨的全麻针药顺着后脊柱推入,随着刺骨的剧痛,小乐头部往上一抬,"唉哟"一声,双眼疲惫地缓缓闭上。

她做了一个梦,梦见自己坐着飞船,又好像是火箭,"嗖"地一下升到了太空。入目一片幽蓝,高远辽阔,她正在四下观望,突然,她感到飞船像是失控一样,带着火光盘旋着急速下滑,"轰"的一声,飞船着地……她一下子睁开眼,恍惚中,看见有人将一个带着红光的团状物送到她眼前。她感觉到自己面部有些抖动,那个和老公同姓的中年护士长正拍打着她的脸。

小乐好像听到了自己微弱的声音:"我到天堂了吗?"

护士长加大了拍打她脸上的力度:"丫头,醒醒,看看你儿子。这是你儿子。"

她努力睁开眼睛,看了一眼那个小肉团,突然口齿不清地带着哭腔嘟囔了一句:"我终于生了一个儿子。"眼泪如决堤的洪水,倾泻而出。

护士长刚给她擦干,新的眼泪又涌了出来。护士长刚才亲耳听到了小乐婆母的闹腾,知道这丫头肯定过得不易。她像慈母一样安慰着小乐:"不哭,不哭,生了就好了。不哭哈!"

有时候,你不得不佩服母亲的天然感知力。护士长递孩子给门口的蒋文武时,对他说:"幸亏是剖宫产,孩子被抱出来时有脐带绕脖。"产前检查并没有发现。小乐夫妇万分庆幸,这一次顺应了自己的感觉。

蒋文武把儿子抱给母亲看:"这下放心了嘛!是个儿子。"

廖明英高兴得眉开眼笑,说:"恰像你细的会儿!"

小乐还没推出来,蒋文武要在手术室门口等,廖明英抱着刚出生的孙子,和孙女一起先去了病房。

后来,女儿告诉小乐:"婆婆从电梯一出来,就给爷爷和姑姑打电话,说生的是儿子。"

小乐想:"幸亏生的是儿子,如果是个丫头,又将是怎样的光景呢?"

小乐是马口奶,乳头很小很小,孩子含不住,也因为贫血,依然和生女儿时一样没有奶水。但小乐下决心要母乳喂养,他们请了催乳师、买了吸奶器,坚持着练习吸乳。为了增加母乳产量提高母乳质量,蒋文武每天变着花样给小乐做催乳餐。

猪油醪糟、黄豆猪脚、木瓜炖鲫鱼、益母草炖乌鸡、清炖乳鸽、海参煲甲鱼、花胶虫花大骨汤、盘龙鳗鱼煲、乌鱼汤、海鲜粥……只要别人说有用的,他马上就做。小乐父母又从老家用快递寄了催奶草药。

为了儿子有奶吃,为了避开奶粉可能带来的安全隐患,再难吃的东西,小乐也咬着牙吞下去,哪怕边吃边吐。尽管如此,小乐的奶水还是不够小家伙吃,小家伙胃口奇好,一点儿没吃饱就哇哇地哭闹不休,只得添加奶粉作为辅食。

廖明英一辈子生活在农村,只会做一些简单的粗茶淡饭。为了孙子有奶吃,她倒是一日三餐按时给小乐把饭菜端上。只是她有她的固执,除了肉类,坚持不让小乐吃蔬菜,说那些东西吃了瘆肠寡肚对胃不好。肉类也是每次只光骨头，或者干干一碗鸡肉。小乐告诉她，煲汤的时候可以多加点水，营养在汤里。她说："汤汤水水的有啥子喝场？多吃肉。"又说："我们那个时候莫说吃肉，连饭都吃不饱，你们这会儿多享福！"偶尔，水加多了点，她们自己就用来煮面吃。小乐笑笑，不以为意。她知道在老人的意识里，肉才是好东西，而老人家把好东西全给了自己。小乐是一个知道感恩的人，婆母能放下成见给她煮饭，她已经非常非常知足了，其他不奢求。

一个月下来，光月子里住院生产、催乳饮食、买奶粉，就花了四万多。小乐也从怀孕前的九十斤增至一百三十几斤。廖明英天天在儿子和孙女面前唠叨："天呢，花好多钱啰！我们几年都用不到这么多哟！"

抱起孙子时，她逗孙子："幺孙欸，我的香篓哦。你是你爹用钱堆出来的哟！"

儿子满月那天，蒋文武在加班，家里就婆母、小乐、和一双儿女，女儿暑假还没开学。小乐为感谢婆母这一个月的照顾，亲自做了一桌子的好菜。饭间，小乐接了一个电话，是小区处得比较好的一个姐妹小魏打来的。

小魏祖籍安徽，母亲改嫁本地人，她自小在广东长大，只会说粤语，小乐也会一些简单的粤语。小乐抱着儿子吃饭，便开了免提将手机放桌上接电话。

小魏问："靓女，做咩也呀？（美女，在干什么）？"

"食饭。我家婆照顾我坐月子，辛苦晒！更日我满月，感谢佢！你喺做乜？（吃饭。我婆母照顾我坐月子，辛苦了！今天我满月，感谢她！你在干什么）？"

"我喺逛超市，嚟唔嚟？（我在逛超市，来不来）？"

"唔嚟了，要抽细佬仔。（不来了，要带小孩子）。"

"你家婆钟唔中意你个仔啊（你婆婆喜不喜欢你的儿子）？"

"我家婆好中意个仔（我婆母超喜欢这个孩子）！"

……

"几好！你慢慢食。（那好！你慢慢吃）。"

"好嘅。回头倾啦。（好的。回头聊啦）。"

小乐挂断电话，廖明英问谁打来的。

"小魏，就她妈妈嫁给波叔那个。"

突然，廖明英脸色一变，把碗重重放在桌上，厉声质问小乐："你骂我啥子？我惹到你了吗？"

小乐感到莫名其妙，她怔怔地看着婆母："我哪有骂你？"

"刚才，你跟那个婆娘打电话的时候，你以为听不懂哦！"廖明英理直气壮地说，"你麻不到我。"

小乐才想起婆母听不懂广东话，她耐着性子把通话内容一字不漏地复述了一遍。

可廖明英不相信，她固执地说："我听到了的，你在说'家婆'，我晓得家婆就是老人婆的意思。"

小乐再三解释，廖明英就是听不进去。小乐便失去了耐心，她自小被父母捧在手心里娇纵着，从来就不是一个有耐心的人，只是为了家庭的和睦，才一而再再而三地忍气吞声。她"噌"地一下站起来，把孩子往婆母怀里放："懒得给你说了，各自把你孙抱起，我去洗碗。"

十二

戏剧性的一幕发生了。

只见廖明英把手往身后一甩,忽地站起身跑到阳台,大喊起来:"打人了哦!媳妇打老人婆哟!明全,你们快来哟!"

廖明英起身的幅度过大,那一甩手差点把小乐手里的孩子打到,幸亏廖明英最心疼的是自己孙子,身子往左侧斜了斜,才没把孩子碰到。也幸亏小乐还没松手,孩子才没掉在地上。

小乐听到婆母的喊声,气得真想打人,她把凳子往边上一踢,头痛地说:"又来了!又来了!"

小乐的女儿也被奶奶的神操作整蒙了。她搞笑地张着嘴巴,摊开双手,耸着肩,瞪大眼睛不相信地说:"不是吧?这么戏剧吗?"才刚九岁的她,根本不知道她奶奶的这波操作,会给母亲带来什么样的麻烦。

廖明英一共三个弟弟,大弟弟九年前去世,小弟弟在老家,在深圳和小乐他们对楼而居的是廖明英的二弟廖明全。廖明全的女婿在深圳做生意,没人做饭,便把他们一家人接过来操持家务。两楼相距不过几米,平时他们姐弟常站在各家阳台上对话。

廖明全一家听见廖明英的哭喊声,倾巢出动。廖明全率先飞奔而至,看见姐姐坐在阳台地上,甩手蹬脚撕心裂肺地哭喊。

廖明全问他姐姐:"怎么了?"

廖明英说:"我屋里那婆娘打我哟!"

廖明全一听,顾不得拉起地上的姐姐,冲到小乐面前,使劲一推:"你打哪个?你狗日胆子不小,还敢打老人!"

小乐一个不提防,被推了一个趔趄,怀里的儿子立马大哭起来。小乐来不及与廖明全生气,马上拍着孩子的背部安慰着:"宝贝不怕,不哭!不哭!"

小乐的女儿见了,跑过去张开双手挡在妈妈面前,她着急地冲舅公喊:"不许欺负我妈妈!"

廖明英见孙女凶自己弟弟,爬起来去拉她:"你凶哪个?凶啥子凶?恁大个花花就晓得凶人了。"把孙女拉开,又去撕小乐的衣服,"打嘛!继续打嘛!你会打人!"

廖明全也来推搡她,后面赶到的廖家众人,也七嘴八舌地斥责着她。小乐委屈极了,她已经气得全身颤抖说不出话来。反倒是她的女儿为母亲据理力争,仰着小脸瞪着奶奶:"你冤枉人!我妈妈没有打你,你自己坐地上的。"

廖明全把她往边上推:"细娃儿,晓得完了。各自到一边去。"

小乐见他推搡自己女儿,急了,一下把女儿拉到自己身后,老鹰护小鸡一样。折腾中,她的手不知被谁抓伤了,火辣辣的痛,一声声谩骂与责备恣意冲破耳膜钻进耳朵。她看着眼前这些绰绰人影,只觉得好笑,原来电视电影里看到的都是真的,是生活中真实存在的。生活比电影更荒诞!

她指着正谩骂她的廖明英，一字一顿："老东西，你听好了！嫁到你家这十来年，我从来没有骂过你，这一次，你听清楚，我是真的骂你了，你就是个不要脸不服好的老不死的！"

廖明英一听，立马像抓到了有力的证据一样："听嘛，听嘛，你们听嘛，当到你们，她都敢骂我！"

廖明全扬起手臂就向小乐打过来，她抓住他的手："你也一样，你也不是个好东西！你们廖家屋里，就没一个好东西！"

她不容他们反驳，直接指着他们说："你们这些人，一个个的怎么不被雷抓去！"

于是，几个人都疯了一样向她扑去。小乐的女儿看母亲双拳难敌四手，使劲地去拉去推他们。

小乐抽时机把这边的闹剧开手机语音给老公听。蒋文武连忙打电话叫几个老乡过来，把架拉开。在悲愤交集中，小乐倒下了。

临近傍晚，在广州出差的蒋文武赶回了家。中午闹剧结束时，廖明英被廖明全一家带走了，蒋文武先去舅舅家接回了母亲。和他一起进门的还有廖明全一家。不知在那边他们是怎么给他描述的，他一进屋就把肩上的包一甩，大吼道："张小乐，给老子滚出来！"

小乐放下儿子，从卧室出来，女儿也跟了出来。

廖明英看见她，上去就揪她的衣服，"打嘛！这下子又打嘛。骂嘛，又骂嘛！"

小乐掰开她的手，生气地说："你神经病啊！"

蒋文武冲上去，"啪"的一巴掌扇向小乐的脸，没等她反应过来,又"呼"地一拳袭向小乐胸口:"你龟儿能干了哈,敢打我妈!"

小乐说:"你哪只眼睛看到我打她了?"

蒋文武用力飞起一脚把她踢到墙上,她轰的一下倒了下去,鼻子碰到墙壁,嘴角又撞上了小凳子上的剪刀,顿时血流如注。她挣扎着想扶墙站起来,却又满脸是血无力地倒下去,她不敢置信地瞪着他,满眼绝望。她以为他回来是主持公道的,却不想是回来送她上断头台的。她两眼一黑,晕了过去。

蒋文武看小乐满脸是血,慌了神,一下子抱住她:"老婆,老婆,老婆你别吓我。"

小乐的女儿看父亲将母亲打出了血,眼下母亲又昏迷不醒,她"啊"的一声尖叫,冲进厨房提了一把菜刀出来。她全身颤抖,双手举刀指着他们,说:"你们害死了我妈妈,你们全都欺负我妈妈,我要杀了你们!"

小乐恍恍惚惚听到女儿的嘶吼,醒过来,她挣脱开蒋文武的怀抱,挣扎着站起来,抱住颤抖的女儿,夺过她手里的菜刀。她摇摇晃晃地抱着女儿的头按在胸前,牙齿打战,一字一顿地说:"不怕,不怕,宝贝不怕!"

大抵是她满脸是血的样子吓住了众人,四下一片静寂。安慰住女儿,她抬起头,愤恨地瞪着蒋文武,又用不甘的眼神一个个扫过众人,发出幽灵一样的声音:"我张小乐在此发誓,我死也不会放过你们这班人!廖明英,我张小乐一辈子不骂人,今天我第二次骂你,你不得好死!你们都不得好死!"

说完,她捡起女儿掉落地上的菜刀,在自己左手臂唰唰划了几刀。鲜血染红了她洁白的衣袖,她再次软软地倒了下去。

小乐醒过来时,已是第二天上午。

蒋文武已经通过女儿了解到事情的原委。隔壁老乡家的河南保姆阿姨也告诉他:"你那个妈不是人啊!真的不是人,太恶毒了。对你老婆还不如一个外人。你老婆那么善良那么好,把她当亲妈一样,我要有那么好的媳妇,我把她当亲闺女一样心疼。你妈哪里是来照顾月母子的?你妈是来要人命的啊!太可恶太可恶了!"

蒋文武又打电话问了中午和小乐通话的那个广东媳妇小魏,小魏不知道他们家发生的事,还对蒋文武说了小乐中午给廖明英做好吃的表示感谢一事。

小魏还说:"大佬仔,你们家庭关系嘅好哦!我都眼红噻!"

蒋文武又问母亲,小乐骂她之说从何而来,廖明英说是她侄女听到告诉她的。小乐在里间听到,当即打电话叫来蒋文武的表妹。表妹在工业园区电子厂上班,还不知道发生了什么事,以为又是表嫂做了好吃的,叫她过来打牙祭,兴冲冲地跑来,却是叫她来对质。

蒋文武的表妹生气地对着廖明英吼:"姑姑你是神经病啊?我看都没看到你,几时给你说的?你自己要找嫂子麻烦,不要扯上我!"说完生气地拂袖而去。

廖明英又说是出去耍听到的,总之就是听到过。

蒋文武知道是自己母亲冤枉了小乐,他跪在小乐床前,拉着她的双手贴在脸上,求她原谅自己。小乐不看他,奋力抽回手，目光空洞地望着天花板，任泪水在脸上无限漫延。

良久，她一字一顿地说："我们离婚吧。"

蒋文武说："老婆，我错了，我知道错了。我们不离婚，儿子才满月呢！两个孩子还小，我们不能离婚。"

小乐也知道不可能离婚，一双儿女，大的才九岁，小的刚满月。可她再不想在这样的环境里生活。

她说："那你给我买票，我要回家。回我爸妈那里。"

蒋文武说："我不要你走。老婆，我不要你走。"他像是表决心一样，坚定地说："我把妈妈送回去，明天就送走！"

小乐不说话。蒋文武跑去他舅舅家，跟他妈商量送她回去的事。小乐晕倒后，蒋文武又让廖明全把母亲带走了，他知道小乐醒来肯定不想看到廖明英。

听儿子说要送她回老家，廖明英慌了，她哭着说她不要回去，回去了要被蒋世全打死。

可蒋文武坚持要送她回去，他颓废地哭着对母亲吼："你不是来帮我忙的，你是来给我添乱的，你不是来照顾月母子的，你是来给月母子添堵的。"

蒋文武回来找廖明英的身份证，给她买回去的火车票。小乐平静地说："给她买飞机票吧，以后，她应该不会再来了。"

蒋文武给母亲买了第二天上午的机票，他陪她回去，母亲没出过门，不可能让她一个人回去。小乐挣扎着和他去超市给廖明英买了衣服和公公的衣服。

小乐叮嘱蒋文武不要给蒋世全说这边发生的事，她不想再节外生枝。蒋文武的父亲接到电话，不同意老伴回去，让她继续在这边带孙子。蒋文武便说是他们不放心他一个人在家，怕他没人做饭，饥一餐饱一餐的。蒋文武父亲还想着儿子媳妇多孝顺的耶，也就没再说什么。

临行前，廖明英哭了一晚上，她不想回去，她已经习惯了外面的生活，这里还有她娘家的亲人，并不孤单。她不喜欢天天围着农村的田边地角转，也不喜欢那些鸡粪鸭粪猪粪的刺鼻味，在外面，她的胃酸明显没有那么严重。而且，她是真的喜欢她的小孙子。

孙子刚出生在医院的那几天，她时时刻刻围着孙子转，护士来抱孙子洗澡，她也要紧跟在身后。她听说过医院抱错婴儿的事，她怕别人把她的孙子给换了。

尽管医生护士都说："抱错任何一个，都不可能抱错你孙子，一看就知道是你家孩子，和他爸一个模子刻出来的。"可她还是担心，"万一呢。"

孙女小时候，看见小乐给孙女换尿布她都觉得恶心，可现在孙子拉屎了，她可以边清理边笑："我幺孙又拉臭臭了哦。狗东西，吃得多，屙得多！"她一会儿看不到孙子，心里就毛抓抓的。回去了要啥时候才能看到孙子啊！

小乐还是挣扎着起床给一家人做了早餐。她想着应该是最后一次给婆母做早餐了，尽管她心里还是有气，但也不恨。她知道自己婆母是一个什么样的人，从来也没指望过能改变她。

她不叫廖明英，只敞口说话："不管你怎么冤枉我，还是感谢你照顾了我这么久。"

廖明英端着碗，豆大的泪水滴在碗里，她抽泣着：

"我不回去。我要看我幺孙长大。"

小乐便不再吭声,自己回了屋,她怕自己看见廖明英的眼泪心软。她告诫自己,为了自己,为了孩子,一定要心硬。

廖明英离开时,小乐没有送,她抱着儿子站在阳台上。看着廖明英拉着门框不松手,看着蒋文武掰开母亲的手流着泪把她拉上车,看着汽车远去。

泪水再次无声滑落,小乐知道,有些东西正在慢慢滋生,所有她曾以为的幸福,再也回不去了。

表面风平浪静的生活持续了两年,虽然暗流涌动,但为了一双儿女,他们不约而同地选择了忽略,维持着幸福的假象。一直到蒋世全查出患食管癌,然后去世。

小乐拥着女儿沉浸在往事中,子时,鞭炮声惊醒里间的儿子。小乐想起公公说的"好好带两个孩子",她抱出儿子,"宝贝,你也和我们一起给爷爷守夜吧。"

刚蹒跚学步的幼儿口齿不清地说:"妈妈,爸爸说,他没有爸爸了。"

小乐看向趴在凉椅扶手上的老公,但见他眼窝深陷,即使睡梦中也眉头紧锁。这个男人从此没有父亲的庇佑了,他的内心此时此刻一定是悲痛万分的,小乐想过去抱抱他,却终是没有。她只是用力把儿子抱在胸前,将下巴抵在儿子头上,任泪水奔流。

她喃喃自语,又像是说给两个孩子听:"爸爸没有爸爸了,宝贝没有爷爷了。"

……

十三

出殡路上，小乐挽着女儿，和云秀一前一后走在后面，随着送葬队伍前行、恸哭。乡下有习俗，父母去世，女儿和儿媳是要唱哭孝歌的。小乐和云秀不会，但她们的悲伤是真实的。

地理先生在队伍最前面唱着他们听不懂的引魂歌，一段毕了，先生引魂幡一挥："落！"送葬队伍停下。先生再唱："跪！"小乐她们就地跪下磕头。随着小乐和云秀跪下，队伍也缓缓停下，众人稍做歇息。锣鼓声再起，姑嫂俩跪着，等鼓声停，先生再将招魂幡一挥："起！"姑嫂俩再磕头，送葬队伍继续上路。

按风俗，送葬途中歇息的时候，儿媳和女儿脚下哪怕是牛粪或水坑，甚至是石头，也必须在先生喊"落"时迅速跪下。天色未明，晨雨朦胧，加之燃放鞭炮引起的烟雾笼罩，小乐没看见脚下突起的卵石，一跪下去，她清楚地感知到了左膝盖处血液的奔涌。

她轻轻地"嘶"了一声，女儿连忙拉着她问："怎么了？"她指了指膝盖处，女儿弯腰查看，发现鲜血已经浸红地下的石头溶进水坑里。女儿说"挪一下嘛"，小乐摆摆手，她不想因为这点小伤落下不孝的话柄。她把右手搭在女儿的胳膊上,借助女儿的力量将身体左侧的重心减轻,痛感立马少了很多。先生再喊停时,女儿就马上用脚底扫一下路面,再让小乐在平坦处跪下。

连着几天守夜,几人的眼泪早已流干,在坟前跪等撒米掩土时,蒋文武和云秀已没有眼泪可流。唯有小乐一直泣不成声,旁人都说这个儿媳好孝顺,可小乐知道,她哭的不仅仅是公公的离去,还有她内心隐隐感知到的,即将到来的风雨。

就在蒋世全去世的第二天,小乐无意中接到蒋文武遗忘在车上的电话,那个娇滴滴发嗲的声音让她突然觉得自己这许多的付出都是那么多余。她没有告诉蒋文武电话的事,但他看到通话记录,知道小乐接了对方电话。他也没问,彼此心照不宣地沉默着。

守夜时,小乐无意中看到他们在视频通话,虽然蒋文武很快挂断,但她还是听到了是那个女孩,也听出了他们的暧昧。她知道,她以为的幸福原来一直都只是她以为。但她不怨老公,她明白这些年为了家庭为了孩子,她在蒋文武身上付出的确实太少。

或者,从一开始,就是蒋文武付出的感情更多一些,他是施与者,她是受惠方。现在,施与者要收回他的馈赠给别人,她无权也无力去干涉、去计较。她只是想糊涂着过,给孩子们一个完整的家。初中时,她常看言情小说,小说里的原配为了家庭为了孩子,无一不是选择隐忍。

虽然那时,她还不理解,甚至觉得那么懦弱的原配确实配不上男人的勇敢。一度,她支持为爱不顾一切的男女主角。可现在,自己遇上了,她才明白,出轨对家庭、对原配、对孩子的伤害有多大。她不想因为自己一个人感觉不爽，就让整个家庭、父母、孩子，都承受不必要的伤害。她以为，只要自己隐忍，一切都可以装作不存在，一切都可以恢复到最初的样子。

她知道公公在老公心目中的位置，公公在这个家一直是一言九鼎。只要公公在，老公再怎么花都不敢提离婚，公公在，家就在。可现在，公公不在了，小乐不知道这个所谓的家，还能维系多久？

蒋世全出殡时，天还没亮，出殡路上坑坑洼洼泥水四溅，加之小乐的儿子还在睡梦中，夫妇俩商量就不叫他了。没想到，等小乐他们从墓地回来，正在院子里玩的儿子，突然平地摔了两个跟头，血流满面。

廖明英说："都说了你老汉最喜欢这个香篓了，你不让他给他爷爷送山，他爷爷生气了。那个老东西，第一怪了。"

小乐心下骇然，连忙叫了蒋文武打伞，夫妇俩带着孩子去了蒋世全的墓地，好一顿烧香磕头通白（向去世的长者求情祈祷的意思）。

蒋世全出殡后的家庭会上，院子里几个表叔说："小乐，你公公从深圳回来后一直夸你好呢。说儿子再孝顺，拿回来的钱媳妇不给用也是空的，再有钱，生病了后人不做给你吃，也是卵的。你是一个好媳妇，你为我们张家长了脸（婆家几个表叔姓张）！"

小乐从心里感谢蒋世全，感谢他老人家的大气，仅仅因为给他做了几个月的病号饭，他就为小乐争取了一个孝顺媳妇的好名声。小乐当着所有亲戚的面，拿出公公给的存折，交到婆母手上。

廖明英为蒋世全给小乐存折的事，得空就唠叨，就算是守夜哭灵时，也不忘埋怨"老东西"几句。

小乐说："我知道你老人家是怕我私吞了，这钱是我当初给你们的，就还是你们的。我接着，只是不想拂了老人的心意。如今，他老人家已经入土为安，我把它还给你，也让你老人家心安。"

廖明英接过小乐手里的存折，欲揣进口袋。云秀一把按住母亲的手："你这人才怪，爸爸既然给了嫂子，就是嫂子的了，你拿去干啥？你不怕他生气，晚上给你托梦哦？"

廖明英一生胆小，最怕鬼怪之说，便一把将存折扔进小乐怀里："拿去，老东西给你的，我才不要。"

云秀把存折放进小乐的口袋："你各自拿到，以后用得着的地方多，这点钱说不定还不够还这几天干货店欠的账和香蜡、纸、火炮钱呢。"

小乐看看老公，把存折放到他手里："你拿去吧，我知道你这几天在借钱。"

蒋文武公司开张才几个月，资金严重短缺，便不客气地装进了自己口袋。

云秀说小乐："你这人啊，就是缺心眼，一辈子不晓得替自己打算。"

小乐苦笑："如果事事都能如愿，又怎么叫生活呢。"

安排完蒋世全的后事，烧头七时，连带百期一起烧了，蒋文武和云秀一家去了深圳。廖明英和小乐母子去了镇上，小乐陪了婆母和女儿一个月，看廖明英在镇上和一帮老姐妹相处和谐，丝毫没有失去老伴的悲伤。

大抵这一年多的床前侍候早已让她接受了现实，也可能是因为蒋世全病中还对她打骂，让她伤了心，总之，她该吃吃，该喝喝，没有小乐她们预想的那种食不下、睡不好现象发生，小乐便被蒋文武叫去了深圳。

公司还没完全走上正轨，人员紧缺，需要小乐帮忙。廖明英去了镇上带孙女上学。虽然婆母不喜欢孙女，孙女和奶奶也没多大感情，但形势所迫彼此不得不接受安排。廖明英说她带不了小孙子，小乐也没想要把小家伙留下。

一晃又是三个月过去。公司业务进展顺利，小乐主抓内部行政及财务；蒋文武主要负责对外业务洽谈及生产，日子紧张而充实地前进着。

小乐还是担心婆母一个人在家时会思念公公，陷在失去老伴的悲伤中出不来，坚持每天和她们婆孙俩视频。还有一个原因，小乐不能讲，怕廖明英生气：老太太大字不识一个，女儿的作业没有辅导，借着每晚视频，可以给女儿讲解难题。

最近，小乐发现女儿不怎么说话了，问她又不讲，只说学习任务重，不想说话。问廖明英，老太太生气地说："哪晓得她的。一天跟她说不上几句话，活像哪个借了她的米还了她的糠一样。"小乐知道老太太对女儿从来没好脸色，准确地说，老太太是因为不喜欢小乐才连带不喜欢女儿的。

小乐和蒋文武是中学同学，当年蒋文武追小乐很是下了一番功夫，本来两人说好毕业一起出去打工的。可廖明英觉得小乐是大户之家的孩子，而且听说小乐在家很受宠，觉得这样的姑娘肯定是肩不能抬手不能提的主，坚决反对。

廖明英看上的是对面院子肖家姑娘，那女子生得标致，长得敦实，用廖明英两口子的话说："肯定好生养！"而且，肖家姑娘很勤劳，第一天到他们家，就抢着宰猪草煮猪食喂猪。嘴巴又甜，会面当天就"妈妈，妈妈"叫个不停，这让廖明英很是受用。

而小乐那时候还小，对于蒋文武明里暗里的追求并不当回事。小乐和另外两个闺蜜在学校享有"三女侠"的称号，因为她们三个好打抱不平，每有女同学受欺负都要帮忙出头，且都大方豪爽，与人交往从不惺惺作态。其中一个是蒋文武的邻居，也是他的小学同学。小乐和另一个闺蜜放学后常去她家玩耍，连带和蒋文武他们也就成了好友。

再后来，小乐她们和蒋文武的另外两个邻居组建了文学社团，一帮年轻人走得更近了。当所有人都有了自己的另一半时，小乐和蒋文武还是各自单着。

那时候的人单纯，即或心有所仪，也只是含蓄地表达。偏生小乐又是慢热型，不谙世事，素以"开心果"著称，管那帮子年长一两岁的朋友，这个叫哥哥那个叫姐姐。在她眼里，没有男女关系，只有朋友情谊。

小乐他们偶尔也会去蒋文武家小坐，廖明英很是反感。觉得他们带坏了自己的儿子。"看嘛，只要他们几个年轻人一来，连着武儿也不下地干活了，跟着跑上跑下。"

毕业前，小乐他们几个自知考不上，商量着毕业一道去哪里打工。蒋文武说他舅舅在广东混得不错，早就联系好了去他那里,他问小乐要不要跟他一起去。小乐觉得有熟人一起当然更好,便满口应承了,并早早买好了背包。不想没等到蒋文武来接她同行,却接到了他从广东寄来的长信,说他已经在考试完不久就和肖家姑娘订婚去了广东。

蒋文武让小乐等他消息,说他出去就想办法把婚退掉,然后接她出去。肖家姑娘和蒋文武会面那天,小乐他们几个也在场。那时他们刚毕业,听说蒋文武相亲,他们对蒋文武的相亲对象长什么样很是好奇。大家都说:"走,我们去看看长啥样子,看二天跟我们合不合得来。"

去时,正看到肖家女子在厨房门前宰苕藤。那姑娘很是大方,像女主人一样接待他们,端凳子、倒开水。他们中的英姐便说:"还可以嘛!长得多乖的。"他们中的二哥还用相机给蒋文武和肖家姑娘拍了合影,蒋文武偏着头不看那姑娘,小乐跑过去把他们的脑袋硬往一起按,才完成拍摄。

当天,小乐他们一行要去河边玩,蒋文武也跟着去了,根本不管家里有相亲对象在。他们在前面走,廖明英便在后面骂。当然,哪怕心里再讨厌这几个年轻人,明面上她也只能骂自己的儿子,毕竟是他自己非要跟着去的,小乐他们有阻止他去,但蒋文武坚持要去。

那时太年轻,几个人嘻嘻哈哈一阵玩笑,也就过去了,但廖明英就此恨上了他们。后来听说蒋文武要带小乐一起去,廖明英坚决反对,并以哭闹自杀方式,促使蒋文武和肖家姑娘急速离开。

蒋文武没有和小乐说喜欢她要追她的事,只说帮她找工作。但他有对小乐他们说不喜欢那女孩子,说那女孩没上过学，没有共同语言，说那就是个典型的家庭妇女型，他不喜欢。蒋文武说他有自己喜欢的姑娘，但他不说是谁。

蒋文武走后，另外几个朋友一起玩耍，偶尔也会提到他们。年纪大点的就说蒋文武喜欢的人是小乐，小乐不相信，也觉得不可能，她太小了，根本不懂什么是男女之爱。在她眼里，蒋文武和其他人一样，只是谈得来的同学、兄长、好友，仅此而已。而且，蒋文武从来没有当面对她说过他爱她。

果然，没过多久，蒋文武就给小乐来信，说帮她找好了工作。小乐父母原本是不同意她出去打工的，但长期待在家里，也不是长久之计，恰逢小乐的堂叔波和隔壁邻居明也要去蒋文武那里，三人便一同上路了。父亲担心小乐出去不适应，再三叮嘱她找不到工作就回来，并给了她足够往返的路费。

当身着紫色夹克衫、牛仔裤、旅游鞋，梳着学生头、戴着随身听的小乐出现在蒋文武所在菜场，引起了不小的轰动。她太有活力了，谈不上靓丽，但青春十足，且很有气质，与人谈吐很有礼貌很有素质。蒋文武早就告诉他的所有亲人，小乐是他心仪的对象，亲戚们本来都不赞成他退婚，毕竟那个女孩的颜值和勤劳大家是有目共睹的。

听说小乐到了，大家都拥过来，争相目睹。小乐自小生在大家庭，没有一般农村女孩的怯懦，她大大方方地与他们打招呼，对所有问询对答如流。蒋文武的舅舅和堂姨对聪明伶俐的小乐很是喜欢，相比那个只知道干活、一天说不上三句话的"外侄媳妇"，他们都支持他追求小乐。

当然，此时的小乐还是那么懵懂，还以为自己和蒋文武只是单纯的同学、朋友关系。因为那时，她的心里已有了朦胧的初恋，对方是他们的同窗。比起蒋文武的欲说还休，人家可是直接简单明了地当面表白，只是他们的恋情遭到了男方父母的反对。

男孩家境相对宽裕，而且，男孩一毕业就去了省城接他父亲的班。虽然两人没有更多的发展前景，但在彼时，小乐还没从那段感情中脱离。她幻想着等自己挣了钱，就去男孩在的城市找他。

肖姓女孩和蒋文武在小乐到之前已经分手，但她和她的哥哥嫂嫂还在蒋文武的舅舅手下讨生活，所以还维系着表面的和平友好，没有撕破脸皮。但对于小乐，他们就明显地不客气了，明里暗里嘲讽小乐，欺负小乐。有蒋文武和他舅舅的照拂，小乐倒也没吃什么亏。

小乐有文化，因此，蒋文武和他舅舅都觉得她不该在菜场吃苦，托人介绍她进了番禺的毛绒玩具厂。小乐接受能力强，只学了三天的车工，就能熟练地独立上位操作了。

上世纪九十年代初，对农民工的保护还没那么健全，农民工受到不公平的待遇时有发生。每每看到同事遭受不公平对待，被故意找茬罚款、克扣工资，或是听说有些人甚至白做一个月，小乐都很痛恨管理者的无耻无情。尽管如此，比之菜场要日晒雨淋，小乐还是选择留在厂里。

进厂不到一个月，和小乐同寝室比她小两岁的广西女孩阿花，在一次下班后无故失踪。阿花的父亲和哥哥来厂子附近找了几天，一无所获。公司也只象征性地给她父亲解决了来去路费，就不了了之。

小乐进厂一个半月时，比她小一岁的老乡玲子，因为中毒突然身亡。毛绒玩具的原料在上机之前都要经过药水浸泡，防止虫蛀，多少都有些毒性。加之工厂的老板对工人的健康不够重视，员工也没有自我保护意识，不懂得要戴口罩和手套。小乐尽管只做了一个半月，已然发现自己手肿脚肿，眼皮紧绷。

虽然公司没有告诉大家玲子的死因，但医生告诉了玲子的父亲，玲子死于药物中毒。玲子的父亲接了公司的救助金，本来答应不吐露女儿的真实死亡原因，但女儿和小乐关系好，又是同乡，玲子生病的时候小乐对玲子诸多照顾，便悄悄告诉了小乐。玲子的父亲说小乐的样子应该也是轻微中毒，小乐看了看自己，双手已经肿胀到手指都不能并拢。小乐害怕了。

后来，小乐听说，玲子的父亲在火车过长江大桥时，将女儿的骨灰盒扔下了大桥。据说是因为女儿非正常死亡，不能带回去坏了家里的风水。

小乐向公司辞职未获批准，公司却反而找借口克扣了小乐的工资。小乐下定决心离开，做好了不要工资的准备。恰好老乡带口信说和她同去的邻居明哥受了伤，她便以此为借口领了放行条出厂。她想去菜场找波叔和明哥商量，离开玩具厂。

小乐是晚上加班时间出厂的。从玩具厂到菜场，要经过长达一个小时的高速路，全靠步行。小乐走在路上，身旁是呼啸而过的大货车，扬起一路尘土。偶尔有载着猪肉或鸡鸭的摩托商贩经过，行人稀少。行至快到菜场的乡村路段，更是鬼影子都没有一个。小乐边走边四下观察。

自从阿花出事，小乐晚上出门就一直很警惕。她观察着来来往往的车辆，小心翼翼地躲避着，提心吊胆地预防着各种危险。

突然，身后传来摩托车疾驰的声音，还有男子夸张的"哦豁"声。小乐心下一紧，下意识往身后看去。两名服装怪异、染着红黄头发、骑着摩托的男子正向她风驰电掣般驶来，嘴里还打着口哨，"靓女""靓女"地叫着。

小乐心知要坏，碰到流氓了。摩托车近了，小乐看到后面那个男子，身体已经在向她这边倾斜，她快速地往公路最边沿躲去。她瞅瞅前方，那是蒋文武他们的菜场范围，菜地里，割夜菜的工人头上戴的矿灯发出的灯光一闪一闪地忽上忽下。

摩托车越来越近，眼看男子的手就要触及小乐，小乐来不及多想，嘴里大叫着蒋文武和蒋文武舅舅的名字，双手交叉着挡住脸，往高速公路下面的菜地急速滚去。摩托车开得太快，两男子看到此景，根本来不及减速，也没料到小乐会有此一举，疾驰而去。

高速路到菜场的坡度很长，但并不是很陡，那些密密麻麻突起的石头将小乐的全身硌得生疼，小乐的身体像汽车在减速带上驶过，磕磕绊绊地往下滚落。

终于，小乐的身体被一堆废弃的菜头菜根挡住，停止了滚动，小乐已没有一丝力气动弹。

所幸小乐的声音很尖，也很有辨识度，在寂静的夜里传出很远。割夜菜的几位老乡听到声音赶来，将满身血污的小乐扶到场地。蒋文武看到小乐这副模样，抱着她颤抖不已。

当小乐醒来，听到蒋文武的呼喊，看到周围熟悉的身影，她才后怕地将头埋在他怀里哭出声来。

逃过一劫的小乐再不愿回到玩具厂上班，蒋文武他们也不敢再让她离开自己的视线。小乐本就不怕吃苦，索性留在菜场和他们一起割菜、择菜、淋菜、拔草，每天一身泥污，虽然辛苦，却无安全之忧。

十四

小乐在广东总共待了三个月，期间和蒋文武发生了很多误会。小乐因蒋文武的蓄意报复，被父母以三封"母病危，速回！"的电报诓回了老家。

三个月后，小乐踏上了北去的列车，去了姐夫那里打工，这一去就是七年。七年中，蒋文武不厌其烦地解释当初的误会，并不再隐晦，直白地向小乐示爱。

彼时，小乐已有一个交往三年的男友，且靠着微薄的工资资助着男友读书考试。两人非常相爱，虽然相隔很远，但两人总是一有时间就聚在一起。男友对小乐非常关心，每当小乐有个感冒头痛的，他就算半夜冒雨也要给小乐送药来，即使放下药待不上半小时又要离开。小乐以为他们会这样一直幸福地走下去。

没承想，男友学业有成后，却不得不与小乐分了手。七年中，蒋文武也先后交了好几个女友。得知小乐与男友分手心情不好，蒋文武寄了很多大海的照片给她，说："心情不好就来广东吧，我陪你去看大海，把心里的郁闷在海边吐出来。"

小乐确实想逃离那个伤心之地，男友虽迫于压力与她分了手，却对她念念不忘。她一方面承受着爱而不得的痛苦，一方面又不想男友为了她，与父母反目成仇。

她忘不了男友母亲为逼他们分手，吞药住院的场面。男友母亲说："我求求你离开宏儿吧，他好不容易才脱离农村，我们不可能同意他再找个农村媳妇。"

他父亲也说："我们那一个领导的女儿看上他了，等他回去，就能给他安排一个好工作。"

小乐知道，自己除了一腔爱的烈焰，一无所有，她什么忙也帮不上男友。经过无数次夜不能寐的思考，她不得不痛苦地面对自己的内心，她不能拖男友后腿，只能选择妥协，做爱情逃兵。五一前夕，男友回去结婚了，他们在站台分别，小乐追着站台流泪奔跑。

男友上车前抱着她说："你说，说你离不开我，说你需要我、舍不得我，把我留下来。"

她说："我不能自私。因为我爱你，所以我更不能把你留下。"

他们旁若无人地拥吻，仿佛要把对方揉进自己的骨髓里。直到列车员再三催促马上要关车门了才分开。

小乐跟着列车奔跑，男友趴在窗户上挥手，车上车下，彼此做着打电话的手势。

男友走了，小乐的心也死了。

送走男友的那天晚上，她喝下了一整瓶二锅头，第三天醒来，她踏上了去广东的列车。她不能留在那里，不能让自己有回头的可能，那样会害了男友。

列车到站，需要坐十来分钟的摩托车才能到蒋文武所在的公司，出发之前，蒋文武曾再三叮嘱她，不要轻易招手，很多黑摩的不安全。他因为错过了头班车，没接到小乐。

小乐并不觉得有何不妥，她本就是一个大大咧咧的姑娘。而且，她有蒋文武的公司地址。她给蒋文武的BP机留言：没看到你，我自己坐车去你公司了。

她大步走出汽车站，出奇的顺利让她有些不适应。她清楚地记得多年前第一次到广东时，汽车站那抢客的混乱。也曾经遭遇过被别人强买强卖、拿着小刀搜身。还有那些身着保安制服，假借查暂住证之名，行龌龊之举的人。

她四下看看，查暂住证的保安依然有，一拥而上抢客的摩托依然在，但她的身边就是没一个人靠拢。她拦住一辆摩托，一手提包，一手提着行李箱，并不询价，自顾自地往后座一跨，"去工业区。"摩托车司机忙不迭地回应："好好好！"并热情地帮她把行李箱捆绑好，把头盔递给她戴上。

到了园区门口，她还没来得及开口，摩托车司机已经在招呼保安亭的保安过来搬行李。她诧异地睁大眼睛，不置可否地看着他们将她的箱子放到保安室门口，她还没来得及问多少钱，摩托车已经"呼"的一声开走了。

她指指远去的摩托，问正提着她行李的保安："这个，是你们园区的吗？不用给钱的吗？"保安瞟了一眼她的穿着，欲言又止。她低头看看自己身上的迷彩服、黑军靴，哂然一笑。

保安问小乐找谁，小乐说找工艺品厂蒋课长。保安一个电话打过去，马上出来一男一女，说是蒋文武的同事，说蒋课长走时有交代，若有人来找他，先帮忙好好安排。于是，在蒋文武还没回到公司时，小乐已经被安排住进人事课长的宿舍。人事课长也是四川老乡，说蒋课长早就给她讲过了。简单洗漱，小乐自行去外面喝了一碗糖水。

两小时后，当英姿飒爽的小乐出现在蒋文武眼前，他和他的工友们眼睛都直了。小乐性格豪爽自带英气，如今有了迷彩服的加持，让她身姿更为挺拔。加上女大十八变，此时的她早已褪去了当初的青涩，虽略有疲态，但浑身洋溢着妙龄少女特有的青春气息。蒋文武立马知道，他沦陷了。

在广东的那几天，蒋文武和他的好友们陪她到处玩到处看，她也陪着蒋文武去见前女友，并试图帮他挽回前女友。那是一位非常非常漂亮的姑娘，有着漂亮的脸庞、长长的秀发。而且，他们俩有着两三年的感情基础，因为女孩父母嫌蒋家太穷而不同意。为此，女孩还打掉了肚里几个月的胎儿。

小乐彼时并没有想成为蒋文武的女友，她只是需要换一个环境，单纯地把蒋文武当成好朋友。早在去广东时，她就对他讲得很明白，他们不可能成为男女朋友关系，在她的认知里，他们的感情纯粹得就像兄妹。

可蒋文武并不这样认为，毕竟小乐是他第一个动心的女孩。虽说这些年由于种种原因，他只能以好友身份出现，小乐才愿意和他继续联系，但在他心里，小乐就是他永远的白月光。眼见机会就在眼前，他岂能错过。

蒋文武也很矛盾，一方面小乐是他的白月光，但小乐不爱他。另一方面,那个刚分手的女孩确实也很漂亮,虽不愿意承认,但男人骨子里又有谁不是外貌协会成员呢。他放任小乐和那女孩接触,任她尽心尽力地撮合他们。但是最后那女孩还是毅然决然地选择了离开,蒋文武猜测她大概看出了自己对小乐的痴恋。但有小乐在身边,他也没觉得有多难过。

蒋文武是一个特别聪明且很能干的男孩子。在没有任何关系、任何背景的情况下,完全凭自己的能力当上台资工艺品厂主管,拿着不菲的工资。他每个月都给家里寄不少钱,是他父母眼里的骄傲。正因为如此,他们才原谅他擅自作主退掉肖家姑娘那门亲事。看如今儿子的收入、职位,大字不识几个的肖家姑娘确实不配与优秀的儿子站在一起。

小乐在广东待了一个礼拜,准备启程回老家看看,她已经好几年没回家了。小乐是一只恋家的云雀,受伤的时候就想躲回父母的羽翼下疗伤。却不想,蒋文武已悄然办好离职手续,要和她一起回老家。他很确定自己的内心,他知道机会就这一次,他必须抓紧。小乐知道他是怎样的心思,但她现在还没从失恋中走出来。

她对蒋文武说:"你要清楚,我不一定能接受你,不要到时候再来个七年前的旧事重演。"

蒋文武说:"没事,我愿意等,我赌你爱上我。我有信心!"

回到老家,小乐并没有同他一起回乡下,她想静静。她去了堂姐家,堂姐知道她与男友分手了,她也告诉了堂姐蒋文武追她并为她辞职的事。

堂姐说："女人还是要对自己好点，与其和一个你爱但不爱你的人结婚，不如找一个爱你的。"这话，两个闺蜜也说过。

小乐在堂姐家待了三天。那天，小乐回老家乡下，还在对面公路上，便看到了在鱼塘边钓鱼等她的蒋文武。看见小乐，蒋文武局促地搓搓手，"我等了你三天。"小乐没问他为什么要等她，也没责怪他的自作主张。或许，在她感情受挫的时候，蒋文武的出现也正是她内心想要的安慰。她自然地将行李交到蒋文武伸出的手中，和他一起并肩而回。

蒋文武让小乐和他回家看看。小乐知道这一去意味着什么。可那又如何呢？反正不是"他"，嫁给谁不是嫁呢？至少这个人对她还是用了心的吧，姐姐和嫂子们不都说"宁愿嫁一个自己不爱但爱自己的，也不要嫁一个自己爱但不爱自己的"吗？况且，有七年前的故事兜底，他对她是有歉疚的吧。七年时间，足够让一个男孩成长为一个不再轻慢的男人。

小乐说："你可知道我这一去代表着什么？你母亲那里如何交代？"

蒋文武说他已经在回去的当天，就给他妈讲清楚了，这辈子，非小乐不娶，否则就终身不婚。

小乐他们回到蒋文武家时，他父母都在地里干活，蒋世全在对面地里看到他们进了院子，乐呵呵地跑回来开门烧开水。他满面笑容地对小乐嘘寒问暖，那热情欢喜的样子，就像是自家孩子远归一样。

蒋文武的母亲在他爸的再三呼唤下，也回来晃了一会儿。真的就只是晃了一会儿。她去后面废弃的猪圈抱了一捆木柴到厨房，又去地里砍了两棵白菜，扯了一把蒜苗，上楼拿了一块腊肉下来。

小乐叫"阿姨"时，廖明英头也没回，只应了一声"坐嘛。"

她对小乐和蒋文武说："我不会做饭，你们年轻人做饭好吃些，自己喜欢吃啥子自己做。"就提了个背篓下地去了。

小乐太单纯，没有人教过她要如何与别人斗心机，也没有人教过她如何看人脸色，更没有人教过她如何与未来婆婆斗智斗勇。廖明英的冷漠她浑然不觉，还暗暗舒了一口气，认为廖明英不在家，反而是好事，至少不用没话找话，做饭时也不会因面对老人审视的眼光，而手足无措。

在来之前，张小乐就给自己打气，觉得蒋文武毕竟为她辞去了高薪工作，不管他父母如何刁难自己，她都该承受。况且，蒋家父母并没有为难她，做家常便饭而已，这对六岁就开始做饭的她而言，完全没有问题。

小乐和蒋文武做好饭菜，蒋文武去院外田坎上叫他父母回家吃饭。饭菜都凉了，廖明英才姗姗回来。蒋世全倒是早就回了，蒋世全叫小乐和蒋文武不用等廖明英，说她要把手上的活路做完了才回，他们自己先吃。小乐说这样不好吧，他们父子都说没事。

看廖明英回来，小乐说："阿姨，菜凉了，我去给你热一下。"

廖明英讪笑着说："没事。就那点活路，再去一趟划不来。没陪你吃饭喽。"

小乐释怀地说："没事,阿姨。"便开心地去给廖明英热饭热菜了。

吃完午饭,廖明英又要下地干活。临出门,她抱出一堆袖口、领口滑线的毛衣,对小乐说:"我不会打毛线衣,这些衣裳是武儿和你蒋叔叔的,帮忙收拾一下嘛,放在那里可惜了。"

小乐为难地说:"阿姨,我毛衣打得不好。"

廖明英说:"会打就行,我打都不会打,这些都是云秀打好寄回来的。"

云秀的手很巧,四五件毛衣看起来手工都非常精致,小乐是真怕自己处理不好,破坏了衣服原来的美感。可她又怕自己拒绝了,会给老人留下不好的印象。蒋文武家里没有毛衣针,小乐便让蒋文武砍了一节竹子削了两副,一副粗的处理衣服主体位置,一副细的处理领口和袖口。

七年前,小乐从广东回去那三个月,为了平复心中的怒火,为了打发无聊的时间,买了一本针织教材自己摸索着织过两件毛衣。但那毛衣相当简单粗糙,比云秀的手艺差太多了。

小乐怕被廖明英嫌弃自己手艺不好,所以,做得极其用心,那件细线毛衣,光领口她就拆了三遍,总算全部完成。廖明英拿着小乐处理好的毛衣,喜笑颜开。

那天晚上,小乐和廖明英睡在一张床上,廖明英破天荒地跟她说了很多话,基本上都是蒋文武小时候有多省心、蒋家大伯两口子有多可恶、她嫁到蒋家那些年所受的委屈,还有就是她家婆为一点儿小事,在她家窗棂上上吊身亡。

蒋家老太太在蒋文武家上吊之事,小乐在多年前就听说过了,当时小乐他们和蒋文武院子里几个年轻人走得近,这当中就包括蒋文武大伯的儿子蒋文海。小乐他们偶尔也去蒋文海家玩,那时蒋文海已经定亲了,女孩子和他们年龄相仿,性格也相近,和小乐他们打得火热。

小乐他们去蒋文海家玩时,他的母亲便会明里暗里讲廖明英的不是,说她很凶,逼死了自己的婆母。初时,小乐他们很震惊,不敢去蒋文武家。后来,几个同学的家长告诉他们错不在廖明英,是老太太太作了,而且也不是和廖明英吵架,是和其他人发生矛盾才上吊的,只不过是平时廖明英和婆母关系不好,所以这锅就被人安在她头上了。

小乐听廖明英提起,不好说什么,只说:"我听说过一些,都过去了,您老人家也别放在心上了。"

廖明英说:"我一辈子都不会原谅她!她把我们害苦了。这些年,武儿订了好几起婚,都是因为她个老东西才吹了的。"

廖明英说:"我给你说这些,是怕别人给你吹。有些人见不得我们家好,总想搞鬼让我武儿结不到人。"

小乐说:"别人也不全是瞎的,分得清是非。"便把以前听到的关于老太太上吊和她无关的事话说了出来。

廖明英便像得了解脱一样,说:"对的,你个人要长脑壳,不要听别人说啥子就是啥子。我武儿对你多好,为了你,那么好的工作都丢了。"

小乐内心便被内疚感充斥,失眠了。其实,小乐失眠还因廖明英告诉她,老太太就是在她们睡的那间房屋窗棂上吊死的。小乐便老觉得那窗户上有一双眼睛在直愣愣地看着她,虽说她没做什么亏心事,但还是觉得心中惶恐。

第二天早上天快亮时，小乐才昏昏沉沉入睡，她不知道廖明英什么时候起床的。

小乐是在闺蜜玲的呼唤中醒来的，她睁开眼，蒋文武正侧着身子，左手支着脑袋深情地看着她。小乐一下子蒙了，她不是和廖明英睡一起的吗？她记得蒋文武在楼上睡啊？

她想起自己好像做了一个很羞羞的梦，现在她知道了，那不是梦。

蒋文武低下头吻住呆若木鸡的小乐，她没有反抗，她还没反应过来。玲还在院坝里叫她，她不知道该怎么回答，不知道该怎么解释她和蒋文武的现状，她更不想让玲看到她和蒋文武共处一床。

玲站在院子里说："我来的时候看到廖阿姨了，她说你们还在睡。我知道你们在家，小乐，你妈妈到我家来了，叫你们赶紧过去。"

玲和蒋文武的好兄弟结婚已有几年，孩子都有几岁了，离蒋家不远。

听得母亲来了，小乐惊慌失措。虽说之前也常有去玲家做客夜不归家之事发生，但那毕竟是在闺蜜家，而她在和蒋文武离家时，是说要去玲家过夜的。

玲说："都是成年人了，不管你们现在发展到哪个阶段，该面对的还是要面对。我先回去了，你们赶紧过来。"

蒋文武拉着小乐的手说："不怕，我和你一起去。"

母亲看着蒋文武拉着小乐的手出现在她面前，她什么也没有说。

这些年，母亲看着小乐和蒋文武他们进进出出，也早清楚蒋文武对女儿的感情。他们曾经阻止过，但感情这个东西又岂是外人能够左右的？即使是父母也不行，何况他们家一向开明，从不会在儿女婚姻事情上过多干涉。

女儿和前男友分手后的颓废，她也听侄女讲过，他们除了开导她，其他无能为力，若蒋文武真能给女儿带来幸福，也未尝不是他们期望的。

看小乐妈妈要带小乐回去，蒋文武要和小乐母女一起回去。

小乐妈妈说："你先回去给你父母商量好再说吧。我们就一点要求，不要让小乐再受委屈。实话实说，你之前做的那些事，我们还记得，那些信件我们一直捡起的，也还没有完全原谅你。"

蒋文武："阿姨您放心！我会对小乐好的，肯定不会再让她受半点委屈。"

路上，母亲问小乐："你想好了要和他在一起吗？"

小乐凄楚地牵着嘴角笑了一下："和谁过不是过呢？反正不是那个人了。"

她偏头看着母亲："妈，你也别骂我。早在和宏分手时我就不想活了，我只是舍不得你们，不想你们为我难过。妈，您就当我死了吧。"

小乐母亲揽着她的肩："不许说丧气话。谁年轻时没有被人伤过呢，你记到，你身上有我和你爸的血，你的生命不是你一个人的。人一辈子长着呢，以后要经历的多了去了。"

那天晚上，许是母亲对父亲说了。父亲对小乐说：

"丫头,你始终要记住,洪水来时,蚂蚁尚且要抓片树叶逃条生路,永远不要对生活失望走绝路!不管经历了什么,你还有爸爸妈妈,还有婆婆和弟弟。人活一辈子,每个人都是从坡坡坎坎上走过来的,感情只是人生的一部分,不是全部。每个人都有自己的责任和义务,好好活着,就是你对我们该尽的责任和义务。"

蒋文武和玲第二天就到了小乐家。玲说既然两个年轻人都在一起了,那就干脆趁早订婚吧。小乐父母没意见,说只要他们好就行。所谓订婚很简单,没有红包,没有礼金,也没有酒席,只是两家人一起碰了个面。

订婚后,因小乐假期已满,要赶回去上班。蒋文武也要外出打工,便在车站分别,一个回了北京,一个去了广东。回到北京不久,小乐便发现自己怀孕了,她还没做好当妈妈的准备。纠结再三,还是在朋友陪伴下去买了堕胎药。

国庆节过后,小乐休探亲假,蒋文武也请假回了老家。在老家,小乐没有拒绝蒋文武的亲热,又一次"中标"。

小乐第二次怀上孩子,不得不考虑和蒋文武结婚了。一来两人也到了该结婚生子的年龄,二来蒋文武的父母也一直催他们结婚。张家是大家族,小乐的叔伯婶娘都在县市做官,小乐父亲虽在农村却一向看重名声气节。

小乐父母本想让小乐冷静两年,好好思考下自己的终身大事,在他们心里,蒋文武和女儿的婚事实在来得突然,他们不想女儿将来后悔。得知小乐怀孕,便不得不接受既定事实,催促他们在肚子显怀前赶紧结婚。

听说小乐怀孕了，原本一直催他们结婚的蒋家父母，反而不着急了。在小乐父母提及让他们早日成婚时，廖明英夫妇说家里现在没有余钱，没办法筹备婚礼。小乐本就不想把婚礼搞大，也不想为了婚礼而和蒋家父母闹不愉快。她劝父母就一切从简，反正也只是个仪式而已。

婚礼还真是简单得不能再简单！蒋文武这些年打工的钱都寄回家里了，自己手上没钱，但蒋家父母只给了蒋文武三百元钱，说给小乐买衣服。没有彩礼之说。小乐看蒋文武身上的裤子都洗得发白了，给他买了一条裤子，剩下的钱自己买了一件黑色棉袄、一件毛衣。订婚时，媒人就已经指定给玲当。

小乐原本是连婚宴都不想要的，但两边老人都说布了很多情出去，办酒席回收点。而且，小乐父母说，一个女子结婚如果连酒席都没有，会被人说闲话，也会被婆家人看不起的。

却不料廖明英在婚礼当天就给了小乐一个下马威。

婚礼在简单而又尴尬的气氛中进行。按农村风俗，婚礼有抢板凳和争床沿一说。抢板凳是新娘进门，会有亲戚设高低板凳各一，由新娘和婆母争抢高板凳，说是谁坐了高板凳，此后在家中就要比对方高一截。

小乐是不信这些的，所以，在她进门那一刻，廖明英为了抢高板凳，还推了小乐一把。小乐只是笑笑，对蒋家表嫂把她按在矮板凳上，也没有表示出反感和不悦。她认为一家人不存在高低之分，也不应该受这些低俗风气影响。

在张小乐的认知里，婆母是长辈，本该坐高板凳，本该得到晚辈的尊重。

争床沿，是新人之间进行，说谁先坐下谁就能压得住对方，在婚姻关系中谁就有主导权。给小乐送亲的堂嫂在进门时就被蒋家的几个表嫂刻意拉到一边了，小乐笑笑，看着蒋家的几个亲戚把蒋文武往床沿上按。蒋文武挣脱表姐表嫂们，一把拉过小乐一起坐下。小乐欣慰地笑了。

晚上的茶话会，蒋家的亲戚长辈全体参加，无非是叮嘱两个新人要相扶相持，共同持家，孝敬老人，等等。茶话会进行到一半，是送媒人环节。

因为媒人是临时指定的，按蒋家父母的意思，不该给谢媒钱，包个红包意思意思就可以了。但玲那边认为，帮人做媒本是不吉利的事，即使是安的媒，至少也应该按普通的谢媒礼金给。廖明英夫妇为此与玲夫妇争执不休，廖明英夫妇坚持只给一百元，玲那边非得要一百二十八元。

小乐见双方僵持不下，打圆场说："你们都各退一步吧。这样好不好？爸妈你们别说一百，玲姐也别说一百二十八，一百一十八好不好？幺幺发。这十八元我出。"玲借驴下坡，连说好，就依小乐妹妹的。

送走玲夫妇，家庭茶话会继续。

在座的都是蒋、廖两家至亲，大家谈笑正欢，小乐正为解决了一场纠纷而窃喜。却不想廖明英突然坐在地上号啕大哭起来，大家都被她突如其来的操作整蒙了。

小乐好心地去扶廖明英："妈，你怎么了？快起来，地上凉。"

廖明英把手一挥，甩开小乐："你滚开，我蒋家没有你这样的媳妇。"

被她一挥，小乐差点摔倒，一脸尴尬，悄声问扶住她的蒋文武："我怎么惹到妈了？"

蒋文武也一脸疑惑地看着他妈，生气地问："又怎么了嘛？"

廖明英见儿子向着小乐，哭得越发大声了。她边哭边说："梁那边表叔屋头结几个媳妇，都不像我屋头结一个这样哦。别个结的是媳妇，我屋头结的是妈个败家子哦。"

小乐明白了，导火索是多给的那十八元谢媒钱。一时间，小乐觉得委屈极了，尤其是刚结婚就被安上败家子的罪名。她张了张嘴，却什么也说不出来。

蒋文武被他妈的话震惊了，把他妈从地上拉起来，生气地说："你说这些啥子嘛。焦不焦人啊！"

蒋文武的父亲也生气地吼她："丢人现眼！"

见蒋文武父子都吼她，廖明英更生气了。她越发生气地哭诉起来，言语间尽是对小乐的不满，说小乐没有摆正位置，说别人都是替自己家揽钱，小乐却把自己口袋里的钱往外送，说小乐胳膊肘往外拐。说着说着，各种难听的国骂便钻进小乐的耳朵，蒋文武拦都拦不住。

蒋文武的父亲被廖明英那句"胳膊肘往外拐"触动了，大口喝下杯里的酒，拿出家长气势，吼道："各自还是要认清自己的身份，朋友再好，抵得过家里人吗？"又把大手一挥："不开了，睡觉。各自把枕头垫高些，好好想想对不对。"

小乐不想刚结婚就和公婆发生争吵，她也着实不会和人吵架，而且，她也不知道面对这样不讲道理的老人该讲些什么。她自顾自地走进房间，倒在床上，蒙着脸，泪如雨下。

蒋文武送完亲人进得房来,看小乐在哭,一时间他也不知道说什么。虽然心知在这件事上,小乐并没有过错,但作为儿子,他又不好说自己父母的不是。蒋文武伸手欲揽小乐,小乐肩膀一甩,自顾自往床里侧过身去。

那一晚,两人再无交流。虽说婚事极简,几天操办下来,蒋文武也累了,他无暇思忖怎么去哄新婚的老婆,自己抱着胳膊,在唉声叹气中睡去。

小乐在无言的泪水中睁眼到天亮,她不知道选择这场婚姻会给她带来什么样的结局,唯一可以肯定的是,接下来的日子不好过!

第二天回门,两人一前一后,一路无言。临进家门,小乐叮嘱蒋文武:"不要把脸黑起,别让我父母看出问题。"

两人强作笑脸和小乐父母说话,可小乐肿胀的双眼还是让父母看出了端倪。父母问小乐发生了什么事,小乐不想父母难过,掩饰说什么也没发生,只是家里客人多没休息好。

小乐父母见问不出什么,只把蒋文武叫到身边,对他说:"你们两个当初是经历过很多事的,这么多年过去,还愿意走到一起,是缘分,要珍惜。而且,是你自己追的小乐,也向我们下了保证的。不管你们家昨天发生了啥子,你记到一点儿,如果哪天你和小乐过不下去了,你给我们说,我们自己去接她回来。"

蒋文武又再三保证不会让小乐受委屈。小乐静静地听着,内心却滴血如注。

十五

孕期不到三个月,小乐便查出患有胆囊炎,医生建议她取消妊娠,但她第一个孩子已经失去,小乐不想再做罪人。得知胆囊炎可以喝中药保守治疗,小乐选择留下这个孩子。喝了几服中药后,病情得以控制,小乐便不再吃药,一直到妊娠结束。

因为没有得到及时治疗,小乐的胆囊炎日趋严重,且有很严重的结石,每天尿血,再不治疗后果严重。而小乐的女儿也不吃母乳,小乐试着给她哺乳,孩子不但将头扭向一边不吃,且将她好不容易喂进嘴里的乳汁尽数吐出。

蒋文武说许是因为小乐生病乳汁有异味,反正小乐的病情也不能耽搁,索性不要母乳喂养了。小乐想再试试,一周过去,孩子宁愿喝白开水也不愿吃母乳,一吃就吐。小乐只得放弃。

听得孩子要吃奶粉,廖明英一下子叫嚷起来:"那又要花好多钱哦!"

小乐于年前冬月二十结婚,婚后又查出胆囊炎,加之有孕在身,只得在家养胎,彼时蒋文武已去了广东打工。蒋文武本想在家陪小乐养胎的,但他父母不允许,婚后不到半个月就催他出去打工，说多一个人吃饭，开支本来就增加不少，且眼看着又要多个孩子，样样要钱。蒋文武本就孝顺，对父母的决定从不反抗，只是眼看着马上过年了，便求得父母同意把年过了再走。

正月初二一过，廖明英夫妇便又催他动身，他不想出去，给父母说好话想留下，不承想惹急了蒋世全。蒋世全拿着扁担逼着儿子出去打工，小乐夫妇无奈，只能分离。

因为妊娠，小乐选择不吃药不打针，本就身体虚弱，不想孕期又查出患有肾结石、尿结石和胆结石，这一下，小乐身体越发吃不消了。廖明英夫妇不允许小乐在娘家养胎，小乐在婆家又不得不做家务干农活，营养又跟不上，贫血严重，低血糖导致数次晕倒。廖明英埋怨小乐娇气，小乐觉得委屈，又不好给蒋文武讲，怕他说自己不会处理与老人的关系。

小乐回娘家时，父母看见女儿的身体健康状况，实在担忧。小乐爸爸不愿女儿受苦，便给蒋文武打电话，商量让蒋文武回家陪小乐待产，说只要蒋文武回来，家里日常开支小乐娘家包了。蒋文武知道自己父母思想守旧，也觉得自己不在身边小乐诸多不便，便也就回来了。

没承想，蒋文武回来当天，家里便发生了一场争吵，两位老人埋怨小乐唆使丈夫回家，更气儿子眼里只有老婆。

蒋世全丢下话："你既然舍不得你婆娘，那就在屋里守着，家里的庄稼就都交给你了，我出去打工。"

蒋世全说到做到，在秧苗全部下田后第三天就背起行囊离开了家。蒋文武从离开学校就出去打工，从来没干过农活。突然之间，七个人的庄稼、家里的猪和牛、动不动就哭闹的老娘、有病有孕在身的老婆全落在他身上了。

蒋文武没有退缩，好在他母亲养猪养牛是把好手，小乐爸爸也时常过来帮忙。小乐有了蒋文武的照顾，身体好了很多，加上心情愉悦，也坚持着一起干活。她和廖明英一起去坡上割猪牛草，因为不能走远路，也不能下蹲，割猪草时只能选择田坎上站着割，或者带一张纸壳，坐在地上慢慢剐。

小乐喜静，廖明英她们嫌近处猪草不茂盛，喜欢往远一点的河边跑，那里水草相对丰茂。小乐便一个人把当门的那些田坎全部扫过去，细细的野铜钱草、酸浆草、鹅儿草、鱼鳅串……不管什么草，只要是能喂猪的，她都一根一根剐了装进背篓里。每次也能割上一大背，等蒋文武收活路时再替她背回来。

小乐不愿意一个人待在家里，她喜欢在蒋文武视线能及的地方做点小事，不割猪草的时候，她慢慢踱到老公干活的地方，陪他说说话。有了小乐，蒋文武干活也不觉得累，每天乐呵呵地同村里人打招呼，大家都夸他能干能吃苦有担当。

因为小乐的不娇气，廖明英倒也挑不出什么毛病来，只是在每次觉得疲累时，骂"老东西"。

大家都说小乐怀的是儿子，这很让廖明英开心，看小乐也就顺眼起来。看谁家地里有西瓜，变着法都要给她讨一个回来，小乐叫她一起吃，她也只是象征性地吃一小块，全给小乐留着；农历六月地瓜（川东地区一种小野果）熟时，每天中午红火大太阳，廖明英不顾小乐夫妇劝阻，都要去给小乐摘一水瓢，回来一个个清洗干净端给她；鸡腿菇出来那段时间，廖明英一大早就背上背篓，到苞谷地边找鸡腿菇给小乐熬汤煮面。她说："别个说的，这个比鸡汤还好喝，还营养，你多喝点。"如此种种，常把小乐感动得热泪盈眶。

蒋文武本就好动，为了给小乐补充营养，也为了节省开支，他常去竹林边、沼气池旁找牛蛙。蒋文武年少时捉过黄鳝、鲫鱼卖，他就去大田水沟处接鲫鱼、拉黄鳝，小乐父亲也总是给女儿带些吃的过来。

都说怀孕5个月后，肚里孩子长头发，孕妇胃口会好转，这话果然不假，小乐仿佛怎么也吃不饱，总是睡到半夜又吵肚子饿了。蒋文武白天太累，晚上睡得太沉，她不忍心吵醒老公，又不敢叫婆母给她做，很多时候都是忍忍就算了，实在饿得慌，起来喝点糖开水就了消。她想煮荷包蛋，又怕婆母说她浪费。所以，每次馋虫来袭，小乐就回娘家住几天。

小乐喜吃父亲做的泡菜火锅。将泡萝卜切丝，入生姜、花椒、菜籽油炒香，加开水煮至香浓，再将切成薄片的腊肉下锅，烫至成卷即可，莲花白、莴笋尖、豌豆尖、红苕粉，父亲总是将最简单的食材做成最可口的美味给小乐吃。

父亲说火锅吃多了上火，不许她吃得太勤，她便停下碗筷不说话，只默默流泪。小乐一流泪不说话，父亲就拿她没办法，只得即刻放下碗筷，去给她熬煮火锅。看到端上桌子的简易火锅，小乐立马破涕为笑。

她抱着父亲胳膊撒娇，"不是我要吃，是你外孙要吃。"

父亲便嗔怪她："你啊，都要当妈的人了，还不知事！"

小乐在大家的眷顾下，身体状态日益见好，就这样平平淡淡顺顺利利地到了预产期。

那天早上，小乐照例去地里割了一背苕藤，又去井边打水洗衣服，衣服还没洗完，就觉得腹痛难忍。

小乐只在怀孕初期做过检查，然后再没做过孕检。而且，因为年轻，又是头胎，对所谓的预产期并没有什么概念。她疑心是要生了，叫回在田里挖缺口放水的蒋文武。

母亲曾告诉他们，一旦肚痛严重就赶紧往医院送，或者给他们打电话叫接生婆。小乐娘家舅妈是医生，小乐父母早给她打了招呼给女儿接生。

小乐让蒋文武给母亲打电话，可廖明英不让，"女人生娃儿，哪有叫娘家人的道理。"也不让送医院，说院子里那么多人生孩子，哪个不是悄悄眯眯自己生自己的，"还送医院，钱多哟！"

小乐痛得冷汗直冒，忍不住叫出了声。廖明英便斥责她娇气："生儿活女，哪个生娃儿不痛？叫那么大声，也不嫌丢人，生怕别人不晓得哈！"

小乐也以为会像婆母说的那样，很快就会生下来，却不想这一生就是三天两夜。

从第一次阵痛，到第四天凌晨两点，小乐还是没有生下来。她不能站也不能躺。开始还能在老公的搀扶下在屋子里慢慢走动，到最后，她已经累得筋疲力尽，就算有蒋文武扶着，也像泥鳅似的直往地上滑。

蒋文武眼见得小乐像根煮熟的面条，再也扶不住，急得直叫。前面院子里的几位表婶听到蒋文武的喊声都过来查看，廖明英也不得不起床。她生气地吼蒋文武："一惊一乍地！哪个女人生娃儿不是这样过来的！也不嫌丢人！"

小乐想努力站直些，却终是连一丝力气也没有。她想睁开眼看看大家，却连抬一下眼皮的力气也没有了。

她拉了一下平素对她很好的大表婶的手，气若游丝地说："大孃，救救我的孩子。"

大表婶娘用手翻了一下小乐的眼皮，看了看，着急地直跺脚："糟了哦！糟了哦！背时老廖，小乐怕是不行了哦。"

又喊蒋文武："武儿，快点去叫医生，这要出事了哦！"

蒋文武一听，"扑通"一下跪在廖明英面前："妈，我去叫医生了哦？"

廖明英大抵也被表嫂的话吓到了，却不服输地气急地说："去嘛，你钱多！"

听得母亲松口，蒋文武连忙和几个表婶一起把小乐扶在床上，拉着在大门口听动静的大表叔钻进夜色中。

凌晨四点，蒋文武把尚未完全清醒的医生带到小乐床前。

小乐认识那位肖医生，是近六十岁的老头，医术不错，在十里八乡颇得好评。肖医生和小乐的父亲是战友，偶有见过。此时一看小乐的样子，立马清醒，药箱一放，赶紧检查，边检查边连声责怪："你们这些家属心也太大了哦，羊水都干完了。怎么现在才叫医生呢？早干啥子去了！"

肖医生抹抹头上的汗，急切地说："不行了哦！不行了哦！这要出问题了哦！大人细娃看能不能保一个了，你们快点做决定,要大人还是小娃儿?"

蒋文武一听,"哇"的一下就哭了,连声说:"要大人,要大人。"

廖明英赶紧说:"要细娃儿。"

小乐努力地撑起眼皮,吃力地说:"肖叔叔,求你帮忙,保小孩儿。"说完这句,她又想沉沉睡去。

肖医生连忙叫蒋文武拍她的脸,让她保持清醒,说不能让她睡,这一睡就完了。

肖医生手忙脚乱地拿出催生针,敲了两支药进针筒,给小乐注射下,见没反应,又敲了两支注射进去。肖医生还没来得及将针筒放进药箱,便听得"噗"的气球破裂声。

小乐用尽最后一丝力气,孩子生出来了,除了满床的血,没有一滴羊水,小乐也晕死了过去。蒋文武见小乐没有了动静,他顾不上看血泊中的孩子,哭着大声叫小乐,用力地拍她的脸颊。

廖明英在门口问:"是男孩还是女孩?"没有人回答她。

肖医生把孩子挪到干净的地方,用床上的线毯盖住身子。转头翻小乐的眼皮,又听她的心跳。他对蒋文武说:"还有气,还有气!快给我支电筒。"他给小乐注射进一支强心针,蒋文武不停地摇着她的手喊老婆。稍缓,小乐睁开眼睛。

蒋文武喜极而泣,跪在床前,拉着小乐的手,不住地亲吻。

小乐缓缓地说:"孩子呢?抱给我看看。"

蒋文武这才颤抖着站起身,去看孩子。

肖医生说:"先别忙,把水挂起。"他把药水给小乐挂上,边挂边说:"你这个丫头哦,把肖叔叔我吓死了。你要出啥子事,你妈老汉怎么吆得到台哟!"

看小乐张张嘴想说什么,肖医生又说:"生的个丫头。母女俩都命大。四点四十分生的,这个时辰生的人命好,以后喝凉水都能长大。"

廖明英始终没有进屋,一直站在门口,听得肖医生说生的是女儿,立马变了脸色。她愤愤不平地大声吼着:"生妈个丫头!别个不是说你怀的是儿子吗?怎么是个女呢?"

小乐抿着嘴唇不说话,泪水却涌了出来,顺着脸颊,连绵不断地滚进耳朵里。凉凉地液体顺着塑料管流进血管,也流进心里。

蒋文武接过肖医生手里的孩子,小心翼翼地托着贴近胸口。她是那么瘦小。他想起小乐为了这个孩子差点丢了性命,立即感到力坠千斤,也越发觉得心疼。他看着手里的孩子,把脸贴在她的小脸上,嘴里不停地叫着:"幺儿,幺儿。"

他把女儿抱近给小乐看,"老婆,这是我们的女儿。"

小乐让他把孩子放她身边,肖医生不让。他接过孩子说:"先不忙。"他把孩子递给廖明英:"你这个当婆婆的,话怎么那么多?快抱到,还要给她妈妈缝针。"

廖明英把手一缩,后退一步,"我还要去割猪草呢。"

肖医生声音一下子加重了:"你怕是找不到个啥子哟!快抱到!"

廖明英还是没有接,蒋文武赶紧接过放在床的另一头。

小乐是在四支催生素的作用下生的女儿，撕裂严重。肖医生说："丫头，我走得急，没带麻药，你忍着点。"

　　小乐点点头，果然没吭一声。一则她也没有力气吭声，再有，肖医生毕竟是个男的，刚才在生死边沿倒不觉得，这会儿觉得尴尬极了，哪还好意思再吭一声。

　　蒋文武的父母极其节约，家里灯泡全是五瓦的，而且是吊在两个房屋之间的窗棂上，整个卧室处于一片黑麻麻的状态。肖医生喊蒋文武拿个煤油灯放在床头，又让蒋文武借来一个强光手电，戴着老花镜，在昏暗的光线下完成了缝合操作。

　　伤口处理完，一瓶水也正好输完。

　　送走肖医生，廖明英烧了一大锅开水，对儿子说了一句："我去割猪草了，水在锅里。"便自顾自去地里干活了。

　　蒋文武想第一时间把小乐生产的消息报告给岳父岳母。他把女儿身上的血渍擦洗干净，包好放在小乐身边："我去给爸爸妈妈报喜，很快回来。"小乐困得睁不开眼睛，没做任何反应。

　　蒋文武站在地坝边问他母亲提哪只鸡去报喜。廖明英大声回应："窝里关着的那只鸡母。"早上她去鸡圈放鸡出去时，就已经把要报喜的留下了。

　　农村有风俗，生的儿子报喜时就给丈母娘家送公鸡，生的女儿就送母鸡，娘家人一看提的鸡就知道生的是儿是女。

　　小乐迷迷糊糊睡了一会儿，在痛楚中醒来。她睁开眼，看女儿睡在身边，心里瞬间被幸福感充斥，这是她怀胎十月辛苦生下的宝贝。她用手拨弄着女儿的小脸，看着女儿指缝间还有残留的血迹。她又看看自己，除了身上盖着的线毯，上身的睡衣早被汗水浸透，此刻湿漉漉的。

汗臭味混合着铁锈般的血液味扑鼻而来。她伸伸腿，感觉整个身子都黏糊糊的，这才发现自己还身处满床血污中。她艰难地爬起来，没找到裤子，只好用线毯将下身围住，到厨房打了一盆热水清洗干净，再到客厅衣柜里找衣服换上。又用热水把席子擦洗干净，想躺下休息，发现床还是湿的，只好找床单铺上。

蒋文武去了老丈人家，他也是个老实人，详细讲了小乐生产经过。小乐父母听了自己捧在手心里的宝贝女儿生产所受的折磨，号啕大哭。

他们对蒋文武说："好在我女儿没什么事，如果她有个三长两短，要你们蒋家人一勺子一勺子舀来吃了！"

蒋文武回到家时，廖明英还在坡上没有回来。从凌晨四点四十女儿降生，小乐就感到饿了，五六个小时过去，加之前面两天吃不下东西，早就饿得前胸贴后肚皮了。

小乐在厨房烧开水准备煮糖水蛋时，蒋文武正好进屋。他一把接过她手里的火钳，扶着她进屋。他责怪小乐干吗下床，小乐什么也没说，也实在不知道怎么述说心里的委屈，只是在看见他的那一刻，泪水像断线的珠子一样往下掉。

蒋文武把小乐扶到床上，亲了亲旁边甜睡的女儿，作为父亲的责任感油然而生。

他问小乐："妈妈一直没回来吗？"

小乐转过头，将脸朝向墙壁，语带哽咽地"嗯"了一声。

他一下子感到愤怒了，走到地坝边，冲着对面坡地上理苕藤的母亲喊："妈妈，几点了？还不回来？"

廖明英在蒋文武的再三催促下才拖拖沓沓地回来。

蒋文武看着母亲回来把背篓一放就进了里屋，再不出来。他做好小乐的糖水蛋端进去，放在床边矮立柜上，小心翼翼地把小乐扶起来。小乐接过他手里的碗，想起廖明英看见她生下女儿后的语气，以及她刚才进屋后看都不来看女儿一下，不觉又悲从中来，眼泪吧嗒吧嗒一颗颗掉进碗里。

蒋文武知道小乐为什么伤心，可毕竟是自己的母亲，又什么也不能说。他轻轻地揽着小乐，一下一下地拍着她的背，轻声安慰："傻瓜，不要哭了，月母子哭多了对眼睛不好。"

听老公这样说，小乐委屈地哭出了声。廖明英在隔壁听到了，一下子冲到屋里来，跺着脚骂。"你哭啥子哭？你嚎丧吗？老子还没死嘛。你生他妈个女还好意思哭！"

被廖明英一吼，小乐便"哇"的一声大哭起来。

蒋文武还来不及反应，廖明英又吼了起来："你不是能吗？生他妈个女，人家三娃子他婆娘还是第二门，都生的儿子。你看挨到这几个，哪个不是生的儿？！"

蒋文武看母亲如此刁难小乐，一下子火了。他把廖明英往外拉："娘欸，你看你都说的些啥子哟！"

廖明英还要争辩，蒋文武便大声吼她："还要说！"拉着母亲去了院子里。

蒋文武从来没有顶撞过廖明英，见儿子吼她，廖明英一下子就感觉受不了了。她把自己关在房里，锁上房门哇哇大哭起来，仿佛心中藏了多年的委屈，在此时才得到了宣泄。

蒋文武忙着做饭，还要宰猪草煮猪食，便没有去管她。等他好不容易忙完，叫母亲出来吃饭，却怎么也叫不答应了。他赶紧踢门，看到母亲安然无恙，这才放下心来。

晚上，蒋文武按医生要求给小乐伤口消毒，发现有一针线断了。许是小乐下床时，不小心绷断了。两天后，小乐大解才发现，由于光线不足，医生在操作时，肛门处被缝了一针。为此，小乐落下了很多难以启齿的疑难病症。

日子在紧张且压抑的气氛中流逝。

转眼，小乐生产已十五六天，谷子陆陆续续熟了，到处都是挞谷子的身影，蒋文武和母亲也拣黄了的先挞着。母子俩在田里忙活，小乐就在家里做做饭，连带在院子里翻晒谷子、看看鸡鸭，除了不干体力活，尽量做些力所能及的小事。

那天傍晚，太阳已经下山，小乐看着满院坝晒着的谷子，束手无策。婆母去割猪草，几个小时了还没回来，不知道又在和哪位伙伴聊天。蒋文武在田里扎草，那是家里大黄牛冬天必备的粮食，冬天铺床也要用，不能淋雨。

前后院的鸡鸭像开会商量好了一样，都不归圈，在谷子周围转悠，找准机会就发起进攻。小乐一手跑着女儿，一边"唆呵""唆呵"地吆喝着，一边挥着手里的细斑竹棍子。斑竹棍子尖上绑了一根红色塑料袋，舞起来呼呼生风。

这武器一般情况下有用，像这种满院都是粮食的诱惑、鸡多人少的情况下,就一点儿作用不起。赶跑了左边,右边又来了,赶跑右边,前边又来了。这里一堆鸡屎,那里一摊鸭粪。

她只得把女儿放到床上,点上蚊香,出来打扫。转眼,小乐就撮了一铁锹被鸡鸭粪弄脏的谷子。小乐想赶在婆母回来之前,把这些脏谷子用筦筥拿到旁边水田缺口淘干净,不然,婆母回来又要骂她一顿。

小乐把淘洗好的谷子用筲箕摊好,放在屋檐下的风车上,又拿铛耙把谷子铛拢。蒋文武回来时,天已黑蒙蒙的了。他看小乐还在地坝里扫谷子,生气地说:"各自不进屋去。你忘了自己是个月母子啊!"

小乐委屈地喃喃自语:"我也想进去啊,这谷毛蠚人得很,身上痒死了。娃儿也直哭,哭得我心里毛焦火辣的。可我进去了这些谷子怎么办?又是鸡又是鸭的,鸡粪鸭粪满到处都是,你妈回来又要骂人。"

蒋文武才知道自己的妈还没回来。他站在前院田坎上喊了好几声,廖明英才答应一声"回来了"。待廖明英进得屋来,蒋文武已经把谷子全部撮进箩筐挑到堂屋了。

看见母亲,他一脸阴沉,忍不住加重语气抱怨起来:"你一天硬是不叫不落屋,不晓得怎么想的。早点回来收谷子嘛,有空抱一下燕儿也好啊。小乐还在坐月,又要带娃儿又要晒谷子,你给娃儿洗哈儿澡也要得噻。"

廖明英见儿子埋怨她,"呼"的一声把自己关进屋里,号啕大哭,又是骂"老东西哟"啥啥啥的。蒋文武把柴灶上中午煮好的猪食舀到桶里提着去喂猪,一边喂一边忍不住唠叨:"一天就是晓得哭哭哭!不晓得替我着想,哪里像个当妈的。"

空下来的小乐,打了一盆热水去房间给女儿洗澡,女儿身上全是蚊子咬的疙瘩,还有不少痱子,她往水里加了一点儿花露水。加了花露水的水让女儿觉得舒服,小家伙安然地闭着眼睛,享受着母亲手里传送的温柔。

突然,小乐听到一墙之隔的婆母房里,传来蒋文武"仙人欸!仙人喽!"的哭腔。她连忙问:"咋了?"

"个仙人板板喝闹药(农药)了哦!"

小乐吓得脸色煞白,扑爬连天跑到廖明英房里,一进门就闻到一股子农药味道,廖明英侧躺在床上,双目紧闭,农药瓶子倒在床头下面地上。

小乐颤抖着趴下去,去扒廖明英的嘴。廖明英嘴唇紧闭,小乐使劲扒开,凑下去闻了闻,嘴角是有农药味,但嘴里没有,顿时明白是吓他们的,心里的石头一下子落了地。她朝蒋文武使了个"不用担心"的眼神,故意大声地说:"快点,快点。快点打电话叫医生来洗胃!"

她又站起来往厨房跑:"来不及了,快烧开水熬肥皂水。洗胃要用肥皂水。"边说边冲蒋文武眨眼睛又摆手提示他不要担心。

蒋文武会过意松懈下来,差点就要倒下去,也连忙说:"好,好,我去熬肥皂水。"

小乐说:"你烧水,我把肥皂切细些,熬得快点。"

蒋文武又说:"我去叫表叔他们帮忙喊医生。"

小乐不想婆母太难堪,故意说:"莫莫莫,莫让别个看笑话。先灌肥皂水把药吐出来些。"

不一会儿,夫妇俩果然端着一斗碗肥皂水进来,蒋文武把母亲扶起来靠在自己身上，小乐拿着碗，叫蒋文武捏着廖明英的嘴，就要灌肥皂水。

刺鼻的肥皂水让廖明英一阵恶心，胃里一阵翻滚，还没等肥皂水进嘴，就"嗷"的一声呕吐起来。

小乐装着欣慰地拍拍她的背，"吐出来就好了，吐出来就好了。快喝点，全部吐出来。"作势又要喂。

廖明英又呕吐起来，她打掉小乐手里的汤碗，"滚过去，我不要哪个喂，我不喝！"

小乐说："不喝怎么行呢！要全部吐出来才行，医生就是这样洗胃的，我读书的时候亲眼见过。"

初三那年，因为学习紧张，不能再每天中午跑回家吃饭耽搁时间，父亲便托了在乡卫生院当院长的朋友在他家搭伙。

有一天中午，小乐和闺蜜玲正在医院伙食团吃饭，听到大门口一阵喧哗。原来是附近村子一年轻媳妇和婆母吵架，婆媳俩都喝了农药。婆母喝得多，被发现时已经死亡，儿媳妇被发现时还有气在，便送来了医院。

小乐听见医生说："来不及了，先不要抬下来，快些洗胃。"她看见医生们用一根塑料管子插到患者嘴里，上面接了一个漏斗，一些白色液体倒进漏斗流进年轻妇女嘴里，旁边有人说那是肥皂水。

肥皂水灌进去，那个媳妇就吐了好大一摊，刺鼻的农药味加上恶心场面让身旁很多人吐了。遗憾的是虽然医生们累得大汗淋漓，那媳妇还是没能救过来。

廖明英一听小乐说还要给她灌肥皂水，急得直吼，"滚出去！我不喝。"

蒋文武也说："快喝点，是为你好！"

廖明英冲口而出："各自拿走，我没有喝啊！我没有喝啊！"

小乐和蒋文武齐声说："莫骗我们啰！"又说："还是叫表叔他们来帮忙抬去医院看看。"

廖明英急切地说："莫叫。跟你们说了我没有喝啊。"

小乐懂事地说："我先去把碗放了。"她知道婆母好面子，不想在媳妇面前难堪。

廖明英等小乐走了，才红着脸小声对儿子说："莫去叫他们，我是吓你们的，没有喝农药。"

蒋文武哭笑不得，只拍着她的背连声说："你哟！你哟！不晓得该怎么说你。"

当蒋文武把做好的面条端给母亲，廖明英却继续使性不吃。

小乐怕婆母整出个有好有歹的，只好端了面条进去。

她一进去就端着面碗跪在床前："妈，我求你了，你吃点东西嘛。他是你生的啊，俩娘母怄气还记啥子仇嘛！饿出个啥子病来，不晓得的还以为是我这当媳妇的和你吵架了。你也晓得婆婆走了这些年你过的啥日子，老汉过的啥日子，你不想我和武儿也过你们的日子嘛。"

廖明英见儿媳妇给了她足够的面子，便也借坡下驴，接过碗端在手上，抽抽搭搭地哭诉着儿子对她的不敬。

小乐顺着说："我晓得，我晓得。这些日子您也确实累到了，您放心，我这就去说他，帮您出气。"

廖明英才不好意思地问："你也没有吃吧？各自去吃，一哈儿面腻了。"

小乐见她开始往嘴里送面条，才走出去，故意大声地凶老公，蒋文武也配合地不吭声，一场闹剧才落幕。

十六

眼看着别人家的谷子都收得差不多了,而蒋家的几亩稻谷还摆在田里。

家里猪、牛、鸡、鸭、鹅,动不动就滚地大哭的母亲,外加月子里的母女俩,蒋文武实在是不堪重负,却还不得不继续撑着。一直把庄稼看得比命还重要的蒋世全,像是铁了心要给儿子一个教训,就是不回来收谷子。

蒋文武为了守着妻女,也坚持着不给父亲说好话。偶尔,小乐的父亲过来帮帮忙。小乐的堂哥堂嫂从福建回来,听说小乐家谷子没人收,叫了另外的堂哥一起和小乐父亲过来相助,才在雨水降临前把粮食收回家。

小乐的堂嫂是一个心直口快之人,她从田里回来时,正看见小乐在屋旁水田缺口处洗孩子的尿布。

小乐性格开朗活泼,与娘家的哥哥、姐姐、嫂子们关系一向要好,都说她嘴巴跟抹了蜂蜜一样抿抿甜。堂嫂一把抓过小乐手里的尿布扔在院子里的洗衣台上。

小乐连忙说道:"嫂子,那上面还有屎尿呢!"

堂嫂说:"有屎尿就有屎尿,别忘了你还是月母子,月母子摸不得冷水,你不知道吗?!"

小乐说:"我晓得,嫂子。再不洗就没有换的了。"

正说着，一股煳味窜进鼻子，小乐说了一声"糟了"，连忙跑进厨房。

堂嫂跟进厨房，见小乐正忙着用筷子和锅铲将糊了的饭锅巴往外挑。

堂嫂问："你在做饭啊？你老人婆呢？"

小乐想也没想，随口答道："去沟地割猪草去了。"

堂嫂夺过小乐的锅铲，"啪"的一声扔在灶台上，大声说道："各自滚到床上去！你生了才多久？老实不晓得个啥子哟！"

又冲着刚挑了一担谷子回来的蒋文武喊："把你娘给我叫回来！"

蒋文武进门一见，顿时明白了是怎么回事，连忙跑到后面梁上去叫母亲。廖明英背了一背猪草，慢腾腾地走回来，把背篓放在厨房后面的屋檐下。

小乐的堂嫂见了，走过去，毫不客气地说："廖姨，不是我说你老人家，你这事做得不地道！家里有人挞谷子，还是娘家人，你该不该在家做饭？你让一个生了娃儿才二十来天的月母子煮饭，这饭你吃得下去不？"

廖明英自知理亏，讪笑着说："哪个叫她煮嘛，我就去割点猪草，一哈哈儿就回来了，她各自要煮。"

小乐也不想婆母太难堪，拉着嫂子说："没事，嫂子，我就煲点饭。大家都忙，我躺着也难受。"

堂嫂把手一甩："难受也去给我躺着！"又对着小乐说："人家不爱惜你，你要自己爱惜你自己！你不晓得月母子摸不得冷水吗？是不是七妈没有教你？"

又对廖明英说："就算我七妈没有教她，你这个当老人婆的也该给她讲。媳妇是老女,你将来还要靠你媳妇的,她若有病,自身难保,怎么照顾你?"

廖明英见小乐的堂嫂不依不饶,想和她争论几句,人家又是来给她抢收谷子帮忙的,一时尴尬不已。

只得对着小乐发火,且还不能大声:"哪个叫你出来的嘛!各自不去困到起。"小乐不作声了。

自从小乐生了女儿,便不得廖明英待见,从不到床前看一下孙女,除了偶尔做一下饭,大部分时间就是在地里忙活。

小乐不想老公太辛苦,加之年轻,确实没感觉到有什么不妥,觉得只是做做饭,又不使大力,大家便心照不宣地将做饭这个"小事"交给小乐做了。

也正因为如此,小乐生产后的恶露迟迟不干净,她也不好意思问别人,院子里除了几个长辈,也确实没有年轻妇女可咨询。夫妻俩私下议论"可能都是这个样子吧"。

见堂嫂生气了,蒋文武也赶紧走过去,把小乐往屋子里牵。

堂嫂说:"蒋老弟,不是我当嫂子的多事。老婆是自己的,自己要晓得心疼。她要落下什么病根,还不是你自己的事。女人生孩子是大事,我也听七爸七妈讲了,我妹儿生娃儿遭的啥子罪。说句难听的话,也是我妹儿命大,挺过来了,她要是出了啥子事,你以为你这哈儿有这么轻松吗?"

小乐的父亲和堂哥挑了谷子回来,一直在屋檐下歇气,听着堂嫂和廖明英母子说教,也不吭声。此时见蒋文武实在是满脸尴尬,小乐父亲才说:"我也不说啥子些,我女儿既然嫁到你们蒋家了，便是你们蒋家的人，各自知趣就行了。"

堂哥也对堂嫂说："好了，好了，点到为止。人家文武老弟晓得了。快去帮忙做饭，我们也饿了。吃了好把剩下的挞了早点回去，屋头还没收拾呢。"

堂哥堂嫂从福建回来的当天早上就来了小乐家，他们是天快亮时才到的家，只眯了一小会儿，吃早饭时听母亲说小乐的公公外出打工，家里农活干不过来主动来帮忙的，所以，衣服都还没来得及从行李箱拿出来。

按农村的风俗，女儿没满月，娘家父亲是不能去女儿家的，可小乐爸爸心疼女婿太累，便顾不得这些习俗了。

小乐父亲拿起竹耙子去地坝里勾谷草，边勾边对蒋文武说："再挞一下午也差不多了，剩那几分田的还有点青，挞不得，先蓄起，过几天等我们那边的挞了再过来。这两天太阳大，晒厚点没事，把水汽过了收到围席里，过后慢慢干也不怕了。"

蒋文武边听老丈人的教诲，边用大眼泡筛筛谷草，连声说："好。好。"

小乐娘家水田较阴湿，谷子成熟得较晚些。

蒋文武说："爸，你们几时挞谷子？我也过去挞两天嘛。"

小乐爸爸说："我们少，挞不了几天，还有你几个哥哥嫂嫂帮忙，你就不要过来了，好好把她们母女照顾好就行了。"又说："你肩膀嫩，没有做过这些活路，这段时间你也累到了，各自好好将息。现在你是一家之主，你莫累垮了！"

蒋文武被触动了痛处,一下子湿了眼眶。

天擦黑时,小乐父亲和堂哥堂嫂帮忙把谷子撮进拌桶,用围席围上,连饭也顾不上吃就回去了。小乐娘家说远也不远,说近又不太近,二十来里路。

吃罢晚饭,小乐刚把女儿拾掇好,准备上床休息。廖明英突然在客厅大哭起来,一边哭一边大骂:"那个老犯人哦,叫他不要出去不要出去,硬是不听哦,把我一个人丢在屋里受气哦!"

小乐夫妇一下子蒙了。很快,俩人又反应过来,这是在为小乐堂嫂中午的话生气呢!小乐不吭声,她知道此时她是说多错多,自己蹑手蹑脚地上床了,生怕弄出一点响声惊动了婆母,把怒火迁延到自己身上。

蒋文武实在累惨了,坐着看母亲数落了一会儿,才走过去,长长地叹一口气:"仙人板板哦,你不累啊?说给哪个听嘛?各自不快点去睡觉!"说完拉起母亲往她房里送。

廖明英到底心疼自己儿子辛苦,抽抽泣泣骂了一会儿,自行睡了。

转眼,又是一周过去,眼见得还有两三天女儿就满月了,年轻人恢复得快。小乐看婆母和老公确实累得够呛,在晚间吃饭时对婆母说:"妈,明天你在家看着燕儿嘛,我和小武去挞谷子。"廖明英不吭声。

蒋文武说:"要得个屁!你还在月子里呢。"

小乐说:"没事,我身体好着呢,我不挞嘛,只割就是了。"

廖明英也说:"啥子做不得。我那个时候生了你们俩兄妹，哪有休息，几天就下地上坡了。那个时候吃也没吃个啥子。天天都是稀饭面糊红苕疙瘩。"

小乐在心里说："难怪！多年媳妇熬成婆，上位了。"

小乐的娘家来打"三朝"（川东风俗，女儿生孩子第三天，娘家人来看望母子的仪式）时，挑了一千多个土鸡蛋和二十几只鸡，还有十来个腊肉、几坛醪糟。

小乐的父亲知道女婿家的经济大权掌握在亲家母手里，担心女儿营养跟不上，特意拿了九百元现金给蒋文武，叮嘱他小乐想吃什么就买什么，不够他再拿。可那钱还是落了廖明英的口袋，说是买化肥没钱。

二十七天，小乐只吃了一条鱼，还是在院子里二表叔家鱼塘里网的。鸡也没吃上几只，说是要喂起捡鸡蛋卖，也是因为廖明英母子不会杀鸡，第一只鸡还是小乐确实太馋了自己杀的。鸡蛋也没吃多少，大部分用于腌咸蛋和包皮蛋，结果那咸蛋臭了很多，被送给喜欢臭蛋的蒋文武的外公吃了。

这也怪不得谁，农历六七月，天气确实太热，不利于食物存放，而且那时的农村，没有谁家里有空调、冰箱。

凌晨三点来钟，前院搭谷子的几位长辈都起来了，收拾拌桶遮阳棚的声音清晰可闻。小乐叫醒蒋文武，看女儿睡得正香，亲了一口，拿上镰刀去了塝田割谷子。

六七月的太阳火热毒辣，中午别说干活，就是出个门都受不了。乡民们基本上是半夜就起来割谷子，待到早上太阳上山时，露水已经差不多干了，就可以搭，这样可以在正午太阳正大时回家歇凉。

虽说小乐仗着年轻身体硬朗，敢于上坡，但她也知道太阳晒多了不好，自己从小就有低血糖，动不动就会头晕，真要晒狠了倒在田里事小，落下以后头痛的毛病就不划算了。

夫妻俩来到田里时，上下田的邻居已经割了好大一片。他们看见小乐都很吃惊，每个人都说："个傻丫头！月都没满，出来啥子？二天莫得病哦！"

蒋文武的爷爷是上门女婿，所以院里的都是表亲。偏巧小乐和蒋文武的奶奶同姓，所以，蒋文武管他们叫表叔表婶，而小乐遵循"亲大不如族大"的原则叫叔伯婶娘。

小乐一向嘴甜，从不打敞口说话，见面就叔叔婶婶叫不停，深得大家喜欢。上田幺叔幺孃割完自家田里稻谷，赶紧帮着小乐夫妇割完剩下的谷子。

幺叔和蒋世全一样，特别能吹牛，手上割着谷子，嘴里一点儿没闲着。他声音洪亮，讲的又都是农村人常说的荤段子，一时间上下几根田坎全是笑得上气不接下气的声音，间夹着幺孃嗔怪老公的笑骂声。

吃完早饭，小乐夫妇又去田里挞谷子。小乐递把子，蒋文武挞，上下田几家人一起说说笑笑，倒也其乐融融。一挑谷子没挞完，廖明英气喘吁吁跑到田边来喊小乐："快点回去！燕儿屙屎了，满床都是。"

廖明英有慢性胃炎，见不得恶心的东西，每次小乐给女儿收拾屎尿都要避着婆母，不然她要"嗷嗷"地呕吐半天。

小乐连忙丢下手里的谷子跑回去，发现满床的"米田共",女儿正两只小手抓着,往嘴里塞得不亦乐乎。小乐赶紧抱起女儿换洗,一通忙活下来,满头大汗。她把女儿放在箩斗铺的窝窝里,又去田里换廖明英回来。

好不容易把剩下的谷子挞完,到下午收活路时,小乐已累得全身酸痛四肢无力了。她依然咬紧牙关,坚持着和蒋文武把院子里的谷子全部收拢,把前几天挞的已经干了的车好,用蛇皮口袋装了扛进粮仓,没有干的则装进堂屋拌桶里暂存。

天气预报说第二天有雨,好在露气已经扯干,不怕渥到了,只等太阳出来时,慢慢晒便是。

满月的第二天,小乐和蒋文武带女儿回娘家,小乐的奶奶和母亲看见小姑娘高兴得不行。小乐的奶奶抱着曾孙女,笑得合不拢嘴,一直用手指拨着孩子的小脸,说着小家伙听不懂的话,讲小乐小时候的趣事。

奶奶说:"我孙女多能干啊,都没看到显怀,就生娃儿了。"

小乐母亲看女儿又黑又瘦,一副风都吹得倒的样子,心疼得不行。忙前忙后做了满满一桌子菜,恨不得一天就把女儿折下去的全给补回来。

小乐不敢告诉他们挞谷子的事,怕他们责怪蒋文武没有把自己照顾好,再说,是她自己要求下田的,若父母怪罪老公,他岂不是凭空遭受冤枉。

可他们去的那天父亲赶场回来,看见他们,并没有小乐预想中的热情,沉着脸不说话。小乐把孩子递到他手上,他也不接。小乐母亲说:"你怎么了欸?早上走都好好的。

昨天心甘情愿地说外孙女满月，要赶场给外孙女买衣服。这会儿又像哪个借了你的米还了你的糠一样。"

小乐父亲正提着背篼，准备拿到太阳下晒，闻声收住往外走的脚步，扭头看一眼小乐夫妇，恶声恶气地说："怎么？你问问你女，问问你女婿，看他们做的些啥子！"

小乐夫妇蒙了。蒋文武不敢吭声，只看着小乐。小乐自问没做啥子错事，梗着脖子说："怎么了？我们又哪里惹到你了嘛？"

小乐父亲"啪"的一声扔掉手里的背篼，"哪里惹到我？你多能干嘛，还没满月就去挞谷子。还好意思问哪里惹到我，我教的你充能干吗？"

小乐心虚了，知道准是父亲赶场时，碰到了婆家那边的人。她怕父亲骂老公，连忙拉着父亲的手摇着："唉哟，多大个事！我身体好嘛，只是割谷子，又没挞。再说我也没觉得有啥子不舒服的。莫生气莫生气。"

看父亲要抽回自己的胳膊，又使劲拉着："莫把你外孙女绊到了，快抱一哈儿抱一哈儿。"

看女儿还像以前一样撒娇，小乐父亲哭笑不得，接过外孙女时还不忘唠叨一句："各自不晓得爱惜自己！你以为月子里的病是小毛病哦？你看你妈，这几十年是怎么过来的。"

母亲自从生了小乐弟弟，落下一身病根，这二十年来一直与药物与医院打交道，这些小乐是知道的。但她太年轻了，仗着自己身体好，除了累点，也并没有觉得有啥不适。却不知女人坐月子不注意是真的会落下病根的，只是一开始察觉不到而已。小乐因为怜悯婆母和老公，月子里落下的后遗症，在七八年后终于缠上了她，这是后话。

谷子挞完没几天，蒋文武的父亲也终于回来了，说在外地的工程结束了。

其实是因为廖明英每次去村上接电话时，都在电话里骂他，又在电话里哭，诉说他走后自己有多辛苦多窘迫多可怜。老头子心疼老伴，虽然嘴里骂着："多大妈个出息！"却到底怕老伴真累出个啥子病来，还是给自己甩起的。

蒋世全倒是不因为小乐生的是女孩子而轻视，早在小乐刚生产时就一再叮嘱廖明英，把儿媳和孙女照顾好点。回来后，看见孙女一见他就冲他笑，挥着双手要他抱，更是喜欢。

廖明英也很会做人，从蒋世全进屋，就不再要小乐做这做那，一副认认真真在侍候月母子的样子。蒋世全听院子里的人说了小乐没满月就下田，还狠狠地把廖明英母子训斥了一通。

蒋世全回来第三天就催儿子出去打工，说一屋子大大小小都要用钱，都待在家里干啥子？钱难道会自己来吗？

蒋文武拖了又拖，终是拗不过父亲，只能和小乐商量着还是去深圳打工。小乐也决定回北方去上班，她在那里有良好的人际关系，工作也相对轻松。

尽管女儿不吃母乳，小乐还是想把孩子带在自己身边，便提出让婆母和自己去北方。两位老人坚决不同意，尤其是廖明英。也不同意把小孩儿留在家里，说家里活路多、猪牛多，农活都忙不过来，哪有时间带孩子？

小乐夫妇便去娘家和小乐的爸妈商量。小乐的父母也觉得蒋文武走了小乐母女留在那个家不好，她与两位老人的代沟太大了，彼此很难相处。

小乐父母主动提出："反正燕儿也没吃奶，要不留下来我们给你带吧。"小乐虽然不舍，却也没有其他办法。

女儿满四十天，小乐夫妇带着女儿去街上拍了一张合影，把女儿送到小乐娘家，便分别踏上了打工之路。

小乐夫妇送女儿去外婆家时，廖明英第一次抱了自己的孙女。她流着眼泪送了很远，说："我幺孙命才苦哦，这么小就要离开自己的妈老汉。"

小乐不说话，蒋文武也不说话。

小乐在心里想："如果不是你们撑我们，如果不是你不愿意同我去北方，如果不是你喜欢没事找事，让我不敢待在家里，我何至于和女儿骨肉分离。"

小乐想着想着，脚步便不由得快了点，蒋文武看见小乐眼里的泪花，轻轻抱了抱她的肩膀，"放心，老婆，等我在深圳立住了脚，就把你和女儿一起接过去。"

蒋文武买了麦乳精，买了葡萄糖，也买了奶粉，一起给女儿拿过去。这四十天来，女儿一直不吃母乳，乳汁早回了。但女儿也一直不吃奶粉，只喝米汤加点白糖，偶尔喝点麦乳精。小乐想着，还是买点奶粉，万一她要吃了呢。

到了娘家，小乐试着又冲了一次奶粉给女儿，她还是不喝。

小乐的奶奶说："把我的金银花露拿来给我曾孙喝看，看她喝不喝。"没想到，当兑有金银花露的液体流进小家伙嘴里，她居然大口地吞咽起来，末了还嘟着小嘴作吮吸状。

大家松了一口气，终于不用担心小家伙的饮食了。

小乐父亲说："我明天就去开一箱金银花露回来，我给我幺孙摭米糊羹，用金银花兑给她喝，米糊羹比奶粉有营养。"

蒋文武连声说："要得，要得。谢谢爸爸！"

小乐抱着女儿边摇边流泪，带着哭腔说："我女儿有吃的了。我们谢谢外公！"

小乐的父母安慰小乐："哭啥子哭，莫哭！那个时候那么困难都把你们带出来了，现在该比以前日子好过得多嘛。你们两个放心，我们就是不吃不喝，也要把我孙带好，各自安安心心在外面挣钱。莫挂牵！"

自此，小乐的父母靠手摭米糊羹养了小乐的女儿半年多。小乐的奶奶当时已经八十多岁了，因病已不能行走。老人家喜欢热闹，每天早上起床后，都要小乐的父母给她放把椅子在屋檐下。她坐在椅子上看院子里的人进进出出，忙忙碌碌。

小乐娘家是大院子，院子里有几十口人，这个跟老人家说说话，那个陪她聊聊天，一天就过去了。自从曾孙来了之后，她又多了个乐趣，便是抱着曾孙逗，说着小家伙听不懂的往事，像是在自我回忆，又像是在和老朋友聊天。

七个月后，小乐的奶奶病情加重，食管癌转移成肺癌晚期，瘫痪在床，吃喝都要人喂。小乐父母怕外孙女受影响，加上确实也没有精力照顾，便给小乐夫妇打电话，商量小家伙的去处。此时，小乐早已被蒋文武接到了深圳一起上班。

蒋文武第一时间联系了他父母，他说："如果你们不愿意带孩子,那我只有把她接出来,小乐辞工带孩子,我一个人养她们,就没有多的钱给你们寄回去了。"

他父母一听,"这怎么行!"第二天就跑到亲家家里接走了孙女。

三个月后,小乐缠绵病榻十余年的奶奶去世。

小乐奶奶去世的头一天,小乐刚好做完引产手术。接获奶奶去世的消息,她哭得肝肠寸断,那可是最心疼她的菩萨啊!在她还没能力挣钱时,奶奶常常给她零用钱;自己有好吃的也总是第一个想到小乐。

小乐想起小时候和奶奶一起睡,冬天,她的脚很凉,但奶奶不嫌弃,总是把她的脚抱在怀里捂着;结婚后养胎时,小乐没有经济来源,奶奶总是悄悄地往她包包里放钱;还总是问蒋文武有没有钱用,莫把她孙女亏待了。

小乐的菩萨走了,小乐的守护神离开她了。

小乐哭着给家里打电话,要回家奔丧,要回去给奶奶戴孝。家里叔伯婶娘轮着安慰她,父母求她不要作践自己,毕竟她才刚做了手术在坐月子啊。

小乐的弟弟刚从部队退伍,到深圳投奔姐姐姐夫不到一周。小乐才做完手术,蒋文武就不见了踪影,照顾小乐的重任便落在了弟弟身上。

这几天因为弟弟来找工作,蒋文武脸色本就不好,他们便也不想找他下话。于是,小乐姐弟俩都没能回去为奶奶送山,这也成了他们终生的遗憾。

小乐做引产原属不得已。离开老家时不知道已有身孕,她的月事一向不正常,且这几个月多多少少也没有间断过。因为找工作不顺,加上蒋文武不赞成小乐离他太远,两个人常在电话里争吵。

见嫂子终于到了哥哥身边，但情绪不好，小姑子云秀便提议让小乐随她去婆家看看，小乐也想去散散心，便去了。谁承想，去了以后小乐总是呕吐，成天没精打采的，又总是失眠。她们都以为是水土不适。

小乐吃了很多感冒药，因为月事总是不准，还吃了很多调经药。加之生女儿前就患有肾结石、尿结石和胆结石，时常腹痛、尿血，打结石的药也吃了不少。

小乐从小姑子那里回来，去了蒋文武那里，倒也过了一段平静的日子。小乐总是在半夜吵饿，还老觉得肚子里有东西在动。她对老公说：我感觉我肚子里有娃儿在动。

蒋文武说她想娃儿想疯了，每个月都来月经，还有娃儿在动？"嗯呐，那怕硬是说你怀了个怪胎！"

小乐把他的手按在肚子上，他也感觉到像是被什么踢了一下。两人赶紧去医院检查，一查，已经怀孕五个多月。

两人高兴坏了，但随即又想起这些日子小乐没少吃各种西药。他们有些忐忑，找医生咨询，医生说按理是不能留，但从彩超看胎儿各方面都还不错，他们便决定留下，蒋文武给小乐买了很多养胎类营养口服液。

又过了一个月，小乐还是有轻微出血现象。他们又咨询了医生，大多建议不要留，因为不能保证孩子是否健康。医生说：如果生下的孩子不健康，不单是对自己不负责，也是对孩子不负责，不单会苦了自己，也会苦了孩子。他们便不敢冒险，犹豫再三，还是决定做了。

老一辈流传一句俗语：六不引产八不生。医生也说六个月引产危险系数大，七个月再来。小乐感受着孩子的胎动，想象着肚里孩子的样子，想到就要失去他，她夜不能寐，整夜哭泣。蒋文武安慰她说：我也很难受，但我们不能冒险。

孩子引产下来了，是个男孩儿。医生给蒋文武看，蒋文武脸色一下子就变了，冲出了产房，两天都没有现身。此后很多年，小乐无数次在梦里见过那个孩子，无数次在梦中哭着醒来。

奶奶走了，肚里的孩子没了，老公不见了，小乐伤心极了。

蒋文武终于回来了。

小乐奶奶去世，老丈人第一个联系的是他，他没告诉老丈人自己没在诊所照顾小乐，他也没亲自告诉小乐这个消息，只把电话打到了租房楼下老乡的店子里，叫老乡转告给小乐的弟弟。

那时候，都还没有手机，混得好的也不过带一个BP机，大多是打店子里的公用电话。因为没钱去大医院，小乐的手术在村子里小诊所进行，引产当天就在弟弟搀扶下回到了租房。

第二天，为了打回老家的电话，小乐忍着剧痛，从五楼走到一楼，又从一楼走到五楼。弟弟要背她，她不让，弟弟还没有女朋友，老家风俗说，男子背月子里和月事里的女人，是要倒霉的，她不想弟弟倒霉。

十七

蒋世全去世三个月后某个晚上,在小乐给廖明英打电话问她们婆孙在家的生活情况时,廖明英抽抽泣泣地说:"我可能也是你老汉那个毛病。好几天了,吃东西哽得很。"

听老太太这样一讲,两人紧张了,有老爹的病例在先,夫妻俩不敢怠慢,天一亮就起程赶回了老家。

依然是带着老太太去了小乐堂哥的医院做了全检,同去的还有小乐娘家一位堂叔,和小乐婆母廖明英同样症状。检查结果不出意料,两人都是食管癌,不同的是婆母的要轻一些,早中期,而小乐的那个堂叔已是晚期了。

尽管蒋世全生病花光了家中所有积蓄,并欠了十几万债,开公司贷的几百万还要还利息,小乐夫妇还是第一时间找朋友借了三万,带廖明英去了省外的一家医院动手术。

早在公公查出癌症时,小乐就多方托人打听到了这家医院。这是一家专治食管癌的权威医院,小乐老家有人十几年前在那里动过手术,恢复得很好。当时小乐也提出带蒋世全去那里动手术,奈何蒋世全的病情已回天乏术。

小乐把婆婆的检查报告全部转发给医院主治医生诊断。医生看了小乐传送的病历文件,当即叫他们尽快把病人送过去,越快越好。

小乐他们听说，癌症早期到中期，有三到五年迁延时间，中期到晚期，最多不会超过一年，甚至有时只有三五个月，进入晚期，更是一天一个变数，拖不得。

小乐夫妇和小姑子云秀带着廖明英去了医院。

廖明英从医院检查回来，就不再吃饭，只靠喝点牛奶维系着。蒋世全患病后的种种，她都是看在眼里的，医院也是她同意并强烈要求去的。

虽然不承认，但骨子里廖明英对活下去有着强烈的渴望。平时发生家庭矛盾也好，与外人争斗也罢，她的口头禅总是"我不怕死""我最不怕死"，但从查出癌症那一刻起，她却害怕死亡真的降临到她头上。

廖明英不停地给儿子、媳妇和女儿讲那个手术后活得好好的老头，她怕！怕他们耽搁时间，或者根本不带她去做手术。其实，那三天小乐他们是在等医院的通知，并且在筹措资金。

廖明英很矛盾，虽然她想活，但她也知道这个病会花很多钱。儿子公司开张没多久，老头子医病又花光了所有的积蓄。私下里，她曾不止一次抱怨：

"早晓得还是要死，就不该花那么多钱！"

"个老东西哟，把我儿子的钱都花完了，搞得他们房子都买不成哦！"

"我要是得了这么个病，宁愿死，也不去花那个冤枉钱！"

……

可现在，她真的查出癌症了，她又担心孩子们不给她医。

听说要带她去做手术，她又替孩子们着急了。她不无担忧地说："听别个说，动手术要好几十万呐。"

小乐知道她是在替他们担心资金问题，安慰她："那里要不了多少钱，你这是早期的，简单。"

从检查知道是早期癌，他们就没打算瞒着她。廖明英太精明，惯会察言观色，与其让她疑神疑鬼，不如直接告诉她，并让她积极配合治疗还要好些。

廖明英不信小乐的话，问儿子和女儿，他们也说花不了多少钱。小乐问过医生大概要多少钱，医生说这是国家定点扶持医院，每做一例手术国家都有补贴，所以患者本身用不了多少钱，手术费只要几千，主要是生活所需，两万足够了，她想着宽使窄用，还是多带了一万。

汽车沿着导航，越走越偏，穿过乡村，穿过密林，穿过小道，穿过麦田。深夜，看着越来越狭窄的乡村小路，看着两边齐人高的麦苗，听着此起彼伏的犬吠声，他们内心涌起阵阵不安。每个人都在心里暗暗怀疑："不会吧？是不是走错了？不会是村卫生所吧？"虽有怀疑，但又怕影响到旁人，都不敢讲出声来。

饶是如此，他们还是决定跟着导航继续前行。他们尽可能地屏住呼吸，不敢大声说话，甚至相互叮嘱："不管谁敲窗都不许开！"电视电影网络上关于敲窗抢劫的新闻屡见不鲜，谁也不敢保证会不会"中彩"。除了汽车的转轮声，便是他们沉重的呼吸声。

过了一个村庄又一个村庄，穿过一条小道又进入另一条小道。没有酒店，没有旅馆，他们也不敢停留，只能一条道路走到黑，沿着导航开下去。

夜，漆黑而漫长，一如这深不见光的麦地小路。偶尔，汽车在泥路上触碰到坑洼，剧烈地颠簸一下，他们便齐声发出惊叫，借以发散心中的恐惧。在辽阔的麦田和村居小巷间穿行了不知多久，终于，在夜间一点多，他们到达目的地。

出了两堵泥墙中的狭窄小道，眼前视野突然开阔起来。并不明亮的车灯下，能看出马路至少二十来米宽。夜色笼罩下，格外肃穆。小乐出发前找医生要了医院后勤部电话，在这里，只要你愿意出钱，是可以全家一起住单间的。

他们要的独立空调房已预留上，当晚便在医院宿舍落脚，省去了找宾馆、酒店的麻烦。当地水资源匮乏，医院用的是地下百米深井水，加之去时太晚，锅炉房早已停止热水供应，不要说洗脸洗脚，就连喝口开水都没有。

好在，小乐提前有和宿舍护工沟通，像婆母这种胃刁的可以自己用电磁炉做饭，他们来时已带好了炊具。小乐用电磁炉烧了开水给廖明英冲奶粉，又将湿面巾用热水泡热给她洗了脸擦了脚。

三十几个小时的颠簸，云秀早已疲惫不堪，她本就晕车，好在蒋文武担心抖着瘦弱的母亲，不敢开太快，虽然没吐但胃里也早已翻江倒海，云秀嘴里嘟囔着"好累哦"沉沉睡去。

廖明英自小晕车，平时坐半小时客船去赶集都要吐上好一阵。所以，来时小乐备好了醋水、晕车药，还在廖明英的手腕处用纱布给她绑了几片生姜。并买了金橘和广柑，不时地剥皮放在鼻子下嗅。也不知是因了防御得当，还是因为求生意志力使然，廖明英一路上没有因为晕车而唠叨一句，也没有呕吐。

母亲没晕车，这让兄妹仨好一顿猛赞。这里面当然也包含着他们故意逗母亲开心的意味。

云秀说："这个人还能干呢，居然坐了三十几个小时没吐。平时说晕车晕车，怕是装的哦？"说完，对小乐夫妇直眨眼。

蒋文武说："可以哟！妈妈你说说看，是哪种方法起的作用。"

小乐说："人家妈妈是怕你们担心，影响你开车，忍到的。"

廖明英悠悠地说："你们也说得出来。你肚子里如果一点儿东西都没得，看用啥子吐。"

确实，自医院检查出患癌开始，廖明英便不怎么进食，就算牛奶，也是实在坚持不下去时才喝点。她听别人说癌症病人有很多忌口，怕一不小心就病从口入，加速转移。

在车上，尽管儿子车开得很慢，她依然觉得那颠簸快要将她的骨头拆了。幸亏小乐担心医院的被子不干净，带了自己床上的过来，后排坐垫垫得厚厚的，每每躺下时，小乐担心车子摇晃，又将她的头牢牢抱在自己腿上。在一路摇摇晃晃中，她居然睡了不少时间。只是，睡得总不踏实，路上坑坑洼洼太多，她总是被颠醒。

她无数次问还有多久，儿子总说还早还早，后来她就不问了，反正在去往医院的路上，她已安心不少。可真到了医院，廖明英倒一下子紧张起来，没了睡意。

房间里四张床，母子四人正好一人一张，可廖明英说她怕，不愿意一个人睡。云秀睡觉不老实，总是将被子卷在自己身上,母女俩以前睡觉老是半夜吵吵,小乐便和婆母睡。

蒋文武和云秀两兄妹已传出轻微的鼾声,小乐也累了,她躺在廖明英的脚边,正欲睡去,廖明英和她说起话来。小乐知道婆母紧张,别说婆母是病人,就她这个健康的病人家属,在进入医院那一刻,也被医院无形的阴冷氛围压抑得喘不过气来。她只能强撑着安慰婆母。

廖明英有一句没一句地和她说着自己的感觉。

"这医院好像没得啥人啊。"

"这是晚上两三点啊,人家都睡了。"

"好像这里比我们老家冷些。"

"才四月份呢,我们老家有时候也冷。怎么,妈你冷吗?要不要开空调?"

"开起嘛。总觉得这房间阴森森的。"

过了一会儿,小乐刚把眼睛闭上,廖明英又在摇她的脚:

"电费是不是我们自己出?"

"是我们自己出。"

"关了吧,浪费,现到没有钱。"

"不怕,用不了多少。"

"关了吧,空调开起嘴巴鼻子都是干的,喉咙也干干的。"

"那我关了,等会儿冷了再开。"小乐将空调关了。"妈你还是睡一会儿吧,明天要办入院手续呢,肯定还要检查。"

"又要检查吗?在老家不是都检查过了吗?"

"老家检查的不够用,医院住院要重新检查的。"

"我第一怕做胃镜了,那个管子伸到喉咙里搅,肠子都要吐出来,又痛死人。"

"那也没得办法啊,谁让您生错了病呢。其他我们都可以替,这个没有人可以替的。"

"是不是要开刀啊?"

"可能吧。检查了才晓得。"

"别个说的开了刀,脖子上要插一根铁管子,以后吃饭只能从管子往里倒。"

"莫听别人瞎说。病房那个老人家不是好好的嘛!"

"别个还说开了刀要化疗,化疗头发要落完,牙齿也要掉光,成了光头、入巴口(没有牙齿的样子),那好难看哦。"

"不会的,你这是早期,莫自己吓自己。"

"你麻不到我。我晓得的,别个电视上那些人,癌症化疗后头发都掉光了的。我又不喜欢戴帽子。"

"因人而异,不是都要掉的。说不定不用化疗呢,金医生说过也可以电疗,到时候看情况再说嘛。"

"如果要化疗,就不动手术,回去吃中药,管其他的,活到哪天算哪天。"

"你老人家就不要胡思乱想,自己吓自己了。也许明天检查了不用动手术呢。人家这里可是相当权威的食管癌研究基地。既来之,则安之。我们要相信科学,相信医生。"

听婆母又在干咳,小乐起床给她倒了一杯开水。知道老太太肯定是没有要睡的意思了,索性起床拿起毛衣织了起来。

老太太总说买的毛衣不暖和,让云秀给她织一件贴身穿的，云秀说早不织手都疏了。小乐见老太太天天念叨，便买了一斤半细纯羊毛线，给她织一件春秋天穿的。在广东白天要上班，只有晚上回来偶尔织一点，这会儿还差两只袖子没织好。想着在医院除了陪老太太啥也做不了，也就一起带来了。

老太太也披衣坐起来，看着儿媳织毛衣，婆媳俩有一句没一句地聊着。

他们以为人并不多，所以没有早起排队。却不想，天亮出门才发现人之多，多到不敢想象。趁小乐她们去找医生的当口，老太太自己去找宿舍楼的病患聊天。

医院病床紧张，轮到廖明英，至少要在十天后了，没有床位便不能办理入院手续，办不了住院手续便不能安排检查，更不要说手术治疗，这远远没达到他们的预期。

他们再三确认，实在没有办法，只能颓丧地回到宿舍。兄妹仨商量着，要不让蒋文武先回公司，云秀和小乐在这里陪着等床位。廖明英却带回了好消息。

廖明英一进屋就吵饿了，让小乐去做饭。听得老太太吵着要吃饭，三人都很是高兴，这是自检查以来这一个星期，老太太第一次主动要求吃饭，几人赶紧分头行动。蒋文武去买生活用品和蔬菜，小乐和云秀去病患厨房安排灶具摆放。

所谓病患厨房，其实就是一间超大的、类似生产车间的空屋子。三面通风，目测有三四百平方米，里面安放着一排排像凳子一样不足一米高的长石条子。每隔两米远有一个小小的木柜子，柜子可以锁，里面有水龙头开关、电源插板，还可以摆放一些简单的调料。场地使用费每天二十元，厨具租用每天二十元，开水每壶一元，每桶三元。

小乐他们自己带得有炒锅和电磁炉，少了厨具租用这项。柜子很脏，厨房更脏，满地污水、垃圾，充斥着酸臭味。你想破脑袋也无法将它与医院、卫生、厨房联系到一起。

饶是如此，小乐还是做了一荤两素加一汤。别人大多是将锅端到外面平地上，端着碗或蹲或站，就着锅夹菜吃。小乐可不敢让婆母在这样杂乱的环境下吃饭，事实上在这样的环境下，她自己也不可能吃得下去。她和蒋文武把饭菜端进宿舍。宿管阿姨看小乐托盘里的汤碗，由衷地说了句："你们这屋子是讲究人。"

担心婆母咽不下，小乐将米饭煲得比较软烂，瘦肉剁碎做了个绍子蒸蛋，还有黄焖豆腐，青菜也将菜梗与菜叶分开，并特意将菜叶炒得熟烂一些，萝卜丝丸子汤浓香扑鼻，一切以廖明英能吞咽为要。

廖明英食指大动，许是久未吃主食，一碗米饭很快见底，蒋文武三人面面相觑。蒋文武像哄孩子一样，一边替母亲擦去嘴角的汤汁，一边夸奖母亲："能干！能干！"

待小乐和云秀收拾妥当，蒋文武将没有床位的消息告之母亲。原以为会引来母亲的盛怒，却不想廖明英听了并不以为意。小乐把老家医院开的消炎药每一颗都掰成四瓣摊在面巾纸上，递给婆母。廖明英接过，全部放进嘴里，"咕咚"一声喝了一口水送下。

由于喝得太急，呛得直咳嗽，差点把刚吃进去的药呛出来。吓得小乐直拍她的背，"你慢点，慢点。"

廖明英脸上没有平时吃药的那种痛苦，一副轻松的表情，仿佛吃进嘴里的只是一块零食。她擦擦嘴："总莫信!有床!"

廖明英说她上午和宿舍楼里的病人接触过了，住在这里的基本上都是在等床位的，光打听到的就有三十几位。也有些是已经手术的，还有即将出院的，这两天出院的就有好几位。他们说只要有关系，就能优先安排。

廖明英还说，很多人都是第二次第三次来了，大多是本地人。有的自己一个人来，七八十岁还来动手术的也有，更有自己术后又陪父母亲来的。

她还听当地病人说，他们那里基本上每家都有得食管癌的，都来这里动手术，术后活了三四十年的大有人在。大家都说这里的医生医术高明，还劝她不要担心，这也是她终于放下心来，愿意进食的原因。

安排好了床位，廖明英住进内科病房，当天就安排了检查，检查结果显示和老家的完全一样，手术安排在两天后。一通检查下来，廖明英又紧张了。

病房里的人都不怎么喜欢交流，而且都是来自全国各地的患者，沟通障碍也是原因之一。大多都是因为生活窘迫，才不得不来此就诊，有钱的还是选择去北京、上海、深圳的大医院。如果不是确实没钱了，蒋文武他们也会带母亲去更好的医院。毕竟，在人们固有的认知里，越是大城市，医疗技术越先进，越让人放心。

没有人愿意拿自己亲人的健康、生命作赌注，除非迫不得已。别看他们在母亲面前一副没事的模样，私下里不知流了多少泪，他们无数次埋怨自己无能，不能送母亲去更好的医院治疗。

病房管理相对严一些，每天晚上九点熄灯，其实八点多那些病友就睡了，只有廖明英睡不着，躺在被窝里胡思乱想。她想起老头子生前对她的咒骂，想起听到的那些关于术后的传言，她便觉得害怕，她让小乐给护士讲让她回宿舍楼睡。护士倒也好商量，提醒她们手术前一晚必须在病房，就让她走了。

廖明英由于术前紧张不能入睡，小乐只得继续陪她通宵聊天，开解宽慰她。这时的婆母在小乐眼里就像一个迷路的孩子，急切地寻求着别人的帮助与呵护。

小乐看到了婆母强势背后的软弱，还有在她面前袒露内心害怕后的那份羞怯，她装着不经意地给婆母以温暖。小乐不禁在心里感叹病魔的强大，婆母那么要强的一个人啊，在病痛面前却像一个易碎的瓷娃娃。

术前最后一晚，小乐陪着婆母住在病房。连着三个晚上的彻夜不眠，加之紧张过度，反而困顿来袭，廖明英终于承受不了，陡然睡去，小乐也在狭窄的陪护床上酣然入睡。

早上八点，护士来做术前检查，给廖明英换了病号服，嘱咐小乐他们一些注意事项。看着眼前一堆堆的待签手续，蒋文武腿脚直打哆嗦，小乐看他双手实在抖得厉害，问护士她可否代签，护士说只要是直系亲属都可以。

没承想，拿起笔，小乐立马觉得手上的笔力重千斤，握笔的手也抖得不行，但比蒋文武要稍好一点。她在一张张告知书上歪歪扭扭地写下自己的名字，那字就像她初次拿笔学写的一样难看，她也顾不得了，耳朵里轰隆隆地响个不停。

一堆手续办下来，术前检查结果也出来了，他们在护士的指引下推着廖明英七拐八绕来到手术室，手术室前已经有七八位病患在排队。廖明英在六号台。在手术室门关上的那一瞬，三人突然抱在一起大哭起来。

小乐想起嫁进蒋家这十几年和婆母相处的种种，想起她曾经给过自己的那些责难，也想起她患病后的无助可怜。小乐不知道自己此刻对婆母是爱还是恨，只是觉得这个老太太很可怜，她突然真的担心老太太在手术台上下不来。

看着眼前痛哭的男人，小乐又觉得老公可怜。他的父亲已经没了，母亲此刻又躺在冰凉的手术台上，生死未卜。在父母的羽翼下生活了三十几年，他自己还是一个不成熟的男人，却一下子要承担父亡母病的天崩磨难。

仅仅两年，蒋文武苍老了很多，眼角的皱纹多了，人也消瘦了。因为烦恼多了，性格也相对暴躁易怒多了。她又想到婆母术后将会有一场更严峻的持久战要打，刚开不久的公司、年幼的孩子、脾气变坏的老公、重病在身的婆母，如此种种今后都将由她来承担。以至于后来，她自己都不知道是在哭婆母的可怜，还是在哭自己的命苦了。

手术室外的其他病患家属，看他们哭得上气不接下气的样子，实在困惑不解。纷纷安慰道："莫得事的，哭啥！进了这个医院你就放心吧，在这里，这就是个小手术，就像你们那儿的感冒一样简单。"

蒋文武哭得更伤心了，这可是癌症啊，要了他父亲性命的不治之症，怎么可能和感冒等同！穿着手术服的主治医生举着戴着消毒手套的双手随后赶来。小乐在他进手术室前拉着他的袖子，想要说什么，却一句话也说不出来，只是一个劲地摇他的手,又一个劲地流着泪弯腰作揖。

医生看出他们的担心,一脸轻松地说:"没事,别担心。食管癌嘛,就是喉咙那里发生病变,长了个小东西,就像我们平时手上长了个小疙瘩。只不过一个长在表面,一个长在里层,把表皮切开,把疙瘩切掉,缝起来就行了,小手术而已。留一个人在这里就行了,其他人回房间睡觉去。"

听了医生的话,加之看那些病患家属或三五成群坐在地上打扑克,或蹲着嗑瓜子,或围成一圈聊天,更有几个人直接倒在外面大厅的候诊椅子上睡大觉,三人也就没那么担心了,渐渐止住了哭声,为了缓解紧张,云秀两兄妹也走到人群中聊天,小乐斜倚着墙,听他们闲聊,还是无声地流着泪。

那位八十几岁的大爷下巴上满是白须,他爽朗地给大家介绍,说他是陕西人,十多年前他在这里动手术,十年前老伴在这里动手术,三年前老伴走了,现在,他陪儿子来这里动手术。儿子今年六十三,儿媳妇早几年也心脏病走了,孙子、孙女在外地成家,就他们父子俩相依为命。他掀起衣服给大家看他的伤疤。"怕啥!反正都要死。不动手术死得早点,动了手术还有机会活。"大爷乐呵呵地说着,看不出一点儿担忧。

"也许,只有到了大爷这个年纪,才会把生死看得这么淡吧。"小乐想。

患者家属们聊得热火朝天,小乐却觉得时间过得越来越慢,她不停地看手表。蒋文武看她一直在流泪,心中感动,走过去拍着她的肩膀,"你回去睡一下嘛。"小乐摇摇头。她不是不知道累不知道困,是实在不知道接下来的路有多艰辛。

十八

廖明英的手术进行了七个多小时,中途医生没出来过。小乐他们看别的患者手术中都有护士拿单子出来找家属签字,更有人签病危通知书,也跟着紧张起来。渐渐地,三个人又紧挨着靠在一起,每个人都在颤抖,他们害怕,害怕母亲手术过程中遇到危险。

那个江西大姐说:"没有找你们签字,就表示手术很顺利,不用紧张。"可他们还是很紧张,且随着时间加长,越来越紧张。手术室门不断打开,不断有患者推出来,又不断地有新的患者推进去,门口的患者家属,一批走了,另一批又来了。

终于,护士在门口喊:"廖明英家属,过来。"三人扑过去。廖明英躺在推床上,床边支架上吊着输液瓶,脖子锁骨处露着一截铁管头,浮肿的脸颊,双目紧闭,嘴巴微张,传出均匀的鼾声,眼角似乎还有一丝笑意,好似沉醉在一场美妙的梦境。

"妈妈,妈妈。"他们不停地呼喊着,廖明英没有反应。

医生说:"麻药还没过,她听不见。"

医生、护士一行将廖明英送进病房,接上各种监测器械,换了药液。护士问蒋文武,需不需要麻醉棒,要国产的还是进口的，国产的便宜，进口的价格贵但时间长，蒋文武拿不定主意。小乐说用进口的吧，她知道婆母娇气，稍微有点疼痛都会呻吟半天。

"就进口的。"云秀也说，"这人娇气得很，怕痛。"

安置妥当，医生拍打着廖明英的脸，将她拍醒，"唉，醒得了。快看看，这是哪个？"

廖明英迷迷糊糊睁开眼睛，眼皮稍微眨了眨，眼仁翻了下，又欲睡去。

"醒得了，醒得了。"医生又拍她，"你叫什么名字？"

她脸上肌肉动了动，眼皮子动了动，没其他反应。

医生提高声音："你叫什么名字？别懒，快回答。"

"廖—明—英。"她口齿不清地回应。

"大声点，叫什么名字？"医生故意吼她。

"廖—明—英。"声音细若蚊鸣地回答。

"叫什么？"拍在脸上的力度加重了。

"哎哟，痛啊！"她条件反射地哀嚎一声。

"叫什么名字？哪里人？"医生又问。

"廖明英，四川。"这次十分清楚。

医生说："眨眼。"她配合地眨眼。

"张嘴巴。"她又配合地张嘴巴。

"抬左手。"她右手指动了动。

"左手，那是右手。"医生拍拍她的左手。她左手指动了动。

"抬右腿。"她轻轻动了动右腿，医生拍了她腿部一下，"抬起来，莫偷懒。"她听话地往上抬了抬。

"这里痛不痛？"医生用手按按她的腹部。

"不痛。"

"当然不痛,这里又没动刀子。"医生笑,故意逗她。

又按按胸部肋骨处,"这里痛不痛?"

"痛!好痛!"她痛得咧了下嘴。

"痛就对了。"医生笑。

医生在本子上记了些文字,转头对小乐三人说:"隔二十分钟叫一次,要叫答应,不要让她睡着,睡着了就有可能醒不过来,两个小时后叫医生来检查。不要给她垫枕头,用棉签给她润嘴巴。观察导流袋,每两百毫升倒一次,记下次数和时间。随时观察,有什么及时叫护士。"

三人一一回应着:"好!好!"

小乐打来一盆热水,给廖明英清洗脸上手上的污渍。她用棉签细心地擦拭婆母的手指缝,她边清理边说:"妈妈是一个多爱干净的人呢,不能让她醒来看到自己的狼狈。"

接下来的两个小时,三人不停地折腾着,不是捏母亲的脚,就是掐她的腿,再或者翻她的眼皮。

云秀开玩笑地说:"这人凶得很,我们抓住机会报复。"

她拍着母亲的脸,"这下你凶嘛,又起来骂人嘛。"又轻轻扯她的嘴角,"这张嘴会骂人得很呢。"

廖明英迷迷糊糊地说:"莫打啊。哎哟,痛啊。"

云秀越发玩得起劲,笑着说:"偏要打,这个时候不打,就没得机会打了。"

蒋文武夫妇哭笑不得。

同病室的人看他们兄妹一直不消停,说不用叫得那么勤,让她适当睡一下,半小时给她捏一下腿,有反应就可以了。小乐也觉得有点过了，制止住云秀胡闹，坐在床边轻轻给廖明英捏着双腿，在心底感叹着生命的脆弱。

两个小时后，在医生的确认下，他们才放心地让廖明英酣睡。想到夜间还要侍候，决定三人轮流护理。

小乐白天要买菜做饭，晚上一个人回宿舍睡。躺在空荡荡的宿舍，听着墙外电箱传来的"嗞嗞"电流声，小乐莫名紧张起来。她想起婆母手术前一晚说的："别个说，我们住那个房间，半个月前死过一个老头啊。"她便觉得全身肌肉紧绷，好像屋子里有无数双眼睛在暗暗地看着她。

她把所有灯打开，双手合十对着满屋子作揖："不知者无罪，不是有意要打扰你们的。也是为了给老人看病，若有惊扰，万望恕罪！"仿佛不经过这一番操作，内心就得不到安宁一样。

天快亮时，小乐才沉沉睡去。

第二天下午，廖明英有排气。医生说可以给她喂食一点不含油的青菜米汤。

小乐把小米熬烂，用纱布漏去米粒，将小油菜切成细细的菜茸，加到米汤里熬成汁，再用纱布过滤一下，待温热时顺着导食管喂进去。这是一个技术活，菜汤不能过多，每次三五勺，汤汁不能过浓，容易堵塞，不能过快，容易溢出。

第三天，廖明英可以下床扶着在室内走动了，推着去了电疗室电疗。电疗就是对着伤口处电烤，有敷药膏，烤起来有轻烟，也有煳味，廖明英说很痛很痛，但比起不用化疗掉头发，只每天两次电疗，这点炙烤廖明英能挺住，并积极配合。

取了导食管,可以进食一些带小米的菜粥了,小米依然熬得很烂。慢慢地,人可以扶着去电疗室,也可以推着去花园转一圈了;可以进食不太浓的蛋花汤、鱼汤、肉汤了,也能扶着走去花园散步了;能吃一些软烂的米饭和菜了,可以自己走着去医院花园散步了;脸上气色好了,能和他们有说有笑了。

……

时间说慢也快,一晃就是廖明英术后八天。这天,电视新闻播出了川东地区发生特大洪涝灾害,小乐的母亲和一双儿女还有娘家侄女都在重灾区。

小乐与母亲通电话时,洪水已涨至二楼,母亲与孩子们住在四楼。女儿在电话里颤抖着说:"妈,水涨到二楼楼梯了,还在涨。我好怕。"小乐哭了。

父亲在乡下老屋,因上游突发洪水淹桥,去不了母亲住的街道,在电话里也是担忧不已。小乐给堂哥打电话,堂哥在河对岸街上,渡船已停止运行,他们也过不去。

小乐隔几个小时打一次电话,女儿在电话里汇报实时情况:

"水进二楼了。"

"进三楼楼梯了。"

"水电气都停了。"

"家里没吃的了。"

……

每一条消息都让小乐心惊胆战。她小心翼翼地和蒋文武他们商量:"要不,我先回一趟老家吧。这么大的洪水,妈和孩子们在家,我不放心。"

廖明英和蒋文武也着急。他们去咨询医生多久可以出院,医生说至少还有三天。

隔天早上,小乐与孩子们视频,洪水已进四楼,他们已经搬到顶层六楼了。不到四岁的儿子和侄女还在楼梯玩水,丝毫不知面临的是怎样的灾难。万幸的是,洪水暂时没有再涨了。

女儿说:"整幢楼的人都在一起,没有气,没有干净的水,之前接的水也用得差不多了,所有的盆和桶都用来接了雨水。烧的钢炭还是之前烤火剩下的。不能做饭,前两天还能熬菜稀饭吃,今天菜也没了。除了一点点米,什么都没了,杨婆婆家剩的面条中午也全部煮了。"

小乐给堂兄打电话求助,堂兄说他们也无能为力,小乐妈妈住的地方巷道狭窄,障碍太多,救生艇也进不去。给父亲打电话,说背了一背菜想去街上,走到桥边,发现桥被冲毁了,过不去,他也着急得不行。

放下电话,小乐哭着说要回老家,要和孩子们在一起。廖明英和蒋文武兄妹也急得不行,四人商量提前一两天出院。

他们找到主治医生,说明家里洪涝情况。医生从电视上也看到了那边的灾情,说廖明英恢复得不错,提前一两天出院也不是不可以,只是要签署风险自担责任书。廖明英说她自己签字。两个孙儿在家被洪水围困,她也寝食难安。

办完出院手续,小乐踏上回川的列车,蒋文武驾车带着母亲和妹妹去往深圳。廖明英本意是想和小乐一起回四川的，但小乐考虑到老家灾情严重，道路情况不明，而婆母手术不久易感染，坚持让她去深圳。深圳有蒋文武，有云秀夫妇，还有廖明英娘家弟弟妹妹，不用担心没人照顾。

老家洪灾过后，肯定有很多事情要做，还要考虑到洪涝过后的次生灾害影响。所有种种，容不得有半点侥幸！世上凡事没有一万，就怕有万一，不能拿老人的健康做赌注。

小乐星夜兼程回到老家，万幸洪水已退去不少，清障车在清理正街淤泥。客车在进镇前一公里就不能继续前行了，小乐背着背包，里面是她的换洗衣服，还有几把在火车站出来时买的面条。街上的商店都不能营业，买不到东西。背包上用皮绳套着两箱方便面，左右手各提一大袋子，里面有午餐肉、火腿肠、饼干及鲮鱼罐头。

儿子在电话里说："妈妈，没有肉肉，我要吃肉肉。"

母亲说："炭已经烧完了，房东把他放在楼顶的破沙发砍了当柴烧，可以烧开水。"

灾情面前大家守望互助，眼下没能离开的四家人还在一起，十个孩子七位老人，小乐指望着这些东西能让几家人坚持到洪灾结束。她深一脚浅一脚地走在淤泥里，发着腥臭味的黑泥水溅到脸上、头发上、衣服上，她全然不顾。越往下行，淤泥越多，到河边渡口时，差不多淹过她的膝盖。

清淤人员阻止她前行，说明天就能将道路清理出来，再过河不迟。小乐一分钟也等不及，哭着说三个孩子和母亲几天没吃东西了，求求他们让她过去吧。清淤人员被她的眼泪打动了，帮她叫了快艇送她过河。

过得河来，淤泥更深，下船时差不多至腰部了。踏着一路泥泞，小乐终于到达目的地。她在楼下狂喊："妈，燕儿、儿子、梅梅，我回来了。"

随着洪水的消退，二楼以上的淤泥已被几位大人清理，几位壮劳力正在随着退除的水流清扫，母亲他们也已搬回家里。

孩子们正在窗口张望，听到小乐的声音，欢呼雀跃着跑下楼来。小乐把身上的东西卸下，脱去满是泥污的外套，抱着孩子们泪如雨下。孩子们帮忙把东西搬上楼，另外三家人也来帮着提东西。

小乐给每家人各拿了一听罐头、一包饼干和一把面条。母亲煮了一大锅面条，桌子太小，大家围在一块用床板搭成的简易大饭桌旁，吃了洪灾以来第一顿饱餐。

母亲说：对面楼上还困着很多学生，最严重的时候，那些学生站在对面楼冲他们喊："婆婆、爷爷、叔叔、阿姨，我们好饿，给我们送点吃的吧。"

小乐听了揪心不已，她跑到楼顶观察，发现已有救生艇在输送学生。母亲说由于手机没电，已有两天没能和父亲取得联系，小乐赶紧打电话告诉父亲这里情况，让他放心。又联系蒋文武，得知他们也已回到深圳。

蒋文武告诉小乐，安心在家处理灾后事宜，母亲有他们照顾，尽可放心。

孩子们因为嘴馋，打开了好几听罐头，没有吃完的就放进了冰箱。

夏天，又因为停电，第二天罐头起泡了，但孩子们不知道变质不能吃，吃方便面时依然把剩下的午餐肉埋进了面里。下午，孩子们开始拉肚子，到了半夜更是上吐下泻加发烧，小乐才想起可能是罐头惹的祸。

　　医院、药店都已被淹，小乐束手无策。打电话给父亲，父亲让赶紧烧一锅姜汤，多加点醋，每个人喝上两大碗，他又赶在天亮前扯了一堆草药绕路蹚着淤泥送来煎煮服下。

　　看着终于缓解的祖孙几人，小乐瘫在地上，半晌起不来。

十九

自廖明英手术回来,云秀姑嫂俩便承担起了照顾母亲的重任。小乐偶尔也去公司转转,主要以查看财务账单为主。

早在公司组建之初,几个股东便有约定,不让女人介入公司运作。但经营了一段时间后,发现财务方面还非得自己人管理,一个小数点都有可能导致巨额损失。

原来的财务因怀孕离职,新的财务文员不够细心,小乐在一次财务核对时,发现一笔十七万的货款,对账单上打成了一万七,而蒋文武也没细看就签了字。

所幸小乐发现及时,在业务员到对方公司对账前叫了回来,否则单此一笔就损失十几万。小乐当即对当月及之前对账单进行重新审核,又发现另外几笔错漏。几个董事研究后决定,第二天就让小乐正式担任公司财务总监一职。

因为廖明英的手术及老家洪灾,耽误了不少时间,账单堆了一大摞,月底对账收款在即,小乐只能每天用半天时间去公司处理。如此一来,在侍候老太太这块儿就相对要少一些,尽管如此,她还是尽可能地照顾到老太太的饮食需求。

术后半月的廖明英已如常人般能正常饮食起居。原本在术后的第一个礼拜，医生就告诉他们，要给病人适当进食米饭不要只吃流食。一方面是为了防止术后食管的结痂导致管道狭窄堵塞，另一方面也是为了更好的补给营养，便于术后电疗损伤修复。廖明英一直抵制，坚决不同意进食干性硬性食物，但有几次在小乐们的再三劝说下，也能吃进一小碗米饭了。

婆母不爱油腻，小乐早就知道。术后每一餐她都嫌小乐做的菜太过油重，事实上小乐已尽量做到少用油或干脆不用油，直接水煮。哪怕只有在水煮的青菜上撒上一滴香油，她也说太油了。小乐想她不爱吃油腻的东西，那就买瘦肉或鸡鸭鱼类吧，她的挑食却一次次让小乐无所适从。

婆母以前是吃鱼的高手，餐餐食鱼也不会厌，术后却见鱼就生气，说人家说的，吃鱼会导致癌症复发。而小乐咨询过医生，也买过关于癌症患者食谱方面的书籍，没有关于鱼肉致癌复发的佐证。医生在术后的第四天还特意嘱咐家属要喂食鱼汤，当时在医院她也有喝下。而且据小乐翻览查证，鱼类之中只有鲤鱼有易诱病因之嫌，而他们家从不吃鲤鱼。

鸡肉和鸡蛋廖明英也是坚决不吃的，也说是有发病之嫌。这也不吃那也不行，瘦肉总行了吧，可老人家说了瘦肉卡牙。无论小乐用什么方法把瘦肉做得如何之细嫩，她就是不吃，说不如肥肉好吃，这似乎又有悖于她不吃油腻的常理。

从此之后小乐尽可能多买肥肉，小区的超市却如同商量好的一般，大多不卖肥肉，充其量也就是五花肉要肥点。老人家又说了，五花肉稍炒一下就老了难嚼。那就煮久些吧，煮久也是如此。蒸吧，可蒸的也不行，婆母说了"蒸出来稀垮垮水洼洼的"。如此这般，小乐每天早上买菜时便得多跑几家超市、肉铺，比较一下看哪家的肉肥嫩。

因了婆母的营养之故，张小乐经常给她煲汤熬粥。可老人家说："汤有啥喝场？"每次一煲汤她就持反对意见，偶尔被张小乐说动也只是象征性地浅尝一下。那就熬粥吧，皮蛋粥是坚决不行的，她抵制皮蛋，嫌有味道、涩口。排骨粥、大骨粥，不放两片生姜她说太腥，放生姜她又说那东西上火。可医生和书上都讲适当地吃点生姜有助身体的营养吸收，更主要的是熬肉粥或骨头粥时能压住肉类的膻腥味。

老太太基本不吃外面的东西，进饭店更是抵制。嫌路边摊不干净、饭店的全是调料，馒头、包子、米粉、面条，通通不吃，豆浆、牛奶一律不喝，豆腐脑更是绝不沾口。小乐唯有每天早起给她做早餐，还不能天天重样，否则老太太会嫌嘴里无味。

一个月后，遵医嘱，蒋文武和云秀带母亲去医院做为期一周的电疗。廖明英身高不足一米五，手术前体重八十多斤，术后出院不到八十斤。按医生要求，这一个月体重必须恢复到术前，却没想不但没增加，反而比出院时更有所下降。电疗很伤元气，营养跟不上，体重不达标，都不利于治疗。

医生很生气，狠狠地训斥了云秀兄妹一通，云秀讲了母亲的各种忌口。

医生说："哪里需要忌什么口？这也不吃那也不吃，

营养哪跟得上？营养跟不上，怎么进行后续治疗？自己先回去，什么时候体重上去了什么时候再来。"任他们好话说尽，医生坚持不做治疗，只能打道回府。

被医院拒收的廖明英，自知理亏，一路都不说话。到家后，又被女儿好一顿埋怨。云秀说："我们几个班不上，整天围着你转，把你当先人一样供着。嫂子变着花样给你做吃的，你一天比皇太后还难侍候，这也不吃那也不吃。你既然自己找死，又何必去花钱挨那几刀？明明是穷人家的出身，偏要摆富人家的谱。我也不侍候你了，我去上班，各自爱怎么折腾怎么折腾。"

廖明英平日里傲气，何曾这样被别人抢白过，当下哇哇大哭。

她抽抽泣泣地对小乐说："那个死母儿说我装！我哪里是装欸？实在是吃不下去嘛。未必我不想长胖点，每天晚上睡到床上，那腰被床板硌得痛死人，垫几床棉絮都硌人，这全身除了皮就是骨头。还说我想死、花冤枉钱，未必我想吗？我还不是想早点好。那一把把的药以为好吞啊？"

小乐劝慰她说："我们也晓得你恼火。医生说的话你也听到了，不要挑食了哈。样样都要吃，营养才均衡。早点把身体补起来，好去做电疗。你也知道的，不及时电疗，不把残留的癌细胞烧死，就有复发的可能。那么大的手术都挺过来了，吃点东西有啥子呢？你就像我当初，为了催奶边吃边吐一样嘛，就算吃了会吐，那吐了继续吃噻，总要吸收点营养进去嘛！"

为了让老太太多吃点，小乐自创了很多菜谱，其中一道"奶香猪肚鸡"尤其受老太太喜欢。

有一次蒋文武外出请款,小乐要随行对账,家里没人做饭,又怕老太太一人在家孤单,索性带着老太太同行。中午没能及时赶回家,途中在一家"肚包鸡"就餐。小乐发现老太太吃了很多肚条和鸡肉,还喝了两碗汤,边吃边说汤好喝。

小乐在网上搜了一下猪肚鸡的做法,照着做了一次,却发现那汤没有店里的浓白,而且费时间,自创了个简易版的:

把猪肚洗净焯水切条,土鸡用白酒炙毛、去腥、剁块、焯水,生姜切片,锅烧热入油下鸡肉和肚条爆香,加入开水,撒上十几颗花椒(后来改用白胡椒),用高压锅压上二十分钟,待气阀下落后,取盖倒进砂锅,再加开水慢慢熬制,待肚条、鸡肉烂透,倒入一盒纯牛奶煮开,撇去浮沫。如此,一锅浓郁的奶香猪肚鸡就做成了。

第一次做好,老太太还有些抵触,不喝。说:"牛奶煮的有啥喝场!"小乐不勉强她,把肚条和鸡肉捞出来,调了一碟沾汁,另舀了一大盆汤端上桌,自己家四人和云秀一家三口吃得不亦乐乎。很快一盘肚条和鸡肉吃光了。

廖明英看最不爱喝汤的小孙子也喝了两小碗,最挑剔的女婿荣白太更是喝了一碗又一碗,边喝边说:"嫂子,你应该去开家餐厅,我觉得好多厨师做的都没有你做得好吃。"

廖明英怀疑地说:"嗯呐,硬是有那么好吃吗?骗我……"

小乐这才去盛了一碗递给她:"好不好吃,你老人家自己尝尝嘛,大家都在吃,又不会得把你闹死。"

老太太直叫:"少舀点!少舀点!"

没想到她一喝就喜欢上了:"好喝欸,没有奶腥味,也不油。"

又尝了一根肚条,发现那肚条也入口即化,鸡肉也不柴。廖明英说这是她手术以来吃得最饱的一餐。后来,小乐又试着用此方法煲猪脚、鸭子和鱼,味道也很好。她又在此基础上自创了奶汤火锅,老太太也很喜欢。

半个月下来,廖明英体重增至九十斤出头,符合治疗条件。蒋文武又带她去做电疗,由于前面有耽误,由原定的一周改为十天。这次电疗回来,饮食也恢复正常了,身体各项机能逐步好转。

按医生要求:术后第一年,前三个月,每个月去电疗一周;第四个月开始,每三个月去一次;术后第二年,半年去一次;术后第三年,复查一次;第五年再去,如果复查没问题就不用再去。

廖明英术后第三年,小乐的女儿进入县高中,儿子也到了入学年龄,为长远打算,夫妇俩将儿子也留在老家上学。为了照顾孩子们,小乐打算回老家长住。

小乐将婆母一起带回老家,廖明英不喜欢家里的气氛,她已习惯了外边的环境。无奈,小乐只得带着她再次回到深圳,将孩子们交由娘家父母照看。

因为小乐不放心孩子们的学习,要时常回家看孩子,开始了深圳、老家两边跑的双城生活,云秀便又辞工照顾母亲。但廖明英吃不惯女儿做的饭,她的胃早已被小乐养刁了。

云秀自小离家,在西北生活近二十年。小时候生活困难，顿顿稀饭、面糊，也无其他厨艺可学。去了北方，长期打工吃食堂，更是不用进厨房。偶尔回婆家，从婆家学到的厨艺也仅限于做一些简单的面食，除了会炒土豆、白菜，及一些简单的肉类，大多数时候都是一锅乱炖。

廖明英总是嫌女儿做的饭菜不合胃口。而且，由于成长环境原因，云秀也没有照顾病人的经验和耐心。她不比小乐，小乐是自小看父母怎样照顾奶奶的。面对廖明英的再三挑剔，虽是自己的母亲，云秀也觉得心里委屈。

这天，小乐照例回老家看孩子去了，云秀又给母亲做了西红柿烩面，廖明英一看就没胃口。"你一天除了稀饭就是面条，没有说像你嫂子那样，变点花样嘛！"

云秀火大："有人做给你吃，你还挑三拣四。嫂子做饭好吃，你还整天说人家不是咸了就是淡了。你那太后嘴巴，没得哪个做的合你胃口。有本事自己煮啊，都快一年了，你看你现在跟个正常人有啥子区别嘛。各自把自己当病人，有药都不吃的病人吗？"

因为廖明英术后恢复情况良好，饮食方面也控制得不错，除了必需的电疗，再无其他辅助治疗，基本跟正常人无异。

廖明英看女儿怼自己，莫名委屈，她一边吃一边流着泪说："你做饭不好吃，还不能说了。看你嫂子一天，我说啥子，她哪里有像你这样凶我过？"

云秀说："那是人家不想和你吵。你一天过场比啥子都多的人，也就嫂子忍得下去，换个人早就不管你了。"

廖明英吃了一筷子面，大抵是嘴里真的觉得没味，她把筷子往碗上一搁，"吃不下去！"

云秀气也上来了，想起自己班不上，来侍候母亲，却整天被嫌东嫌西。若不是自己亲生的母亲，她早就撂挑子不干了。这两天，云秀为老公酗酒的事夫妻俩吵架，自己正烦着呢，见母亲又耍起性子，气不打一处来，拿起母亲面前的碗往地上一扔，"不吃算了，要吃啥子各自煮去。"

饭碗碎地的破裂声，把廖明英吓了一跳，她一下子坐在地上，大哭起来。

云秀见她又故态复萌，也不去扯她，任她在地上哭闹撒泼，自己端了碗上阳台吃去。廖明英哭了一会儿，见女儿不理自己，也自觉无趣，抽抽搭搭回房间躺下了。

云秀知她一时半会儿是不会出来的了，也不想惯着她，自己关了门到厂里转悠去。也知她晚上不会吃自己做的饭，索性就没回去，自己去厂里食堂打了饭吃。

蒋文武回家时，正看见廖明英自己在厨房做吃的，却也是一碗清汤菠菜面。

晚上，小乐打电话问蒋文武婆母的吃饭情况，自她回去后，每天晚上都要打电话问下婆母，不然廖明英又要说她"都不过问一下"。

蒋文武便将母女中午闹矛盾的事对小乐说了，临了说："妹妹不想侍候妈妈了，怎么办？要不要请个保姆？"

小乐悠悠地说了句："连自己亲生女儿都忍受不了，你觉得有哪个保姆能让她满意？"

蒋文武说："妈妈还是多喜欢你的，她只是刀子嘴豆腐心，嘴巴不饶人，但却最喜欢吃你做的饭。这几天她天天在问你什么时候回来。"

"是吗？不见得吧。"小乐心里想着，却没说出来。她想起离开前几天才发生的事。

蒋文武的堂侄考上了理想的大学,当初在老家,蒋文武曾夸下海口,若侄儿考上大学,就送他一台笔记本电脑。如今侄儿如愿考上理想学校,蒋文武也很开心,邀他来旅游。

蒋家人丁单薄,蒋文武自己俩孩子,妹妹远嫁,且只有一个孩子;堂兄家两个姐姐远嫁,堂兄也只两个儿子。见大侄儿学业有成,是以小乐夫妇都有与有荣焉之感。

廖明英见儿子儿媳在侄孙身上投掷了这么多钱,很是气愤,她不好说自己的儿子,毕竟儿子现在贵为企业领导,便把怒火发泄到儿媳小乐身上。

在家吃饭时,她质问小乐:"你这么快就忘了他们一家是怎么对我们的了吗?"

小乐说:"老一辈的恩怨,不要怪罪到下一辈身上嘛。"

"不要怪到下一辈身上。你这么想,人家可不那么想!生燕儿的时候,她怎么撵到你床前骂呢?"

廖明英与大伯一家一直不合,从年轻时就打架骂架,年年不消停。所为不过是一锄土、一根苗等鸡毛蒜皮的小事,但每每又衍生成骂架打架大事。

小乐初时还劝他们以和为贵,自那次因劝言和被蒋老爷子夺碗发生争执过后,再不曾为他们的闹剧发声,她心知无法改变两家四人的固执,索性就听之任之,只求置身事外得个清净就好。却不想她想远离纷争,纷争却主动找上她。

那是生了女儿十天左右,吃完晚饭,天气太过闷热,蚊虫又太扰人,小乐早早进屋上床了。廖明英还端着稀饭在前院和几位表哥表嫂聊天开玩笑,不知怎么就和蒋家大嫂吵起来了。

小乐听得前院喧哗,还在叫蒋文武去把他母亲劝回来,"一天都在说累死了累死了,还有精力吵架,气力没地方使吗?"

却不想,蒋文武前脚还没出门,廖明英倒先回来了。她人还在院子里就嚷:"别个在骂你啊!人家说她结的还是后媳妇,还生了两个儿子。你自己不争气,生他妈个女。老子命才苦哦!"

小乐在里屋听见,蒙了。她疑惑地问:"你们吵架,咋还关我、关我女儿啥子事了?"

"怎么不关你的事?你要是生个儿子,老子也不得受人欺负了,别个还骂你男人是个'绝和尚'哦!"廖明英进到小乐房里,越骂越气,索性坐在门槛上撒起泼来。

小乐哭笑不得,赌气说了声:"神经哦!我生儿生女关别人屁事。吃饱了撑的!"

这边闹剧还没散场,蒋家大伯母却也端着碗进了小乐的房间,小乐觉得好笑,这些人倒还真有趣,一个个的吵架还不忘了吃饭,不过马上她也就明白了,不放碗是为了气势。

只见大伯母气势汹汹地站在小乐卧室门边,用筷子重重地敲着碗沿,发出叮叮当当清脆的声音,像战场上擂战鼓一样,以致小乐都怕她把碗敲烂了。

她指着蒋文武,却看着已经站起来的廖明英大骂:

"你屋头就是绝和尚!老子那儿子,结两个婆娘,两个都是孙,你那么能干,你儿才结一个婆娘?生的还是妈个女。"又跺着脚跳神一样指着骂:"绝和尚!绝和尚!"

小乐酣睡的女儿被她大婆婆的叫骂惊醒了,哇哇大哭。小乐拍着怀里的女儿,试图阻止伯母的辱骂,声音却淹没在两个人激烈的争吵声浪中。

两人开始还只是跺着脚对骂,骂着骂着,连双方的子子孙孙都被问候遍了。蒋文武也被气得不行,原本不想干预两人的恩怨,却不得不参与进来。

他去拉母亲与大伯母,让她们"要吵出去吵,莫在月母子房间吵",却谁也劝不动。

看蒋文武拉她,大伯母戏精上身,坐在地上撒起泼来:"打人了哦!二婆娘娘儿母子打人了哦!"早在房外和院子里的人一起听动静的蒋家大伯一下子挤进房来,抓住蒋文武就开打。

小乐看他们把女儿吓得不轻,自己也被气得不行,"腾"的一下站在床上,抓起枕头使劲往地上一扔,用尽全身力气摇着脑袋,大喊一声:"啊……都给我滚出去!"

吼完这声,她的嘴巴急剧地抽动着,牙齿打战的声音清晰可闻,她气得全身剧烈颤抖,一副摇摇欲坠的模样。张家的几位婶子见状赶紧过来拉住她。

大表婶拉着她的手把她按在床上:"幺儿,你莫管他们,你还在坐月子,要不得,这样吼要成哑巴的。"

小乐"哇"的一声哭出声来:"欺人太甚了!"

大伯母立马站起来指着她骂:"哪个欺负人?你们才欺负人,你们三个欺负我一个。该背时,你生女儿该背时,老子就是要咒你生不出儿子！老子就是要咒你变成哑巴！"

小乐又吼了一声："你们今天出不出去？再不出去我报警了。"她马上摸出枕头下的电话。

院子里的几个人也劝着他们离开："你们吵架跑月母子房里来做啥子哟，出了事哪个都跑不脱！"

另一个也拉着大伯往外走："你一个当叔老人公的，往侄媳妇房间钻，丢不丢脸？还不走，硬是等人家报警，村上的人全都来，就好看了哈？"

农村历来有公公、叔老人公不能进儿媳、侄儿媳妇房间之说。大伯自知理亏，这才骂骂咧咧地拉着大伯娘离开，其他人也和蒋文武拉着廖明英出了房间。

小乐抱着女儿，不觉悲从中来，放声大哭，全然忘记自己刚生了孩子不到半月。往后好几天，小乐因声带受损，真的几天都说不出话来，后来好一些，却也声音嘶哑，她一度以为自己真的从此以后再不能好好说话了。

蒋家大伯夫妇虽然离开了，却依然站在前院和廖明英隔墙对骂。没有蒋世全在身边仗势，廖明英自然落了下风，她便又偶尔骂一句不中用的儿子及没生儿子的媳妇。她已经忘了为何引起的骂战，似乎她们吵架的起因就是因为小乐没生儿子。

二十

小乐见廖明英旧事重提，无奈地说了句："他是他，他爷爷婆婆是他爷爷婆婆，你这就叫冬瓜奈不何扯藤藤。"

廖明英恶狠狠地说了句："老子就是恨那一家子，一辈子都恨！你也不是妈个好东西，胳膊肘往外拐！"

见怒火又莫名其妙迁延到自己身上，小乐哭笑不得。

小乐自问嫁入蒋家的十多年里，从不曾因为给老人寄钱而和老公发生不愉快。小乐一直庆幸自己嫁了一个孝顺的老公，她觉得那种首先孝顺好自己父母的老公，才会孝敬妻子的父母。

同样地，也只有自己加倍地孝顺他的父母，他才会对自己的父母关怀备至。在老公不在老家的那些日子，小乐从来不曾让公婆开口向自己要一分钱，都是在他们还有很多余钱的时候就把钱送回去。

每次季节变换，小乐总是第一个想到给他们换置衣物，每次回家，都是大包小包，两手提得满满的，生怕哪点考虑不周。

小乐认为她已经做得很好了，她自认为已经赢得了他们的喜爱。所以不管有多苦有多累有多委屈，她都尽力做到最好。小乐唯一和婆母不能统一的就是她记恨的心理。

廖明英总是记着上半辈子别人和她的恩怨，并牵扯到下一代。小乐告诉她，人不能一直活在仇恨中，要往前看。

小乐甚至劝她："都是经历过九死一生的人了，凡事要往开了想，别给自己太多心理压力。"

这点让婆母很反感，她总是说小乐没性气，替她的仇人讲话，照顾着她仇人的孙子。实际上，她所谓的仇人，不过是蒋世全的亲大哥一家。

小乐开玩笑说："总不能像过去的皇帝一样，一人犯法株连九族吧。"

廖明英就很生气很生气，冲完凉后自己气冲冲地拿着她和蒋文武的衣服去洗。小乐越阻拦她越生气，说不用小乐管，不要小乐服侍。

这些其实小乐都能忍，她一直觉得老人上了一定的年纪，多少会有点小孩子脾气，也就是所谓的"返老还童"。

小乐是一个极有耐性的人，对孩子从来都是言辞说教极少动粗，对老人也一样，她认为每个人都是可以说服感化的。

可小乐没想到婆母还是一个大嘴巴。

那天小乐去给廖明英的侄女租房子，没想到去了房东那里一趟就再也高兴不起来。房东太太告诉小乐，廖明英说她很讨厌小乐，说小乐不会挣钱，所有的钱都是她儿子挣的，说小乐把她儿子的钱管完了还全部拿给娘家用，说她一开始就不喜欢小乐，是她儿子硬要和小乐结婚。

房东太太讲这话时，刚好楼上有几个租客过来交水电费，她们都是帮子女带孩子的，平常会和廖明英一起转公园。便说廖明英也对她们讲过同样的话。她们告诉婆母小乐很孝顺、脾气好、气质好、修养好，在这里十多年没一个人讲过小乐一句孬话，可婆母说："再好我也不喜欢！"

从那以后，小乐心里有了一个疙瘩。婆母不是第一次讲小乐的坏话，上次带她手术后小乐回老家接儿子，原来在街上同住一楼的杨婆婆和王婆婆就告诉过小乐这些。

在她们眼里，小乐是一个不可多得的孝顺媳妇，知书识礼温柔贤惠，里里外外全都能应付自如，可廖明英说："再好，不是我生的，我心里都不舒服。"

小乐不知道要怎么才能做到让婆母满意，也不知道要怎样做，才是她眼里的好媳妇。从嫁到蒋家那天起，小乐就告诉自己，一定要做一个贤良淑德、不让人说闲话的好媳妇，不要辱了张家的门楣，坏了父母的脸面。

可婆母却到处散布她不好的言论。

小乐在结婚前有着不错的工作，刚结婚时，工资也不比老公低，但因工作优越过老公，让老公有心理落差，所以她离职了。

后来有了孩子，老公工资高了，也因蒋文武心疼小乐，不让她吃苦受累，一直不让她工作。再后来，有了第二个孩子、老公司股份分红、开公司，生活一年比一年好，老公更不让小乐插手挣钱之事，说挣钱的事交给他，小乐只管把家打理好就可以了。

尽管如此，小乐还是没有选择安逸，而是边开店边照顾孩子。十几年来，夫妻俩一直分担着不同的角色，人人都说他们是最幸福的一对，里应外合井井有条。

为侄儿的事被骂这几天，小乐的精神一直不好，总是偷偷流泪。加上感冒，心情跌到了谷底。小乐有一种离婚的冲动。现在孩子大了，家庭条件好了，也有了厂子，对老公而言，再婚不再是难事，或许他重新找一个能干的老婆，就能讨得婆母的欢心。

可老公那里……

他说过结婚是他们两个人的事，陪小乐一辈子的不是他的父母，而是他本人。可现在，婚姻还能说只是两个人的事吗？

那天晚上，母亲打电话，说新学期女儿学校开家长会，儿子也要开家长会，问小乐要不要回去一趟。电话接通的那一瞬，小乐就有了想哭的冲动，但她不想告诉妈妈自己有多委屈。

妈妈却一开口就告诉小乐要保重，说她已经知道老太太又无事生非了。厂里老乡太多，每次这边有一点点风吹草动，老家都会人尽皆知，大家都习以为常。于是，眼泪像决堤洪水般奔涌而出，母亲永远会在这个时候给儿女安慰。

妈妈没有埋怨，没有埋怨小乐不听他们的话坚持嫁了过来。她只是劝导着，劝小乐看开点，让小乐为了他们别白发人送黑发人而保重。妈妈说她清楚小乐心里有多委屈，清楚她有多无奈，说没有关系的，忍让自己的婆母不是一件丢脸的事。

是的，小乐也这样认为。所以小乐不哭不闹，不争不吵，就算被误会成默认了，就算被别人认为是自己无法辩解，她也把委屈和泪吞下。

事实上小乐是真的无话可说了。蒋世全的宠爱、蒋文武的迁就，早就养成了婆母病态的心理，又岂能指望在她临近生命尽头的晚年，改变她的习性？

蒋文武还在电话里述说着母亲对小乐的念叨。小乐不去分辨这话的可信度，就算是真的，那也仅仅是廖明英怀念小乐做的饭菜，以及怀念她唠叨时小乐的隐忍而已。

经过了这么多年的磨合，小乐早已习惯了婆母的各种折腾，不理不睬，是她最好的反击，也是她唯一能给予自己的最好保护。

安置好儿女的学习、生活，小乐再次踏上深圳之旅，开始了不知何时是头的保姆生活。

因为云秀和母亲置气离开，小乐只能更多地待在廖明英身边，好在廖明英也不是太待见小乐，白天天晴的时候她还是和她娘家的弟弟妹妹们一起散步，只一日三餐和小乐一起吃。不用时时刻刻听婆母的唠唠叨叨，这对小乐而言也是一种解脱。

即或是那些姨娘经常上门以长者的口吻教训她，只要不是太过分，她都能接受。

就像云秀说的："当他们说的话是耳边风，这个耳朵听，那个耳朵出就好了。"

她不在乎当所有人的厨娘，只要能少听点怎样都无所谓。

转眼又是寒衣节。其实小乐以前是不知道有寒衣节这个节日的，只知道那天是阴历十月初一，天还没放亮，鞭炮声早已此起彼伏响起。小乐是一个对日子没什么概念的人，之所以知道初一或是十五，全凭本地人半月一次的炮仗声提醒。

然后打开QQ空间时，看到了热门话题，首先看到的就是"寒衣节"，也知道了寒衣节是个怀念逝去亲人的日子。没来由的，小乐就想起了蒋世全，再过九天就是他的生日了，如果在世，必须是要回家去拜寿的。可是，物是人非，蒋世全已入黄泉，再听不到大家衷心的祝愿了。

想起蒋世全，也是因了婆母的难侍候。原本以为经过这次的死里逃生，经过小乐的精心护理，她的性情会有所转变，谁知却是变本加厉。

那天上午，廖明英不知在外又听了什么风言风语，回家就一直各种刁难，小乐不接招，任她各种指桑骂槐。午饭，小乐做的米饭、西红柿炒蛋、绿豆炖猪脚，老太太说西红柿是酸的；米饭太硬，不想吃，想吃稀饭。

小乐马上就用开水加米饭熬了一小奶锅菜粥，老太太喝了一口说太淡；小乐又改下了一碗臊子面，老太太挑了几根尝了一下，说太油腻；说嘴巴太没味了，想吃蒋世全喜欢的面糊，小乐又给熬了一碗杂粮面糊，她舀了两勺，说满口钻，不好吃。

恰巧云秀下午不上班，来看望她，看着桌上摆着的几碗饮食，知道母亲又在作了。云秀叫住小乐："嫂子，别管她，她想吃啥子让她自己做去，你今天给她煮一百道，她也不会满意。不晓得又是哪河水发了。走，我们自己去耍，看她怎么整！"

晚上，蒋文武回来，婆婆在他面前摆了小乐一道，说她不管自己，跑外面去耍了。蒋文武狠狠地把小乐骂了一通,责怪她不孝顺自己的母亲。

他说:"天下无不是的父母,何况她还有病,你就不能将就她一下吗?就算她碍了你的眼,她又还能活几年?"

云秀已经回公司宿舍,小乐知道自己解释无用,每次她与婆母发生矛盾,他都是不问青红皂白,站在母亲那边敌视自己,小乐早已习惯,这是一种可怕的习惯。

母亲打电话来时,她正在独自垂泪。母亲知道小乐现在是多么无助,只能劝慰小乐开解自己。

小乐不敢与父亲通电话,每次得知女儿受委屈,父亲都会伤心流泪。在父亲的心里,女儿永远是他的掌上明珠,永远是他心中的小宝贝,每次小乐受委屈就像在挖他的心割他的肉。

母亲说,小乐爸爸一直在流泪,埋怨当初没有坚持阻止小乐嫁入蒋家。母亲说不是他们不喜欢蒋文武,是他们受不了女儿一次又一次被凌辱,受不了女儿一次又一次因为婆母而受伤。

对于老公,小乐已不抱多大希望,他永远不会为自己讲一句公道话,在两难的选择前他只会选择母亲。小乐理解,真的理解。小乐只在乎父母,在乎他们三十多年里对自己的不离不弃,他们给她的不只是一次生命。小乐有必要有义务让这生命继续。

女儿看到了小乐在QQ空间的"说说":"如果一切可以重来,生活还会是这个样子吗?"女儿问小乐受了什么委屈,小乐只能告诉她没事。小乐不想孩子对婆婆有太多的仇恨。

女儿说:"妈妈你要保重,我快要长大了。"小乐哭了,女儿还只是个孩子,却总想着要保护她。

儿子也用稚嫩的声音说:"妈妈,我也要保护你。"

小乐觉得自己其实是幸福的,还有在乎她的父母,有在乎她的儿女。女儿说:不明白爸爸怎么想的,既然不能保护你,给不了你幸福,为什么不同你离婚。小乐也想知道,非常想知道。怎么忍心让她一次次受伤,还固执地把她留在身边?结婚前,他不是说她是他最在乎的人吗?不是说她就是他的全部吗?

女儿很乖巧,她说:"妈妈,我不会因为自己而反对你离婚,你活得太苦了,我支持你离婚。"说这话时女儿才九岁。四年过去了,女儿还是这样讲,可小乐不再想离婚的事了。因为小乐知道,老公是不会放开自己的,至少目前不会。她本该感到幸福的,可心里却很惆怅,万分惆怅,因为看不到未来的路。

女儿说从她懂事起,就看见婆婆不停地欺负小乐,婆婆也不喜欢她。婆婆说得最多的话就是"女孩子以后是要嫁出去的"。婆婆甚至不让她吃妈妈给他们买的零食和牛奶,说她那么大了还和弟弟争,应该让给弟弟,可明明妈妈说是给他们姐弟俩一起买的。所以她不喜欢婆婆,也不喜欢弟弟,她觉得是弟弟夺走了婆婆对她的关心,虽然在有弟弟前,婆婆也并没有给她多少关爱。

小乐不敢加重女儿的怨恨,只是说因为婆婆身体有病,所以心理上有些不平衡,所以才会找发泄口。小乐说婆婆活不了多久了,我们要让着她;婆婆始终是婆婆,再不对也是长辈。小乐只能这样讲,她不能让自己的女儿带着怨恨的心理生活、学习。

廖明英除了脾气不好，除了爱找小乐麻烦，其他也没什么，毕竟她有病，有病的人多少有些怪脾气。小乐能理解。

小乐在公司处理仓库业务时，被线缆拌到摔伤了。小乐本来是不用去仓库的，仓管员因为和蒋文武的小舅发生纠纷请假了，物流忙不过来，而客户那边催货催得急。

想着云秀在家，小乐没有起床给廖明英做早饭。廖明英问云秀："那个婆娘又发啥子神经了？早饭都不起来煮。"

云秀说嫂子受伤了。廖明英愤愤地说："一天就知道装！摔一下就受伤了，都不用住院能有多恼火！"

如果说小乐受伤住院能让婆母平复心中的不快，小乐其实是乐意这样做的。小乐也希望在她生命的最后几年能开心一些，只是小乐发现，廖家小舅舅不能再在他们的生活中出现。他太喜欢在婆母面前讲厂子里的鸡毛蒜皮，太喜欢在婆母面前讲这个那个的是非，而婆母是一个非常小心眼的人。

可是，小乐又不能讲廖家小舅舅不对，不然他又会在婆母面前说小乐的不是。小舅舅总是背着小乐他们说三道四，而每次因为他引起事端，他又会躲起来。

每次小乐他们婆媳之间因为小舅闹矛盾，廖明英气得再厉害，他都不去看望自己的姐姐，不仅不去安慰，更加不会反省自己的过失。

每每看见他，小乐就觉得心里很堵很堵。小乐以为男人都是大度的，却不料生活中有很多事，都是因为男人而起。

二十一

孩子们放假了，都来了深圳。小乐想让婆母在有生之年多享受点天伦之乐，也让他们每个人少点遗憾。

星期六晚上，公司事情不是很多，不需要加班，小乐拉着蒋文武早早回家，原本是想让他早点休息，也多点时间陪陪廖明英。结果一进门，又吃了一肚子闷气。

因为下午廖明英问孙子："婆婆死了好不好？"

游戏玩得正酣的五岁孙子随口回答："好！"

廖明英便说是小乐教的，小乐无语。她不想争辩也不想解释，老公信没信婆母的话小乐不知道，婆母和老公在阳台上叽叽咕咕讲了很久。听得出来他们的言语很生气，小乐还是没有理会，她已经习惯了受冤枉，习惯了受委屈。

小乐问儿子为什么要这样回答婆婆，儿子委屈地哭了，哭得很伤心。才几岁的孩子，他都不知道究竟发生了什么事，奶奶就劈头盖脸把他骂了一通，爸爸回来也打了他几巴掌，还很凶很凶地骂他。儿子扑到小乐怀里找安慰，要亲亲要抱抱。

看着儿子，小乐也哭了，背着婆母。小乐对老公发誓说："如果我张小乐有教半句儿子讲婆母坏话，明天出门，就让我被车撞至脑浆迸裂。"

小乐只有这样表达着自己的无奈与清白，尽管习惯了被冤枉，她还是想为自己辩解。

蒋文武没说话，出去问母亲吃了晚饭没有，廖明英说不吃，早点死了还好些。小乐还是没有说什么，她根本什么也不能说，开口就会挨斥，除了沉默还是只能沉默。

蒋文武进来叫小乐做饭，小乐只摇头，不能讲话。她在努力地控制自己的眼泪，一讲话就会失控，眼泪就会掉下来的。

小乐进屋装着没事地教儿子做作业，泪水静静地流着，一颗一颗滴在纸上，"啪啪"有声。

曾经把女儿留在婆母身边，是小乐这辈子最错误的决定，以至于十几年来，她一直为此而自责。

日子在磕磕碰碰中过去。一晃，女儿马上高三了，小乐发现女儿很烦躁，总是静不下心来，学习成绩一落千丈。与他们的交流也障碍重重的样子，小乐回老家的次数更多了。

那天，小乐又与女儿发生了争执，她一气之下说了很严厉的话，叫女儿"滚出去"！女儿真的转身跑了出去，小乐气到恨不得杀人。小乐以为她晚上会回来，却不想女儿到了傍晚都没回来。

她问遍了所知道的和孩子处得比较好的几个同学，都没有消息。最后不得不打电话求助老师，终于打听到她住在老家闺蜜那里。小乐辗转找到女儿闺蜜电话，但女儿不接她的电话，也不接外公外婆电话。

反而是女儿的闺蜜在电话里质问小乐："你口口声声

为你女儿好,你知道你女儿曾经历了什么吗?你看过你女儿的手吗?你知道你女儿曾经自残过吗?你知道她有多想离开你们那个家吗?……"

被一个素不相识的小姑娘一连串的灵魂拷问,把小乐整蒙了。她问父母,可有发现女儿有什么不妥的地方,父母说没有,就是从他们接手经管孩子以来,发现孩子一直很内向,不爱多说话,脾气易怒,常常会因为外公一句话,就莫名其妙地冲外公吼起来。

小乐知道,女儿正在叛逆期,也一定是遇到了什么事了。她对女儿的朋友说:"请你帮我劝她回来,你告诉她,如果真不想看到我,我马上离开便是。"

女儿的朋友说:"她说了,她不回来。"

找了两天,小乐已经崩溃了。那是她九死一生才生下来的宝贝啊,她捧在手里怕摔了,含在嘴里怕化了,她不知道女儿究竟经历了什么,对生活这么绝望,对她这么痛恨。她害怕去分析去想象。

她坐在桥边栏杆上,望着桥下翻滚的江水,只觉生活无望。

母亲打电话给她,说女儿打过电话,说她会回来,只是不想见小乐。小乐说好好好,我马上走人。她心知自己不能走,她还没有找到女儿出走的真实原因,她还没解开女儿心里的结。她找了间旅馆住下。女儿回来了,也去上学了。

那几天一直在下雨,一如小乐的心情。

早上,她在女儿上学后买菜回家,在女儿放学前做好饭菜,在女儿到家前,离家躲进路边巷子里,远远看见女儿走来,她背转身,只为不让女儿发现。等中午女儿去上学,才回家吃饭。晚上,在女儿晚自习回家前做好夜宵,在女儿到家前离开。

雨声喧哗,小乐内心也喧哗。

如此过了两天,第三天,在回去的路上,她看到一家店铺贴着"转让"二字,她当即决定留下来,陪在孩子们身边。小乐知道这次她若真的走了,就会真的彻底失去女儿,母女之间的缘分也就到尽头了。

她接手了那间近乎一无所有的店子。那店子临街,在两个孩子上学的必经之路上,离儿子的学校只有数十步距离。隔壁蛋糕店老板娘说那家店子已经转手了四五家,没有一家开走了的,这次转让启示都贴了四五个月了,大家都说小乐转亏了。她不后悔,为了孩子,她必须赌一次。为了这个店子,就有了留下来的借口。

回家收拾了行李,小乐住到了店子里不足三米宽的隔层上,那里原本是用来储放小商品的。隔层很低很低,站在上面直不起腰来,只够放几只箱子加一人睡的面积。

由于不能放床,小乐只好把原来拆下来的木板铺在水泥顶上,再垫一层纸箱壳子,铺上线毯,类似于狗窝的睡铺就有了。

当天晚上,小乐整夜未眠,一个人关着门,就着灯光,把原来的商品重新归类,那都是些卖不出去的廉价小化妆工具。小乐把空置出来的货架重新打扫了一遍,把吊灯上的灰尘擦拭干净。既然决定留下,就要作长远打算。她从原店主留下的进货单上查找进货点,当务之急是补充店内商品,把生意做起来。

天刚蒙蒙亮，小乐就踏上了去重庆进货的列车。在深圳，小乐开过小百货店，这次，她决定还是以原店主的女性饰品为主，一来省去重新装修的麻烦，二来还可以节省许多投入。此饰品店已开了两年，尽管原来的生意不是很好，但相当于省了早期广告投入。她需要做的，只是扩大商品项目，把消费者吸引进来。至于怎样留住消费者，于她而言并不是问题，无非是质量与价格。

小乐对经商有着得天独厚的天赋。初二时，伯父单位发不出工资，给每位职工发了近千双塑料凉鞋抵薪。伯父家在城镇，又好面子，在街上摆摊实在抹不下去那个脸面。而且，分到凉鞋的又不是他一人，街上到处都是凉鞋摊，摆出去也不见得卖得出去。一时间，他家束手无策。

恰逢暑假，小乐随父母上街。父亲种了很多丝瓜、南瓜和空心菜，每逢当场天，父亲就会给镇上的伯伯姑姑背一些去。吃午饭时，说到伯父家的凉鞋，伯母拿出十几双，让父亲背回去家里干农活穿。

父亲说："拿去卖嘛。"

伯父伯母异口同声："哪个去卖呢？"

父亲说："我没有时间，我有时间就给你拿去卖。"

少顷，父亲想起什么说："农村那些老人很少上街，要不然背到乡下去卖嘛。"

伯父说："这倒是个办法，但也没有人去卖啊。"

伯母提议："小乐不是放假了吗？背到乡下去卖嘛，卖的钱自己打杂，堆到这里也是垃圾。处理一双是一双。"

伯父也说："对哦，小乐拿去卖，卖得的钱自己用，我不要你一分钱。"

父亲也对小乐说:"要不,你去试试,也当是锻炼嘛。"

小乐一向胆大,嘴又甜,天生有着自来熟的特性。反正放假无事,去地里干活还容易晒黑皮肤,这时候的小姑娘已经有爱美之心了,于是答应试试。

小乐背着二十双凉鞋往外婆那边走,她的想法很简单,不管能不能卖出去,至少可以顺道去看看外婆。一到夏天,她就喜欢往外婆家去,外婆会给她做黄荆凉粉吃,还有喷香扑鼻的松树菌汤喝。平素,外婆捡的松树菌都要拿到街上卖的,只有小乐去了她才舍得炒上一盘,或者撕一些来给外孙女煮面条。离外婆家十几里路,但那时没车,去的时候并不多,小乐姐弟每次去外婆家,走的时候彼此都依依不舍。小乐想外婆,也馋外婆家的美食了。

小乐没有忘记身上的任务,她不走大道,专挑小路走,因为小路住户多。离家时,父亲怕她遇到恶狗,特意给她准备了一根黑斑竹棍,还嘱咐她随时手里抓一块泥团,遇到狗咬就捏紧泥团。在农村有一种说法,狗的心子是泥巴做的,抓紧泥团就相当于抓紧了狗心,狗就会怕你,不敢靠前。

小乐边走边吆喝,看见老太太就打招呼:"婆婆,天气热,买双凉鞋嘛,比街上的都便宜。"

若是大爷,就说:"爷爷,你看你那胶鞋全是泥巴,洗了不容易干。买双凉鞋嘛,相因(便宜的意思)得很。"

那些凉鞋颜色比较暗淡,小乐知道没有女孩子会喜欢,所以并不向年轻人招呼,专找老年人,尤其是在地里干活的中老年人推销。一天下来,居然卖出去了十二双,这让父亲很是欣慰，她自己也很开心。父亲说还是要给伯父本钱，每双留五毛钱作为小乐的辛苦费，那天，拿着辛苦赚到的六元钱，小乐兴奋得直转圈。

整个暑假，小乐都在推销她的凉鞋，虽然收入甚微，却锻炼了她的胆量与口才。

在重庆小商品批发市场，小乐并不急于大肆采购，她先装作闲逛，在各个档口转悠，看别人怎么与商贩讨价还价，看别人怎么挑选商品，也看哪些商品受众多。她故作老练地把需要的商品每一款拿一件放到篮子里，提到柜台，说每样来一打或一盒。老板一看，哟，这是来批发的，又看小乐不问价，以为是老客户，直接就按批发价计算了。小乐还会装模作样地指指这个指指那个："这个怎么比谁谁家的贵一元？""那个怎么又涨了五角？"如此这般，把底价也摸清了。

小乐还发现，所有零售店饰品基本上是在进货价上翻一倍，偶尔还会降降价，但在批发市场，零售会比进货价高两三倍。她不解，问其原因，老板说："到这里来的都有自我意识，自以为批发市场的会比较便宜，其实我们标的零售价都会比你们零售商高一倍。你看我们都是说零售八折，实际上比你们卖得还贵。为什么我们不直接零售？因为零售客户少啊，单看貌似批发赚到的利润少，但量大啊。零售费时又费力。当然是批发划算嘛。"

小乐心里暗暗打算，等我以后有条件了，也在老家县城开个批发门市，心别太大，每件商品在进货价上加五毛就行。

当天，小乐补充了近两万元的货。她不光补充了原有的化妆品、美容美发饰品、工具，还大量采购了帽子、围巾、袜子、文胸、打底裤和室内装饰摆件、学生学习用品、中学生喜欢的挂饰等。凡是年轻人喜欢的、常用的，应有尽有。

回去后，白天晚上，她关着店门自己一个人盘点、标价、上架，整整忙了两天三夜。当她打开店门，琳琅满目的商品一下子吸引了行人的目光。她在门口橱窗贴了彩色海报："新店重装，所有商品一律6.8折，买上百元，送化妆工具一套。"当然，送的是原店主留下的陈旧商品，小乐本就没指望别人处理几个月还卖不掉的东西能赚钱。

生意出乎意料的好，但她没有忘了自己的初衷。上学、放学时段，她躲在收银台后偷偷地搜寻着孩子们。收银台原本在里面，为了方便看儿女，她挪到了进门处，并特意在柜子上放置了几个大一点的糖果盒，这样可以挡住她坐在柜子后的身影而不被女儿发现。她不知道女儿发现她没离开会做出什么样的反应，她不敢赌。她看到对面马路上女儿落寞的身影，那样孤寂，那样无助，她捂着嘴在柜子后面流泪。她想叫住女儿，她想搂住女儿抱抱女儿，可她知道，她暂时什么也不能做。

蒋文武对于小乐选择留在家里大为恼火，廖明英也很生气，他们直觉是小乐厌倦了侍候老太太。小乐顾不上他们，她眼下心里只有女儿。店里太多事情要忙，原货架不够用，她自己打螺丝钉，往墙上钉洞洞板，白天要做生意，也怕太招摇惊动了孩子，加上要买菜做饭，都是晚上通宵做。

正式开店第四天，小乐再不回避，正大光明地站在门口揽生意。不再回避，是因为母亲告诉她，女儿早就知道她没离开，那些饭菜，女儿能吃出是妈妈做的，也知道妈妈盘下了那间半年多都没转出去的饰品店，只是暂时不想与她面对面。

小乐不急，既然选择了留下来，就做好了与生活长久对峙的打算，至于婆母与老公的不理解，以后慢慢解释。她依然按时回去做饭，依然避开与女儿碰面。

晚上十一点多，小乐带着一身汗渍，蹑手蹑脚回到家里。店里无法洗澡，这几天只能简单用水擦一擦身，小乐觉得全身黏糊糊的。到家时，女儿房门关着，这几天母女俩没有商量却不约而同地选择回避着对方。

小乐向坐在客厅看电视实则是等她的母亲比画着说她先去洗澡了。母亲却没有像平时那样说哑语，而是用孙女房里也能听见的语气说："冰箱里有你女给你留的菜，叫你别忘了热来吃。你女叫你别吃凉的，对身体不好。"

闻言，小乐一下子破防了，她不管不顾地冲进女儿的房间，抱住正坐在书桌前发呆的女儿，将头抵住孩子的头，又疼又爱地喊了一声："我的幺儿哦，你要怄死妈妈哟！"言毕号啕大哭，那哭声在静夜里格外响亮。她撕心裂肺地哭喊着，仿佛要把这些天所有的担心、难过、委屈通通发泄出来。眼泪如决堤的洪水，把孩子的肩膀湿了一大片。

一开始，孩子还撑着没有反应，慢慢地，像是受了感染，也"哇"的一声大哭起来。那哭声，带着委屈、渴求、无助，哭得上气不接下气。小乐的父亲和母亲也进得屋来，两位老人流着泪，轻轻拍打着女儿和外孙女的肩膀。父亲带着哭腔说:"哭嘛,哭嘛,哭出来就好了。看你们俩娘母这样憋着,我们两个老家伙都心痛得不行。"

小乐的儿子和侄女听到哭声,吓坏了,也溜下床来,儿子扑进小乐怀里,拉拉小乐的手:"妈妈,你怎么了?你和姐姐为什么哭啊?"小乐拍拍儿子的背,说不出话来。

小乐母亲将孙子牵过去,"走,幺孙,外婆带你去睡觉,让妈妈和姐姐说话,说完了就陪你。"小乐父亲也把她侄女带进卧室,留小乐母女各自搂着抽泣。

过了一会儿,小乐看女儿哭累了,她把女儿的头抱在胸前,说:"宝贝,咱不哭了,先睡觉。有什么话等你想给妈妈说的时候再找我。"

女儿说:"你明天帮我请一天假嘛,我想好好睡一下。"

第二天,女儿没有上学,小乐也没有开店,母女俩躺在一起,搂着聊了一上午。小乐看了女儿手上的伤,听了她的委屈,小乐为自己决定留下来而庆幸。

她在心里暗暗发誓:从此以后除了死亡,再不离开自己的两个孩子!

还在孩子上小学时,蒋家两老就因屡次催儿子儿媳生二胎不遂而把怒火迁移到孙女身上。廖明英在镇上给孩子做饭,总是在言语上屡屡讽刺。蒋世全上街也总是莫名其妙就发火殴打孩子,更有在大街上抡着竹撮箕暴打孙女之事发生。

那时候孩子没有手机,加上爷爷婆婆又总是恐吓她,孩子把一切委屈咽在了肚里。反倒是两位老人,屡次在儿子儿媳面前告孙女的状,什么不听话啊,叫不听啊,回来比别人晚啊,顶嘴啊,总之一打电话就是告状。

蒋文武十分孝顺,加之孩子本身又没说什么,说了他也不听。他便常在电话里吼女儿,那时候,他说得最多的就是"跟我打嘛!"

偶尔小乐回去,因为孩子要上学,早出晚归,回来吃饭也是一家人在一起,老太太又防着孙女告状,小乐什么也没察觉到。也因为女儿不想妈妈为难,也或许是怕。小乐只是觉得孩子一天比一天不爱说话,问婆母,婆母说:"别人家的孩子也是这样。"多年后,小乐想起还是不能释怀,怪自己当初太失职。

后来,蒋世全病逝,孩子也上了中学,学校在河对面,往来要过渡船,还要上晚自习。晚上,婆母和其他老太太一起去河边接孙女,这是蒋文武要求她去的,说她反正也要去散步,加上又有其他老太太同行,婆母也就去了。

在河边,婆母看见孙女和两个男同学有说有笑一起从船上下来,到家就是一顿乱骂,说什么"点点大个花花就开始招男人""不学好""伤风败俗",等等。任孙女解释"都是外婆一个院子的,从小就认识"也无济于事。

她不但自己骂,还叫了几个老太太一起把孙女堵在家里批评,那些老太太说:"你婆婆也是为你好,要听话!""你婆婆带你是有责任的。""你出了啥子事,没得法向你父母交代。"

又是各种比方,什么谁谁谁家的丫头还在上学就打胎了、谁谁谁家的姑娘还在上学就耍了几个男朋友……仿佛孙女真就是那泥沼中的野马,自己正是那挽救她的救世主。

连着几日,那些老太太每天中午在家里给孩子说教,孩子受不了,顶撞了廖明英几句,她就在电话里向儿子哭诉孙女耍朋友了、骂她了等等。

蒋文武在电话里骂女儿:"看老子回来不打死你!"

孩子满腹委屈无人诉,那天晚上,在夜自习回家路上,她越想越绝望,跑到崖边就要往下跳,幸亏同行的闺蜜察觉不对,一路跟着,在关键时候拉住了她,奋力挣扎中,还把闺蜜的手腕咬出了血,亏得闺蜜死不松手才没跳下去。

可回去之后,老太太还是没完没了地唠叨,说她又是和哪个男孩子耍朋友去了,才会回来这么晚,她受不了,想要割腕,却终因顾虑重重没有下得去手。

因了这层关系,多年以后小乐得知真相,还特意请了女儿闺蜜全家出海旅游,以示感谢。

"妈,我有病。我知道我病了。"女儿搂着小乐痛苦地说,从那以后,她就受不得一点儿委屈。她知道外公外婆是真的爱她,也知道他们没有一丁点嫌弃她是女孩的意思,可每次外公和她说话,语气稍微重一点,她就像要爆炸一样。

小乐说:"我知道,我知道,我女儿受委屈了,你不是真的想要吼外公,也不是真的恨妈妈,你只是需要一个发泄口,你只是需要一个释放。都是妈妈的错,妈妈不该把你留在婆婆身边,以后,妈妈再不离开你们了,有什么事给妈妈说,我们一起面对。"

从此,小乐真的再没离开两个孩子。只是,后院却起火了。

二十二

两个孩子放暑假了,小乐把店子托给父母照看,带着一双儿女和侄女去了广东。一来为了弥补自己没能照顾婆母廖明英的遗憾,二来年中了要核算公司账目,三也是想让孩子们和他们的父亲好好相处,培养一下感情。

一家人每到周末就出去游玩,有了孙子在身边,加之小乐生活上的调理,得以尽享天伦之乐,廖明英很是满意。

临近暑假结束,逢女儿十八岁生日,蒋文武很高兴,公司一班亲戚朋友也说给孩子办个成人礼。

那天下午,小乐早早去订了饭店,也请公司的同事尽量早到。到饭店时,蒋文武请款还没回来,所有人围坐在一起喝茶聊天。公司的采购当着小乐和她女儿的面给蒋文武打电话。

那个女人和自己老公有关系,小乐早从表嫂口中听说,她为了蒋文武的颜面,也为了公司团结,选择了装聋作哑。她知道他俩以前在台资厂打工时关系就不一般,那女孩是蒋文武一手提拔带出来的。她本姓刘,但蒋文武给她的备注是"朱小姐",意思是很笨很笨,笨得像猪一样。后来,小乐才想到,这昵称,多少有点宠溺的意味在。同事都看不起小刘,疏远她,只有蒋文武愿意帮助她,手把手教她业务。

蒋文武出来开公司，怕小刘在原公司受欺负，她也离不开蒋文武的关照，跟了过来。在那些流言蜚语满天飞的日子，小乐总是替他们开解："人家是为了感激老蒋，不要乱说，毁了人家女孩的名声。"她不是没有怀疑过，也曾私下里套过老公的话，老公说因为他帮了小刘，小刘对他只有感恩之心。

小乐选择性忽略小刘对她的敌视，选择性忽略她对自己老公的亲昵举止。小乐很自信，无论从外貌、气质、谈吐、社交能力各方面讲，小刘都不如自己，她不相信老公会看上各方面条件都不如自己的人。而且，蒋文武那么爱两个孩子，她不相信他会舍本逐末，她宁愿相信他只是享受在别人那里轻而易举就能得到的崇拜。

她想过蒋文武会出轨，但她觉得出轨对象就像之前的那两个最终与他闹掰的漂亮女生。她连那两个年轻漂亮的、临离开还闹上法院刮走一大笔钱的女生都不放在眼里，何况这样一个实在不起眼的、老公眼里的"蠢货"。但没想到，最不给她面子的恰恰是这个她没放在眼里的"蠢货"。

女儿成人礼，请客是小乐作主，既然请全公司的同事参加，小刘自然包括在内。

大家喝茶聊天等蒋总回来，气氛相当融洽。也不知是小刘主动给蒋文武打的电话，还是蒋文武打电话问小刘到了没有。小乐母女被小刘那句嗲嗲的"蒋总"吸引住了。小刘笑脸如花，仿佛那个让她花枝乱颤的男人就在眼前。她把手机故意拿开一点距离，让身边的人都能听见蒋文武的声音。

"蒋总,我在这里。你还有多久到啊?"

"嗯,知道。你给我转点钱嘛,人家没有钱钱了。"

"好,知道了。等你哟!"

边说电话还用手指缠绕着头发,一副骚里骚气的样子,实在让人恶心至极。

小乐忍住胃里的翻腾,依然无所谓地和众人谈笑着。

不一会儿,蒋文武回来了。他一下车,小刘就迎了上去。两个人旁若无人地说说笑笑走过来,蒋文武挨着小乐坐下,小刘挨着蒋文武坐下。小乐看了看她,没说话。

蒋文武对小乐说:给她拿两千块钱。

小乐说自己身上只有一千五现金,给了小刘一千。小刘往蒋文武身上蹭了蹭,"蒋总,不够啊。"

蒋文武翻了翻自己的钱夹子,给了她八百,"我身上现金也不多了,一会儿给你转两百。"看小乐不高兴的样子,又说:"明天去财务室签个借支单。"

小刘扭了扭屁股,嗲里嗲气地说:"知道了啦。小气!"

小乐全程忍着,一来公司所有人都在,她必须给老公面子,也是给自己面子,毕竟,和一个样样不如自己的女人争风吃醋是一件特别特别丢脸的事;二来今天是自己女儿的生日,她不想因为自己的情绪破坏了女儿的生日宴。

小乐想忍,女儿都忍不下去了。她"腾"的一下子站起来,踢翻身后的凳子,指着小刘大骂:"你发什么骚啊?当我妈不存在是吗?你坐在这里干吗?没看到这一桌子全是我们自己家人吗?你算老几啊?给我滚开!"

小刘被小乐女儿一吼,又见所有人的目光都看向自己,她撒娇地往蒋文武身边靠，"蒋总，你看你女儿……"

蒋文武对着女儿一瞪眼，沉着脸说："你干什么，怎么跟刘阿姨说话呢，一点儿礼貌都没有。快跟刘阿姨道歉！"

小乐女儿把桌子一拍："你闭嘴！我妈给你面子，我不会给你面子，要不是你在外面拈花惹草，这个女人至于当着我妈的面这样卖弄风骚吗？"

见女儿不给自己面子，女友又委屈的样子，蒋文武怒了，但又不敢骂自己的女儿。女儿少年无畏，从她九岁起就和他不对路，每每他想在女儿面前摆下作为父亲的威风，最后都失败告终。他只能对着小乐吼："看你教的啥子东西！"

小乐见女儿替自己出头，还被老公骂，眼泪夺眶而出，她慢慢地站起来，幽幽地看着蒋文武："你确定今晚要包庇她吗？你确定今晚要搞砸女儿的生日宴吗？"

事情到了这个地步，蒋文武还没想到事情的严重性，依然大声冲小乐发火。女儿见母亲受气，再次暴发。指着小刘说："你给我滚！"见父亲又要护着那女人，她把手伸向桌子中间的汤锅，"你非要老子发火是不是？"

众人也连忙把小刘往旁边拉，可那女人却仗着蒋文武的宠爱，纹丝不动，只一味地嗲嗲地叫着"蒋总"。比起老婆沉默不语、女儿剑拔弩张的样子，小刘柔柔弱弱寻求他保护的举止明显更令蒋文武受用。

蒋文武把桌子一拍，大喝一声："够了！"

没承想女儿也把桌子一拍，"你吼谁呢？今天这个样子不是你造成的吗？"

她指向小刘："你还卖骚！怎么，当狐狸精还当上瘾了是吗？我妈好欺负那是她善良，我可不善良！"她作势又要去端桌上的汤锅。那女人的行径委实令她作呕，她是真的受不了，想要把那锅滚烫的汤锅泼向那女人。

众人七手八脚把他们分开，蒋文武看女儿不罢休的样子也不敢再说话。小乐看女儿气得全身颤抖，一下子想起九年前她拿刀维护自己对峙廖家众人的情景。她打了一个冷战，走过去抱住女儿，"宝贝，没事，没事。我们回家。"

她拥着女儿往饭店外面走，蒋文武看着她们离去，纹丝不动。云秀连忙拉着母亲跟上小乐。荣白太和一众亲人催促蒋文武，"赶紧开车送她们回去。"

一路上，谁也没有说话，只有后座女儿在小乐怀里抽泣的声音。蒋文武沉着脸，不时从后视镜窥探小乐母女。

廖明英说："燕儿，你啥子事哦？这么和你爸爸对着干，让他脸往哪儿放？好歹他也是公司老板嘛。"

看女儿又要发火的样子，小乐连忙把她紧紧按在胸前。小乐不客气地说："妈，你能不能不要说话！"云秀也连忙拉母亲的手叫她不要火上浇油。

回到家，女儿已腿软到无力上楼。毕竟只是一个十八岁的小姑娘，从来没经历过社会风风雨雨，不知道人心险恶。之所以会发那么大的火，是她看见小刘在母亲面前肆无忌惮地和父亲玩暧昧，她莫名地回忆起九年前弟弟满月那天母亲所受的委屈。条件反射地，她就想要保护自己的母亲，仅此而已。

小乐扶着女儿坐下，给她倒了一杯水，挨着她坐着，把她的头抱在自己肩膀上靠着。

蒋文武看母亲进了卧室，大家都没吃饭，云秀去厨房煮面去了。他拿起椅子上的衣服，恶声恶气地和小乐打招呼："我去店里，么多客人还在呢。"

小乐没吭声，女儿一下子挣脱小乐，跑进厨房拿出一把菜刀扔在地上，"怎么？你心痛了，要去安慰她？你今天敢走出去试试？你敢走，我就敢来个家破人亡！"她知道，她的父母婚姻出问题了，她无能为力，只是想帮帮自己的母亲。

云秀也出来拉住哥哥，"你就别再火上浇油了！店里有小乐弟弟、白太也在，他们会招呼的。"

小乐抬头看着他，泪如泉涌，为自己的懦弱，为面对女儿情绪暴发的无助，为自己即将崩溃的婚姻。她一字一顿："就算我求你，不要逼她！今天是她生日啊！"她说得很用力很用力，两边咬唇肌的突起清晰可见。

蒋文武颓丧地坐下，像是对女儿又像是对小乐说："为个啥子嘛？我跟她啥子事都没得。一个二个想得多！"

女儿大声地吼："你当我们瞎吗？当我们傻吗？你们没得问题，那她发骚为哪个？"

小乐怕女儿又激动起来，止住她。自己接话说："有没有问题，我们彼此心知肚明。我一而再再而三地忍让，无非不想你在众人面前丢了面子。当初小林、小陈你也说和她们没有关系，结果呢？你说你和小刘没关系，为什么通讯录要备注成'朱小姐'？你说你们没有问题，她为什么要在你面前发嗲？你们没有问题，她为什么要来挑衅我？你觉得若只是一个普通员工，她今晚的表现合适吗？"

蒋文武没想到小乐把一切都看得这么明白，他喃喃自语："你一天想得多，别个有老公。"

小乐说：“是啊！因为她有老公，所以你以为没有后顾之忧，你以为你照顾她老公，帮他安排工作，给他承接业务，她老公就不会找你麻烦。可你忘了，人心不足，她可不只是想当你背后的女人。”

蒋文武顿了顿，"你要不放心，我让她辞工就是了。"

小乐突然没了与他交流的欲望，她看了看他，什么也没说。

二十三

转眼，老太太术后近五年了。这期间小乐一直在家开店，带两个孩子，父母也跟在身边帮忙做饭。因为她为人热情，眼光独特，进的东西都比较新颖，加之她懂得让利，精品店生意越来越好。不但不用蒋文武往家寄一分钱，逢年过节蒋文武回家，小乐还给他油费、路桥费。

每次春节后返回广东，小乐还会给蒋文武几千元零钱，回去给员工封开工红包。小乐没有丢下公司财务，依然每半个月飞一次深圳核对账单。小乐叫老太太回来，廖明英不愿意，她想要和自己的儿子、女儿、弟弟妹妹们在一起，她的亲戚大多在蒋文武厂里。

过完春节，蒋文武带着小乐和儿子及一个老乡一起陪廖明英去复诊，医生说状况良好，以后再不用去了。他们早就做好了复诊没事就去旅游庆祝的打算，遂开车带着廖明英沿河北、北京、福建旅游了一圈，花了好几万，老太太很是心疼了一阵。

却不想，回公司后，遇到了棘手之事。公司一员工是廖明英的隔房妹夫，在小乐他们旅游期间因为腹泻请假在宿舍休息，和他同寝室的是他的姐夫。当时，公司管理人员（也是他的亲戚）一直有去查看没发现异常。小乐他们回去那天，他还说要请堂姐廖明英喝饮料，以庆祝她从此做回正常人。饮料没喝上，却不想当天半夜他突然腹痛不止。同宿舍的姐夫并没有发现有何不妥，也就没吭声。天亮时，他的姐夫才联系蒋文武，一行人紧急将他送往医院，却被宣告无力回天了。

蒋文武一下慌了神，小乐哭着哀求医生一定要尽全力救治患者。她透过门外玻璃看着医生用起搏器救治患者，她看着他的身体一下子被拉起来又"咚"的一下掉回病床。一下，两下……直到医生出来冲她摇头。

亡者家属来了十几个，住在酒店吵闹，开口就是天文数字的赔偿，公司自是不依，于是各种商讨，各个部门调查，蒋文武和小乐整天疲于应付。

公司出事，原本是瞒着廖明英的，却不想人多嘴杂，老太太第二天就知道了。她天天在家哭，茶饭不思，她想到是因她自己发善心可怜堂妹一家，才给儿子下话让妹夫进了公司，还给他指派了轻松的工作，却不想给儿子带来了大麻烦。她在心里怨恨自己，也怨恨堂妹漫天要价，她整天痛哭流涕，夜不能寐。蒋文武夫妇因为实在太忙，加之想到有云秀夫妇和几个姨妈、舅舅陪她，便没把精力放到她身上。结果，在公司事情还没完全解决时，廖明英先倒下了。蒋文武只能匆匆选择妥协，急速处理完亡者后事，带着母亲到处求医，却被医生告知癌细胞转移，回天乏术。

廖明英也拒绝继续治疗，她知道自己时日无多，她害怕客死异乡，要求回老家。小乐带着老太太回了老家县城，因为房间不够，小乐的父母回了乡下。每天早上，小乐早早起床做一家四口的早餐，然后孩子们上学，小乐守店子，老太太就和以前的老伙伴一起逛街。中午放学前，小乐关门回家做饭，下午继续上午的程序。晚上小乐和儿子在店里边等生意边等女儿放学，店子在三所学校的必经之路上，且卖的又多是中学生和年轻女性用品，所以放学时段恰是店里生意最好的时候。廖明英一改以前的专横作风，自己熬点面糊，吃完在家看电视，偶尔也和儿媳一起在店里等孙子放学回家。

一晃三个月过去，廖明英再无力爬那九层高的楼梯，她选择回乡下老家。小乐叫来娘家父母照看孩子，自己带着老太太回去。自蒋世全离世，五年多时间，家里早已冷若冰窟，幸好小乐偶有回家开门敞气，收拾打扫还能住人。云秀夫妇也辞工回来照顾老太太。他们把房前屋后的田地收拾出来，种了小菜，还把家门前那条路整理干净，割去路两边的杂草。那条路是蒋世全还在时蒋文武转钱给大队挖的机耕路，蒋世全去世第二年，全村道路统一硬化，蒋文武偷偷寄钱回去铺的，一共花了好几万，他知道母亲心疼钱，骗母亲说是全院人集资修的。但那路自修好就无人护理，路边杂草肆虐，荆棘丛生，小乐和云秀夫妇花了好几天才清理出来。

老太太说整那个干吗，吃饱了没事干！小乐说给老爹上坟好过路呢。还有一句话小乐没敢说："您老人家百年后，要走这条路啊！"

回老家后的廖明英还是会和蒋家大嫂争吵，但已不再像以前那样跺脚大骂了，她只是气愤地辩解几句，也不再埋怨孩子们不帮她，她说："人死如灯灭，吵来吵去有啥意思！"

廖明英还是吃不惯女儿云秀做的饭，儿媳小乐做的她也照常吐槽不断，却开始关心孩子们吃得太少了，她会催促孩子们多吃点、吃好点，也会督促他们把吃剩的饭菜倒掉。她说："我和你老汉那个时候就是太节约了，稀饭起泡泡了还舍不得倒，一盘肉端几天，牵丝搭绺（变质的意思）的都要热来吃了，一头猪的肉在坛子里放一年，烂起洞洞了还要煮来吃。"还说，"我们两个老家伙都得一样的病，肯定和我们的饮食习惯有关。你们要注意点。"

她看小乐关节炎痛得龇牙咧嘴，吵着要她马上去看医生，又找人打听哪种膏药好用，从别人那里匀几张来给小乐试。她开始向邻里诉说儿媳的各种好，给儿子讲要收心，好好对小乐母子。她趁自己还清醒分配好了所有财物：一万二的存折留给儿媳小乐，镯子饰品留给女儿云秀，其余每人八十八元零钱，取个吉利"发发"，寄希望于后人全都能发财发富。

农村有句俗话，"要想富，得条裤。"女儿云秀和她身高差不多，找条合适的裤子留给她很容易，儿媳小乐比她高，也相对壮实些，廖明英早在没回乡下前，买了一条能装下两个她的松紧带裤子，将裤脚往里折了两折用针串上，特意穿了两次。她说：你们不要嫌弃，我都洗干净折好了的。

廖明英还是将那些滑了线的毛衣抱出来让小乐收拾，她不让云秀动手，小乐在屋檐下收拾，她就在旁边坐着看，婆媳俩有一搭没一搭地说话。

小乐打趣说："我第一次进你屋头，你就抱一堆毛衣让我收拾，你老人家可把我整惨了，一个领子拆了好几次。"

老太太就笑,"那个时候是真的不喜欢你,肖家那姑娘长得富态,屁股大,一看就能生儿子。毛衣打得又好,鞋垫也扎得好,做家务多能干的。武儿不晓得咋回事,就是不喜欢,一心要和你在一起。"

小乐又问:"那我后来离开了,他们怎么又没结婚呢?"

廖明英叹口气:"媒人骗我们。那姑娘小时候得过脑膜炎抽了脊髓的,有齁包病(气管炎),累不得,长年累月喉咙里头都跟拉锯一样的咕咕地响。"

小乐:"你们隔这么近都不晓得啊?那又怎么发现的?"

廖明英:"她婶娘和她们家不卯(关系不好的意思),悄悄跟我说了,我就打听了一下,原来是真的。"

小乐:"我小时候也得过脑膜炎呢,怎么又不嫌弃我呢?"

廖明英:"你没有抽脊髓嘛。"

小乐:"那几年,武儿耍了七八个,你就没有喜欢的吗?"

"我们喜欢也没用啊,他耍了七八个,最长的耍了三年,娃儿都打了两个。最后那个都怀起三四个月了,她爹晓得后,悄悄地来看,嫌我们家穷,又算了。"

小乐逗她:"你看嘛,我就是上辈子你欠了我,这辈子故意来气你的。"

廖明英便笑:"也没见你把我气死!"

两个人都笑,笑中有泪。

廖明英终于到了茶水不能进的地步,每天只能靠输些营养液维系着生命。从回乡下那天,她就不愿意到早前的卧室睡觉,嫌那房里阴气重,说一进去就想到蒋世全咒她的那些话,小乐和云秀便陪她睡客厅。她们把客厅的凉板沙发放下来当成床,娘仨整日整晚地在那上面聊天,小乐觉得嫁到蒋家这十九年和婆母聊的天都没有这两个月的多。这两个月,婆媳之间、母女之间、姑嫂之间,出奇地和谐。

到药水也输不进去后,廖明英又是几天滴水未进。那几个晚上,廖明英在睡梦中像是和别人扭打一样,折腾得不行,动静极大,嘴里喊着:"莫拉我,莫拉我啊!我不走。"云秀姑嫂俩握着她的手使劲摇喊:"妈,妈,你在做啥子?我们在这里,莫怕!莫怕!"廖明英使劲揪着她们的手不放。房前屋后的狗也整夜整夜地狂吠不休,大家都知道老太太大限将至了。荣白太神秘兮兮地对小乐说:"嫂子,我觉得妈妈晚上是在和黑白无常打架,她是舍不得走。哥哥他们该回来得了。"

廖明英的小弟先回了老家,他不顾姐姐命不久矣,依然在姐姐耳边诉说自己受的"委屈",表达着自己的期望。不知是老太太神游天外没听清还是单纯不想理他,她什么也没说。只是实在被吵得不行时来一句:"你各自回去。"

小舅舅便向云秀和小乐唠叨:"你们说她最心疼我啊,结果呢?话都不说一句还叫我走。"又说,"二姐早就该走了,之所以舍不得走,是在欠(挂念的意思)我。这下,我来看了她就放心了,我回去了。你们各自注意到,她这下心愿完成,今天晚上肯定要走。"

这话把云秀夫妇和小乐气得不行，云秀怼他："你既然晓得是今晚的事了，还走干吗？就在这里守着不要走嘛。"

小舅又说："我回去了，你们各自注意到。"

廖明英气得嘴唇发抖，有气无力地说："叫他走喂！"

晚上，老太太破天荒地对着小乐、云秀姑嫂说了很多弟弟的槽点，言语中满是恨铁不成钢的无奈。

廖明英问小乐："武儿几时回来？叫他回来得了。"

小乐说："明天早上的飞机，下午就到了，你外孙一起回来。"

廖明英松了一口气般："要得，要得。"她嘱咐小乐，"晚上把灯开起，莫关。"

小乐和云秀夫妇对望一眼，齐声说："不关，不关。"

那天晚上，她们不但没关灯，几个人还陪着老太太说了一整晚的话。直到后院那些犬吠声停止，天色微微亮，几个人才在哈欠声中睡去。

早上八点，小乐在一片鸡叫声中醒来，廖明英一夜未眠，她垂着头微闭着眼靠墙坐了一宿，听见小乐和云秀起床开门的声音，老太太说："把椅子给我搭到外面去。"

姑嫂俩把她扶到屋外椅子上，面朝大路坐下。小乐转身要去做饭，廖明英拉住她的手，"你也在这里坐，让她去。"将头偏向女儿云秀那方。

小乐没来由的鼻子一酸，她抽手说："我去端凳子。"廖明英不让，还是拽着小乐的手不放，"让她去端。"

云秀笑说："像个细娃儿一样，还要人陪！"端来凳子让嫂子坐下，又拉过母亲的手打趣说："我也来陪你坐嘛。"

廖明英依然低垂着头，眼睛闭着。她微微摇头，像是在打盹,又像在梦呓,一字一顿地:"不要你陪,你去做饭。莫把幺孙(小乐儿子)饿到了。"

云秀又故意打趣说:"咦,这还晓得心痛媳妇了嗦。我是你女儿,你怎么不叫我休息呢?我煮饭又不好吃,让嫂子去煮,我陪你坐。"

廖明英还是说:"不要你陪,你去做饭。"

小乐便陪她坐着,看着她下垂的脑袋,担心她脖子酸痛,搬来高一点的凳子坐下,把婆母的头抱在自己胸前靠着。小乐有一句没一句地和廖明英说着话,她知道,婆母正在逐渐离她远去,她一句一句地说着,全是那些远去的过往。

小乐说:"妈妈,你还记不记得?我怀你孙女的时候,家里没钱买水果,你每天中午去给我刨一瓢地瓜吃,那么热的天呢,你从来不休息。""伞把菇出来的时候,你每个苞谷坎坎上给我找伞把菇,你说那东西煮面香得很,像鸡汤一样,你全舀给我吃了,自己一口汤都不舍得喝。""你到别人家玩,人家给的西瓜,你从来舍不得吃,都给我吃……"

小乐自顾自地流泪说着,语调哽咽。廖明英不时紧握一下儿媳的手,软而无力,嘴里一声又一声地喊着:"幺儿哦,幺儿哦。"她每叫一声,小乐就拖长声调哽咽着回应一声:"妈……"

廖明英像是梦呓般断断续续地说:"这个房子莫要推,是我和你老汉很辛苦节约下来盖的。"

小乐说:"不得推的,我以后还要搬回来住,我给你们把房子守到起。"

倏然想起什么，小乐又泪如雨下，"只是以后，我怕没有权利住这里了。你儿子要和我离婚呢，你很快就会有新儿媳妇了。"

廖明英说："莫那么说……莫那么说。我就认你一个。"

小乐便悲不自胜地哭起来。

院子里的婶娘伯母都知道廖明英就这两天的事了，吃罢早饭都过来陪着她。她们说："看这娘儿母子才亲热哟。"她们一个个问廖明英："晓不晓得我是哪个？"

她依然没有抬头、睁眼，却一一回答，"晓得。你是老李。""老张。""老黄。"

几位婶娘悄悄告诉小乐："快了。这两天离不得人哦。"

小乐流泪点头，从早上起床她的泪就没干过。云秀过来把小乐的手从廖明英手中抽出，"我才是你女，你拉我嘛。"

"哎呀！莫。"廖明英把她的手轻轻拨开，又把小乐的手紧紧握住，仿佛不握紧又要被云秀分开一样。

大表婶看见，问廖明英："老廖，你晓不晓得你拉的是哪个的手？"

廖明英依然没睁眼看一下，轻声却异常肯定地说："晓得，我儿媳妇，小乐的。"

大表婶又说："你拉她手做啥子？你又不喜欢她。"

廖明英依然慢吞吞地轻声回答："哪个不喜欢？莫乱说。"

"你儿媳妇好不好？"

"好！好！好！"

"儿媳妇好还是女婿好？"

"都好，都好。"

几个婶子便都感叹，"看嘛，虽然平时不说，心里还是啥子都晓得的，晓得儿媳妇对她好。"

廖明英吃力地、断断续续地对几个老姐妹说："二天就要麻烦你们带惜了哦，年轻人不懂事，有啥子得罪你们的地方，你们多担待些，莫见气。"

几个婶子说："莫说那些，都是自己屋头，沾亲带故的，你儿媳妇人好，我们都喜欢。你放心嘛！"

廖明英说："就是说嘛，你们是自己屋头。"又对小乐说，"你莫搬起走，离婚也就住这里。"

小乐想缓和一下气氛："那你儿子撵我咋个办呢？"

"他不得！他不敢！"

小乐便伤心地哭出声来，"妈妈你莫说了，你会没事的。你莫说话，好好养精神，等会儿武儿和你外孙、孙女就回来了。"

廖明英一下一下地摩挲着小乐的手背："莫哭，你莫哭。你好，我会保佑你的！我和你爹都会保佑你的！"

云秀也哽咽出声："妈，我呢？你保佑我不？"

廖明英说："保佑！把零（大家的意思）都保佑！"

小乐姑嫂俩把头各趴在廖明英的双腿上放声大哭，院子里的婶娘伯母也都泪水涟涟。小乐的儿子见大家哭，也跟着哭起来。

廖明英听见孙子的哭声，拍拍小乐的手，"莫哭。把娃儿哄到起，他是嫩心子，莫紧到哭。"

小乐一手拉过儿子,几个人哭得更厉害了。

下午四点,蒋文武和外侄、女儿回家时,看到的正是这样一幅画面。

二十四

小乐看见蒋文武一行进到院子里,擦干眼泪,对廖明英说:"妈,你儿子回来了。"

蒋文武几步跑到母亲面前,双膝跪下,双手伸向母亲,"妈妈,我回来了。"

小乐将廖明英的手移到蒋文武手里:"妈,是武儿。"

廖明英紧紧握住儿子的手,依然没有抬头没有睁眼,只是不住地点头,说:"回来了好,回来了好。"

云秀的儿子和小乐的女儿也齐齐分立廖明英左右,嘴里喊着"外婆""婆婆",小乐的小儿子听见哥哥姐姐说话也跑过来摸着婆婆的肩膀叫"婆婆"。廖明英闭着眼,歪着脑袋,一下下地点着头,"好。好。都好。"声音细若蚊吟。一时间,满院子的呜咽声。

当晚,近半月没吃东西的廖明英喝了几勺稀饭,吃了两片水果,还干完了一整盒牛奶。她时而抬眼,时而低眉,孩子们说话时,还能偶尔发出笑声应答两句,看上去精神状态还不错。云秀开玩笑说:"妈妈你是不是装的哟?就是想你儿子了呗,还不承认。看嘛,你儿子一回来,饭也能吃了,牛奶也能喝了,水果也吃得进去了,还会笑了。"廖明英低低地回答:"嗯呐耶,你一天没得说的。"

蒋文武见母亲状态不错,加之这几天为了回来,赶工处理了很多业务,确实也旅途劳累,便对母亲说:"妈妈,我太累了,先去睡觉好不好?"

廖明英一向心疼儿子,闻言连声说:"去睡,去睡。"

待蒋文武上得楼去,荣白太悄悄对小乐讲:"嫂子,今晚小心点,我怀疑妈妈是回光返照。"小乐心里也这么想着,却不敢说出来。

廖明英又坐了一会儿,拉拉小乐的手说:"我回去睡了哦。"

小乐说:"好,睡嘛。"欲给她铺床。

廖明英又说:"我回去睡了哦。"

小乐说:"好,我在给你铺床。"

云秀察觉出母亲的话不对,问:"你回哪里去睡?"

廖明英说:"我回去睡。"

云秀试探地问:"你回房间睡哦?"

"嗯呐。"

云秀不相信地看看小乐,小乐也正看向她。小乐追问一句:"你不是不睡房间吗?不睡客厅了哦?"

"不睡客厅了。"廖明英肯定地回答。

小乐连忙说:"你要回房间睡啊。那稍等一下,我去铺床。"

自蒋世全去世,整整五年,两老的房间再没睡过人,房间里一片潮湿刺鼻的霉味。小乐在床笆折上铺上厚厚的稻草,铺上棕垫,再铺上棉絮和毛毯,绞了两床新丝绵被,她担心棉絮铺盖太重,婆母承受不起重量,丝绵被轻得多。小乐点了两盘檀香,用风扇对着房间吹了半小时,还洒了少许花露水,搬了烂铁锅,盛着木炭火放屋里熏了一会儿苦蒿(一种带苦味的植物,有驱蚊去异味的效果)。感觉房里空气不那么刺鼻,暖和了些,小乐才和云秀夫妇扶着廖明英进屋上床。

廖明英上得床来,让小乐把枕头垫高一点儿,面向门口侧身躺着。她再次摇摇小乐的手,"我睡了哦。"

小乐说:"你睡嘛,我不走,就在这里陪你。"

廖明英说:"要得,要得。你穿热乎点,莫感冒了。"

小乐觉得,婆母今天说的话比前几天的都连贯都多,思维比哪天都清晰。

云秀也进房陪她。小乐在靠墙装粮食的橱柜上绣十字绣,云秀看嫂子绣花,姑嫂二人烤火聊天。云秀听母亲不一会儿就发出轻微且均匀的鼾声,笑着对小乐说:"妈妈怕是想哥哥装的哟,你看哥哥一回来,精神马上好了,一两个月不进房间睡,这哈儿睡得比哪个都香。"

小乐也听见婆母均匀的鼾声,也有些怀疑老太太是想念自己的儿子,但她只是笑笑没有回答小姑子的话,她想起刚才妹夫说的"怕是回光返照哦"。

云秀掏出手机,"我把妈妈睡觉的视频录下来,明天笑她。"

云秀边录边笑,偶尔还叫母亲一下,"妈妈,你睡着了没有?"她每叫一声,廖明英就"嗯"一声。如此这样,云秀录了两个视频。

小乐说:"别疯了,让人家好好睡一下,老人家这几个月都没这样睡过了。"

云秀用手指梳理着母亲的头发,说:"看嘛,人啊,一辈子为儿为女，儿女在身边睡觉都踏实。"

小乐便笑，"你还不是一样。我们啊，以后都会这样。"

两人便不再打扰老太太，自顾自聊天打发清冷的夜晚，偶尔侧头看一看她。

晚上十一点半时，小乐突然感觉老太太的鼾声小了很多，她对云秀说："你听，妈妈的呼噜声是不是没了？"

云秀说："是耶？嫂子你莫吓我。只是没有扯鼾了而已。"

姑嫂俩迟疑地屏住呼吸，听了又听，相互看了一眼，"好像是没声音了。"两人同时"噌"的一下站起来，凳子撞到柜子的声音在寂静的冬夜格外响亮。

小乐将手指放到老太太的鼻翼下探了探，没有感觉到呼吸，她又摸了摸老太太的脉搏，没有跳动。小乐心知坏事，她嘴里说"糟了"，急速地俯下身子，将脸贴近廖明英的胸口处，颤抖着叫了一声"妈妈"，她听见廖明英微弱地应了一声"嗯"，那一声细如银针落地，悠长而深远，然后，她清楚地听见"咕咚"一声，像是悬崖上石子落进了深渊幽潭，然后，一切平静。

小乐拉着婆母的手，保持着伏在婆母胸口的姿势，半晌没再听到任何声息。她知道，婆母真的去了。她"咚"的一声跪下，发出惊天动地的哭喊："妈——"

云秀站在小乐身旁，胆怯地看着嫂子，颤抖着嘴唇，她听见了自己牙齿打架的声音，她双腿发软，也不由自主地跪在小乐旁边，"嫂子，你别吓我。"

小乐依然自顾自痛哭，发出撕心裂肺的哭喊："妈妈啊——"

　　满屋满院的人都被小乐的哭声惊醒，蒋文武他们跌跌撞撞从楼上下来飞奔到老太太的卧室。蒋文武呆立在母亲的卧室门口，他想问小乐，却感觉喉咙干干的，发不出一丝声音来。好不容易，他听见自己那细小的嘶哑的问询："妈妈怎么了？"

　　小乐抬起头，满脸泪水，她抱住刚走到面前的孩子，对着蒋文武颤抖着说："妈妈……走——走了……"

　　一时间，门口站着的都挤进来，在床前，齐唰唰地跪下，满屋子哀号四起。前院的邻居也都赶了过来。

　　小乐叩完响头，知道老公这时肯定是站不起来了，她起身拿出粮仓里的香烛火炮，让妹夫、外侄去院子里点上。

　　小乐正要吩咐孩子们烧倒头纸，前院刚赶过来的表叔表婶说："先不要忙，赶紧抱到外面屋子地上去，不要紧放在床上。"小乐找出一床没用的篾席，铺上旧棉絮，几个人七手八脚地将廖明英抬到地上。小乐去厨房后门拿了铁盆，和家人一起将倒头纸烧了。

　　前院的人又帮忙将床上东西收了，将床靠墙立起来，说这样老人才会走得安宁不眷恋。大表叔拿出电话簿，嘱咐小乐给入殓师打电话，说要第一时间给亡者抹澡穿衣。

　　这些年来，蒋文武一直在外，家里大事小事都是小乐出面处理，大家也都习惯了由小乐当家作主。蒋文武沉浸在没有在床前为母送终的遗憾里，哭得不能自持，几欲晕厥。小乐和云秀夫妇连同前院众人又一并开导劝慰他。

　　小乐说："妈妈走得很安详，没有痛苦，你赶回来了，对老人家而言已没有遗憾。你也不要过于悲伤了。"

云秀也说:"妈妈是在睡梦中走的,我和嫂子一直在床边没有离开。病了这么些年,对她来说,走了反而是解脱。"

荣白太说:"本来妈妈前两天就该走的,就是舍不得你。你回来了,她就没有遗憾了。这会儿她还没走多远,你莫要再哭,你再哭,老人家走得不安心了。"

前院众人也七嘴八舌劝慰:"你妈一辈子第一为你了,你们兄妹孝顺,这几年把她也服侍得好,她跟我们摆'龙门阵'说没得遗憾,你们也莫怄了,让她好好地走。"

跪在婆母坟前,小乐重重叩头在地,久久不起。她知道这一世,她与婆母的缘分已尽,但她与生活的纠葛才刚刚开始,这一路上,婆母和公公的影子必将会一生追随,时时存在。

二十五

廖明英去世后,小乐依然留在老家开店陪孩子。蒋文武的公司日渐走下坡路。由于种种原因,公司搬到东莞后客户流失,加之产量赶不上,资金链出现问题,逐渐到了工资都发不出的境地。

小乐四十岁生日时,蒋文武赶回老家,请了一帮要好的同学朋友,给对公司现状一无所知的她大摆生日宴。

之后蒋文武回到东莞。三个月后,公司倒闭被查封,蒋文武也失去了音讯。

某天深夜,小乐接到蒋文武的视频电话,他站在一幢高楼楼顶,嘱咐她带好两个孩子,他要与这世界作别。小乐告诉他,失败了没有关系,他们还年轻,有的是时间重来。小乐说:他还有自己,还有一双儿女,还有温暖的家。小乐求他为了自己,为了孩子坚强勇敢地活下去。

过了两年东躲西藏、颠沛流离的生活,蒋文武借钱按揭买了一辆小轿车开起了出租。眼看车子按揭到期时,他又跑路了,说被人盯上了。

小乐知道老公还没从被追债的恐惧中缓过来。她安慰说:"我们不着急,只要活着就好!"

蒋文武又先后进过工厂，到过工地，都是打一枪换一个地方，在一个地方待不到两月又离开。如此这般过了两年，总是入不敷出。

某一天，两个人在电话里为女儿的学费问题发生了分歧，小乐说了句："打了二十几年的工，到头来连女儿的学费还要借，也真是悲哀。"

蒋文武生气地说："是我拖累了你们母子嘛？离哟，免得老子拖累你们。"

小乐也在气头上，说了句："离就离哦！一个男人，整天把离婚挂在嘴边，烦不烦！"

没承想，当天蒋文武就坐出租车赶回老家与她办理了离婚手续。小乐以为老公是在气头上，加之隔三岔五就被法院和当地政府问询，也觉得可能暂时分开对孩子们要好些。

想着迟早要复婚，对于蒋文武说的他不要孩子也没放在心上，而且，他自己三餐温饱尚且不继，她也不可能让孩子跟着他受罪。小乐心里也没有真的想过离婚，所以，对于孩子们的生活费她没有提出要求。反倒是帮他们写离婚协议书的工作人员，看小乐一个人带着两个孩子，觉得蒋文武做得过分，帮忙争取了生活费。

这所谓生活费也只是水上画葫芦，视蒋文武经济情况而定。

但小乐没有想到的是，蒋文武居然连孩子都不回去看，就坐上来时的出租车离开了。

从此，小乐一个人带着两个孩子过上了无房无车无存款的三无生活。
……

2022年3月16日　初稿于渠县文学艺术界联合会

2022年8月4日　定稿于巴中市贺享雍工作室